Tom Liehr

Radio Nights

Roman

aufbau taschenbuch
AUFBAU VERLAGSGRUPPE

Dies ist eine erweiterte Neuausgabe des erstmals 2003 erschienenen Titels.

Gewidmet meinem Freund Hans Lohff
(1966–2001)

ISBN 978-3-7466-2437-2

Aufbau Taschenbuch ist eine Marke der
Aufbau Verlagsgruppe GmbH

1. Auflage 2008

Umschlaggestaltung Mediabureau Di Stefano, Berlin
unter Verwendung eines Fotos von © A. Huber/U. Starke/Zefa/Corbis
Druck und Binden CPI – Clausen & Bosse, Leck
Printed in Germany

www.aufbau-verlagsgruppe.de

»Get yo'self nekkid«

Robert »Wolfman Jack« Smith,
amerikanischer Radioheld

Intro

»Hi, Donald«, sagte Liddy. »Ich warte schon seit Stunden auf dich.«

Re-Current

(Erster Teil)

1. Rats In The Cellar 1969–1972

Ich schlug das Buch zu und hob gleichzeitig den Blick zum Publikum. Ein paar Sekunden lang passierte nichts, es hatte wohl noch keiner begriffen, daß ich fertig war, und dann kam der Applaus. Lange, begeistert, *stehend* in einigen Fällen. Ich lächelte, deutete eine Verbeugung an – wie es mir meine Lehrerin empfohlen hatte –, nahm das dicke, schwere Märchenbuch unter den Arm und ging zurück auf meinen Platz in der ersten Reihe, neben den sieben Konkurrenten, die schon gelesen hatten und in deren Gesichtern die Erkenntnis der eigenen Chancenlosigkeit geschrieben stand, vermischt mit der natürlichen panischen Angst, vor so vielen Leuten aufzutreten, aufgetreten zu sein, daneben die beiden armen Schweine, die meine Leistung jetzt zu toppen hätten. Aussichtslos, nach meinem Dafürhalten, oder wohl auch objektiv betrachtet. Bevor ich mich setzte, sah ich zu meiner Lehrerin hinüber, die drei Reihen weiter saß und verzückt lächelte, beide Hände innig vor der Brust gefaltet, und ebenfalls ein Nicken andeutete. Und das, obwohl wir uns gegenseitig ums Verrecken nicht ausstehen konnten.

Natürlich gewann ich.

»Du hast eine *wunderschöne* Stimme«, erklärte die fette, grauhaarige Politikerin, die die Schirmherrschaft über den Wettbewerb hatte, als sie mir den häßlichen Pokal überreichte. »Und du liest wahnsinnig schnell, dabei doch so deutlich und fesselnd«, sagte der Typ mit dem zottligen Bart und der Riesennarbe auf der Wange, der auch irgendwie wichtig war. Dabei nickte er beeindruckt mit dem Kopf und starrte mich an, als wäre ich ein Weltwunder. Ich hatte tatsächlich sehr schnell gelesen, das – weitgehend unbekannte – estnische Märchen, das ich vorgetragen hatte, handelte von einem Kampf und einer Verfolgungsjagd durch das Labyrinth in den Gewölben eines Schlosses: Rasanter Vortrag paßte da gut.

Als ich zurückkam, wieder in die Schule, am nächsten Tag, waren alle meine Mitschüler total superstolz auf mich. Der kleine Zwist, den es einen Monat vorher bei dem Schulendscheid gegeben hatte, weil sie eigentlich einen anderen nominieren wollten – einen, der zwar schlechter las, aber mehr Sympathien auf seiner Seite hatte –, der war vergessen, jedenfalls, was sie betraf. Ich feixte mir einen. Diese charakterlosen Nullen. Zwei Tage später war das Schuljahr vorbei, und damit meine Zeit an der Grundschule. Ich machte die symbolischen drei Kreuze; diese Arschlöcher wollte ich nie mehr wiedersehen, und ich sah sie auch nie mehr wieder. Je jünger man ist, um so härter zieht man soziale Grenzen, um so deutlicher ist man in seiner Be- oder Mißachtung anderer, um so brutaler sind die *Strukturen* und die Mechanismen der Zuneigung, die sich andere erkämpfen, oder der Abneigung, gegen welche die anderen ankämpfen müssen. Das war eine meiner Lehren aus der Grundschulzeit.

Niemand mochte mich so richtig, und mir ging es mit den anderen ganz ähnlich. Als ich acht Jahre alt war, zu Beginn des dritten Schuljahres, ungefähr zu dem Zeitpunkt, an dem meine bewußte Persönlichkeitsbildung begann, zogen wir aus einer kleinen Wohnung in einer noblen, gutbürgerlichen Gegend in ein größeres Haus in einer weniger noblen, wenn auch etwas hübscheren Gegend: nach Britz, in den grüneren südlichen Teil des gefällereichen Berliner Bezirks Neukölln. Meine schulischen Leistungen waren zuvor eher durchschnittlich gewesen, wenn auch gehobener Durchschnitt, was zu einem gut Teil daran lag, daß mich die Schule eher überhaupt nicht interessierte – es wäre mir leichtgefallen, besser zu sein. In der neuen Penne gehörte ich sofort zur Elite, oder vielmehr: Ich stellte sie dar, sie *bestand* aus mir.

Der Rückstand meiner neuen Klassenkameraden auf den Stoff, den ich, praktisch von einer Elite-Grundschule kommend, schon hinter mir hatte, war enorm, und gleichzeitig machte es die diffusere soziale Struktur den wenigen guten irrsinnig schwer, sich von den schlechten abzusetzen – von mir selbst abgesehen. Was besonders fatale Auswirkungen auf das Leistungsniveau der Klasse hatte, war meine Fähigkeit, aus dem Stegreif über alles und jeden wohlklingende Reden zu halten. Meine Schlagfertigkeit und Eloquenz, insbesondere aber meine Stimme – die angeboren war und bis dahin keine Ausbildung erfahren hatte – wurden rasch zur lokalen Legende. Man nannte mich bald nicht mehr »Professor« – wie zu Anfang, als ich innerhalb weniger Wochen den Durchschnitt der Klasse um fast eine ganze Note anhob –, sondern »die Stimme«. Und ich *hatte* etwas zu sagen, zu allem und zu jedem. Was auch immer die Fragestellung war, ich meldete mich, und wenn auch nur, um die Frage in anderer Formulierung zu wiederholen – ein klasse Trick, der zwar nicht immer funktionierte, aber meine Präsenz in den Köpfen der Lehrer verdichtete –, welches Thema auch zu referieren war, ich meldete mich, allerdings nicht, ohne einen Mitreferenten zu erstreiten, den ich dann die Recherche- und Basisarbeit tun ließ, um wohlklingend die akustischen Lorbeeren einzuheimsen. Zu meiner Ehrenrettung muß zweierlei gesagt werden: Erstens hätte ich es auch alleine gekonnt, aber ich war zu faul, außerdem war es nicht wirklich nötig. Zweitens verhalf ich damit vielen Klassenkameraden zu unerwarteten Erfolgen, denn Leute, die sich sonst niemals freiwillig ins Rampenlicht vor der grünen Tafel gestellt hätten, bekamen plötzlich gute Noten für meinen Vortrag, wie ich umgekehrt für ihre Vorarbeit. Diese Konstellation reichte allerdings kaum aus, meine soziale Position in der Klasse zu verbessern, aber daran hatte ich auch überhaupt kein Interesse. Die Schule war nur deshalb wichtig, weil meine despotische Mutter und mein bescheuerter Vater wie die Habichte darüber wachten, insbesondere meine Mutter. Meine Klassenkameraden interessierten mich nicht, das waren alles Holzköpfe, Schläger, Schreihälse, Gummistiefelträger; ich wurde zweimal Schulsprecher, um mich selbst zu vertreten (und weil ich so gerne vor Publikum redete), nicht sie, diese Weicheier, die mich wählten, weil meine Rede beeindruckte, und es fünf Minuten später schon wieder bereuten.

Meine Klassenkameradinnen interessierten mich noch nicht, ich war ja erst zehn, elf, elfeinhalb, mit fünfeinhalb Jahren eingeschult, meine sexuelle Bewußtwerdung lag in der Zukunft, jedenfalls größtenteils.

Dafür war mir etwas anderes bewußt.

Meine Schwester, das vierte Familienmitglied, sieben Jahre älter als ich, kraushaarig, krausköpfig, despotisch wie meine Mutter, stur, halsstarrig – aber mir gegenüber zärtlich und schützend, jedenfalls gelegentlich, wenn es nicht um das verhaßte Geschirrspülen oder die Verteilung der Sitzplätze vor dem Fernseher ging –, sollte ein eigenes Zimmer bekommen. Bis zu diesem Zeitpunkt, und da war sie immerhin knapp sechzehn, hatten wir einen Raum und ein Doppelstockbett geteilt (eine nicht immer uninteressante Erfahrung für mich, vor allem, wenn ich mich schlafend stellte, um sie beim An- oder Ausziehen beobachten zu können, oder wenn sie im Bett unter mir masturbierte, was ich erst später begriff, mich aber schon beim anfangs ängstlichen Zusehen durch die Spalte zwischen Bettgestell und Lattenrost faszinierte), weil das Haus zwar ausreichend Platz bot, dieser aber für ein Eßzimmer, ein Arbeitszimmer und eine sogenannte Werkstatt genutzt wurde – werden *mußte*. Letzteres war eigentlich eine Art Ein-Mann-Pinte: Zwischen weitestgehend nutzlosem Werkzeug, Massen von Schrauben, Muttern und diesem Krempel in allen Größen und Formen, keine Ahnung, wo das alles herkam, hockte mein hutzliger, kleiner, adlernasiger, fast kahlköpfiger, insgesamt sehr unansehnlicher Vater und atmete einen Schnaps nach dem anderen ein, wochentags ab fünf, wenn er von seinem namen- und bedeutungslosen Verwaltungsjob heimkam, und am Samstag ab morgens; sonntags war immer Ausflug, da wurde unterwegs gesoffen, sozusagen ambulant. Er saß da, stundenlang, sortierte und polierte Schrauben, die nie ein Mensch benötigen würde, am wenigsten er selbst mit seinen beiden linken Händen, klapperte ewig mit einer komischen Maschine, aus der beschriftete Plastikstreifen kamen, und beklebte Kisten und Kistchen, kleine Schränke – Sperrmüll. Und alle paar Plastikstreifen, alle paar Schrauben goß er sich einen Korn ins Gesicht, oder ein Bier, zwischendrin rauchte er Unmengen Zigaretten, *Ernte 23*, während meine Mutter irgendwo durchs Haus wuselte und alles so richtete, daß es den bestmöglichen Eindruck auf die Besucher machen würde, die selten zu uns kamen; Besucher waren grundsätzlich nicht sehr gerne gesehen, wenn aber, mußte alles *picobello* sein, wie sie zu sagen pflegte. Die Tatsache, daß es einen Haufen nutzloser Räume gab – niemand arbeitete je im Arbeitszimmer –, aber nur ein einziges Kinderzimmer, das sollte Wohlstand ausdrücken, irgendwie verschwenderisch wirken, keine Ahnung: Jedenfalls zeigte es deutlich die Prioritäten meiner Eltern, die auf meine schulischen Leistungen stolz waren (und damit wenig subtil hausieren gingen: »Wie viele Einsen hat denn Ihrer? Ach, *keine*? Na, bei unserem sind's diesmal auch nur fünf Stück«), aber sich ansonsten kaum für uns interessierten. Daß meine Schwester schließlich ihr Zimmer bekommen sollte, war der Tatsache zu verdanken, daß sie androhte, ansonsten mit sechzehn auszuziehen, koste es, was es wolle. Das konnte meine Mutter unmöglich dulden; das Bild der heilen Familie wäre beschädigt worden, es kam nicht in Frage, daß einer von uns auszog, bevor er volljährig war, und so gaben sie dem Drängen nach. Erst später erfuhr ich, daß die Drohung in einer handfesten Erpressung bestanden hatte.

Da Eß- und Arbeitszimmer keinesfalls aufgegeben werden durften, mußte auf andere Art Platz geschaffen werden. Die

»Werkstatt« meines Vaters lag im Souterrain, wie das bei uns genannt wurde; die Kellerräume ragten weit genug aus dem Boden, um Platz für fast normale Fenster zu bieten, die dann mit dem Erdboden abschlossen. Ein weiterer Raum im Souterrain war bis dahin als Abstellraum benutzt worden. Meine Eltern beschlossen, diesen kleinen, dunklen und etwas feuchten Raum zu renovieren, um ihn zu meinem Zimmer umzufunktionieren. Ich fand die Idee nicht so klasse, und ich sagte das auch:

»Ich will aber nicht im Keller schlafen.«

»Das ist kein Keller, das ist ein *Souterrain*.«

»Es ist aber unter der Erde.«

»Nur zur Hälfte.«

»Ich will nicht unter der Erde schlafen.«

»Dein Vater hat hier seine Werkstatt, also kannst du hier auch dein Zimmer haben.«

»Was baut Papa in seiner Werkstatt?«

Ich bekam eine gefeuert, ohne zu wissen oder auch nur zu ahnen, wofür, und beide Diskussionen waren beendet. Ich würde in das Souterrain ziehen, das eigentlich ein Keller war, damit meine Schwester nicht zu den Behörden lief und sich über heftigen Mißbrauch durch massiv alkoholabhängige Eltern beklagte. *Eigentlich* fand ich es gar nicht so schlimm; der Raum hatte ein Fenster, ein recht großes sogar, was es mir erleichtern würde, heimlich in den Garten zu entwischen oder nachts das Haus zu verlassen, denn die Gitter vor dem Souterrainfenster waren innen und nur mit einem einfachen Riegel gesichert, den man von außen nicht sehen konnte.

Also »renovierten« meine Eltern das Kämmerchen, das heißt, sie klebten ein bißchen Muster- und Rauhfasertapete an die Wände, nachdem sie den Raum ein paar Tage gelüftet hatten, legten einen blaugelben Teppich mit Bananenmuster auf den Fußboden und räumten meine Spielsachen, meine Bücher, einen kleinen Sperrholzschreibtisch und das Etagenbett hinein. Da die Grundstimmung im Haus dies zuzulassen schien, nötigte ich meinen Eltern ein Wiedergutmachungsgeschenk für diesen Umzug in die unterstmögliche Etage des Hauses ab. Sie willigten ein. Bei »Tchibo« oder »Eduscho«, ich weiß nicht mehr genau, gab es – für damalige Verhältnisse, Anfang der Siebziger – winzig kleine Transistorradios, etwa so groß wie heute eine Big-Box-Schachtel Zigaretten, aus Plastik, gelb, in Form kleiner Koffer, mit einer kleinen Trageschlaufe aus Kunstleder, mono, versteht sich, mit seitlich eingebautem Lautsprecher, zwei Mignonzellen erforderlich. Sie kosteten fünfzehnneunzig oder neunzehnneunzig, eine absolut wahnsinnige Summe für mich, aber eine Sensation damals, soweit ich mich erinnere: Seit ich diese kleinen Radios im Fenster von »Tchibo« oder »Eduscho« und bei einigen meiner Klassenkameraden gesehen hatte, wollte ich um jeden Preis selbst so eins haben. Und ich bekam es. Meine Ersparnisse oder mein Taschengeld hätten bis an mein Lebensende nicht gereicht, aber irgendwie war es so, daß sich meine Eltern schuldig fühlten, schuldig wegen der Tatsache, daß es ein helles, gut belüftetes und nie benutztes Arbeitszimmer im Erdgeschoß unseres Hauses gab und daß der Filius in einem dunklen, muffigen und etwas feuchten Kellerraum *unter der Erde* wohnen mußte.

»Ich würde dich gerne behalten, Donny«, sagte Vögler. Sein Gesicht blieb dabei völlig ausdruckslos, aber mit seinem Mund geschah etwas, das doch irgendwie in Richtung grinsen ging.

Heilige Scheiße. Der Konjunktiv fuhr mir tief ins Gemächt. *Würde*. Hieß das ...?

Ich hatte das Büro von Vögler betreten, ohne vorher zu klopfen, das war Usus in der Station. »Rock on«, sagte ich zur Begrüßung, aber leise, denn er telefonierte gerade – seine Hauptbeschäftigung. Ich fläzte mich in den Chromledersessel, er nickte mir kurz zu, sah mich aber nicht an, drehte sich auf seinem Stuhl zur Seite und sprach weiter, ohne auf mich zu achten. Die Redaktionssitzung war vorbei, die Sendung erst in ein paar Stunden – ich hatte Zeit.

Vöglers Schreibtisch quoll so sehr über vor Krempel, daß man nicht mehr erkennen konnte, was das für ein Fabrikat war oder woraus er bestand – Marmor oder Preßspan; zweiteres, meinte ich zu erinnern. In einer fragilen, undurchschaubaren Schichtung reichten die Papiere von der Tischplatte fast bis zum Boden, hielten aber aus irgendeinem Grund zusammen. Man mußte meinen, daß der Mann entweder ein Genie war oder ein Vollchaot.

Auf dem flachen Couchtisch, um den eine kleine Sitzgruppe herum stand, sah es ähnlich aus. Sonst war sein Büro vergleichsweise spartanisch eingerichtet: zwei Regale, ein offenstehender Tresor, drei Plakate aus der aktuellen Werbekampagne, bei einem davon hing die rechte obere Ecke herunter, so daß nur ein Teil des Stationslogos zu sehen war. Erheblich zu große Electro-Voice-Sentry-III-Monitorboxen an der Stirnwand, über die er den laufenden Produktionsbetrieb mithören konnte, waren die einzigen Einrichtungsgegenstände, die unter die Kategorie »Luxus« fielen.

Vöglers Alter war mir nicht bekannt – er mochte achtunddreißig, vielleicht vierzig sein; seinen Geburtstag feierte er nicht, jedenfalls nicht mit uns – vielleicht war das eine der vielen Konventionen, auf die er schiß: Selbst Geschäftskunden stellte er sich als *Vögler wie ficken* vor. Er war dick, oder besser: stämmig, aber ohne kräftig zu sein, schwammig, fast plump, hatte weiche, irgendwie konturlose, fast maskenhafte Gesichtszüge – einer der Gründe, weswegen sich sein Alter schwer schätzen ließ. Wulstige, farbarme Lippen, helle Augenbrauen und dünnes, blond-brünettes Haar, das er sich wahrscheinlich immer noch bei dem Friseur schneiden ließ, zu dem ihn auch seine Mutter schon geschleppt hatte. Jedenfalls war das so eine Kinderfrisur, wenn von Frisur überhaupt die Rede sein konnte – seine Haare waren allerdings selten zu sehen, fast immer trug er das anthrazitfarbene Basecap mit dem Neandertaler, der eine E-Gitarre schwingt, einem *meiner* Sprüche – Rock on! – und dem Schriftzug *101.1 FM PowerRock Berlin*, der Radiostation in der großen Stadt.

Ich drehte mich ein bißchen mit meinem Chromledersessel, stellte irgendwann die Plastikbox mit den CDs auf den Boden, die mir Lindsey für die Nachtsendung zum Aufjedenfallspielen gegeben hatte. Es war vier, drei nach vier; Vögler hatte eine große Atomuhr über der Eingangstür, so eine Bahnhofsuhr mit Langwellenempfänger, wie sie in fast jedem Raum der Station hing, sogar im Klo. Die genaue Zeit ist *ziemlich* wichtig für eine Radiostation, allerdings hatte Vögler nur selten mit dem aktuellen Programmbetrieb zu tun. Suszanna kam herein, unsere ungarischstämmige Stationsmutter, irgendwas an die Fünfzig, aber hübsch und solide gebaut, ein Engel von einem Menschen. Sie brachte mir dampfenden schwarzen Kaffee, in meiner Tasse, dem weißen Drittellitertopf mit der Aufschrift *Radio People Do It With Frequency*, um den mich alle beneideten. Er stammte aus meinem reichen Fundus an Radio-Memorabilien; ein Freund von *Q105 Springfield* hatte ihn mir geschickt. Und das dazugehörige T-Shirt *und* den dazugehörigen großflächigen Aufkleber (auf meinem Alu-Plattenkoffer) und das dazugehörige Basecap. Merchandising ist enorm wichtig im Radiobereich, aber diejenigen, die am meisten auf diesen Krempel abfahren, sind die Radioleute selbst: Sie benutzen diesen Stoff, um dem Rest der Welt zu zeigen, daß sie beim Radio sind, mit Radio zu tun haben – schließlich kennt ja kaum einer ihre Gesichter. Was häufig günstiger ist, genaugenommen. Mike *das Mikro*, unser Morgenmann, sah aus wie die Kreuzung aus Maulesel und Unke – wenn man sein Gesicht betrachtete, konnte man zu der Meinung gelangen, das Wort Akne wäre einzig für ihn erfunden worden. Ansonsten war er ein Pfundskerl. Aber das half ihm bei den schwer enttäuschten weiblichen Fans auch nicht weiter. Seiner Stimme nach hätte er aussehen müssen wie George Clooney, mindestens.

Vögler und ich quatschten häufig, schließlich war ich der zweite Mann in der Station, wir gingen ab und zu ein Bierchen trinken, ohne *zu* persönlich zu werden, duzten uns natürlich, alle in der Station taten das; Vögler allerdings auch sonst, prinzipiell, unabhängig davon, wen er vor sich hatte. Wann immer ich darüber nachdachte – und ihn dabei ansah, wie jetzt gerade -, fiel mir auf, daß Vöglers Verhalten mit seiner Erscheinung nicht gerade konvergierte, vorsichtig ausgedrückt. Eigentlich sah er aus wie ein typischer kleiner Beamter, nicht wie der Chef einer vulkanhaften Rock-And-Roll-Radiostation, und er hatte tatsächlich ein bißchen was Schleimiges, bei aller Coolness. Farb- und Konturarmut seines Gesichts, das niemals Emotionen zeigte, taten ein übriges.

Und wir waren sogar Schwanzschwager, jedenfalls fast: Nach der Dreijahresfeier von *PowerRock Berlin* waren wir mächtig versackt, zu zweit, er hatte mich schließlich in den Touristen-, Vertreter- und Kommunalpolitikerpuff Nummer eins, das *Gorgeous*, geschleppt, wo er für uns zwei Nutten und ein Zimmer organisierte, bevor ich – einen Ozean *Jack Daniel's* in mir – überhaupt begriff, was Sache war. Ein paar Tage ärgerte ich mich darüber, daß es ihm gelungen war, mich ausgerechnet in eine Fickbude und sogar noch *auf Zimmer* zu schleppen, aber er hatte es anscheinend schon am nächsten Tag vergessen, sprach nie wieder davon. Was *ich* nicht so schnell vergessen konnte, waren die Geräusche, die Vögler beim Vögeln machte, woran ihn auch die hundertfünfzig Wodka-Lemons nicht hinderten: Er muhte. Stoßweise kam etwas, das sich wie *Mä-uuuhh* anhörte, und immerhin hatte ich dadurch wenigstens was zum Lachen.

Ich schlürfte den leckeren Brasilia-Ganzfrisch und steckte mir noch eine Camel an, die dritte oder vierte, seit ich bei Vögler saß, der inzwischen auch ein halbes Dutzend eingeatmet hatte. Alle Radioleute rauchen, durch die Bank, mit Ausnahme der Nachrichtensprecher und -redakteure. Ich habe keine Ahnung, woran das liegt, aber es ist so. Viele koksen, ein guter Teil, viele kamen durchs Radio zum Koksen, durch den Kontakt mit Musikern und Produzenten, Roadies und Groupies, durch die schicken Bars und die dämlichen, aber wichtigen Parties. Ich wußte nicht, ob Vögler kokste, aber es sah eigentlich nicht so aus, spielte auch keine Rolle. Ich selbst ließ es. Koks ist was für Vollidioten. Jedenfalls waren alle, von denen ich wußte, daß sie es taten, absolute Knalltüten.

Er legte auf, endlich, das heißt, er schob einen Haufen Krempel auf seinem Schreibtisch hin und her, ohne daß etwas auf den Boden fiel, bis er ungefähr an der Stelle, an der das Kabel aus dem Wust herausragte, den dazugehörigen Apparat fand. Er sah mich an, nahm die Schachtel Luckies »ohne« vom Schreibtisch, hielt sie mir hin, ich schüttelte leicht den Kopf, meine *Camel* qualmte ja noch, er zündete sich die Fluppe an, zog kurz, packte sie irgendwohin (eine kleine Rauchsäule stieg aus einem Tal seiner Schreibtischlandschaft) und nahm einen Klarsichthefter, den er auf dem Schoß liegen hatte. Er warf einen Blick darauf, als wenn er selbst nicht wüßte, was das war, zog die Stirn kraus und sah mich an. Ausdruckslos. Entweder hatte er sich immer supergut im Griff, oder irgendwas stimmte nicht.

»Na?« sagte er schließlich.

Ich grinste, war fröhlicher Dinge, alles lief bestens, kein Grund zur Sorge. Meine Nachtsendung war ein Knaller, nach wie vor. Vom Rest des Programmes ganz zu schweigen.

»Selbst *na*. Was gibt's?«

»Das sind die neuesten *GfK-Zahlen*.«

Er schob mir den Ordner zu. Ich nahm ihn, warf einen Blick auf das Deckblatt, das immer gleich aussah, die Zahlen kamen auf den Folgeseiten. Dann sah ich ihn wieder an.

»Gute Nachrichten?«

Ich legte den Ordner auf den Fußboden, neben meine CD-Kiste, nahm den Kaffee wieder auf, balancierte mit der anderen Hand die Camel in den aufklappbaren Mini-Aschenbecher, den ich immer bei mir trug (*K107 Philipsburg*), und zog einen Schluck.

Vögler bewegte den Kopf leicht hin und her, vor und zurück: Nicken und Kopfschütteln gleichzeitig.

»Wir sind immer noch die Eins, im Schnitt zwei Punkte Vorsprung vor *Boulevard*.«

»Seit mehr als einem Jahr«, sagte ich nickend.

Es blieb bei der gemischten Kopfbewegung. Er wollte offensichtlich auf etwas anderes hinaus.

»Wir bekommen Druck aus der zweiten Reihe«, erklärte er. »*HipPop 97-9* hat um drei Prozent zugelegt, *Sound* sogar um drei Komma fünf.«

»Na und?«, sagte ich verächtlich. Das waren Mainstream-Sender, Top-40-Hitradio ohne den geringsten Anspruch, legten die neuesten Sampler von *Ronny's Pop-Show* und

BRAVO Hits auf oder so was und ließen den Computer sprechen.

»In der Zielgruppe der Sechzehn- bis Zweiundzwanzigjährigen ist *HipPop* vorne. Da liegen wir nur auf Platz drei.«

»Und in der darüber? Zweiundzwanzig bis fünfunddreißig? Gibt es *überhaupt* einen Sender außer uns, der diese Leute erreicht?«

Ein leichter Ärger regte sich in mir. *HipPop* und *Sound* mit uns zu vergleichen: Fahrschule gegen Deutsche Tourenwagen-Meisterschaft, mindestens.

»Werbemäßig ist die Gruppe darunter attraktiver, und das weißt du«, behauptete er. »Leute, die Mitte Zwanzig sind, haben sich für ihre Zigarettensorte, ihr After-Shave und ihre Softdrinkmarke entschieden.«

»Wir werben weder für Zigaretten – schön wär's, wenn wir das *dürften* – noch für After-Shave«, maulte ich, um irgendwas zu sagen. Langsam begann mir das Gespräch unbehaglich zu werden.

Er sah mich an, machte eine dramaturgische Pause.

»Wir müssen moderner werden«, erklärte er.

»Moderner?« Ich verschüttete fast meinen Kaffee, aber das machte nichts in Vöglers Büro, Parkettboden, Laminat, irgend so ein Zeug, jedenfalls wasserfest. »Wir sind *die* Power Station, haben das beste Sendekonzept, die lockerste Struktur, die heißeste Technik, die geilste Werbung – und das fortschrittlichste Musikprogramm. Denk an die Punk-Erfolge im letzten Jahr: *Wir* haben das *ForceFighters*-Album zur Nummer eins in Berlin gemacht, zwei Monate bevor sie in den Staaten Nummer eins wurden, ein Vierteljahr bevor's im restlichen Bundesgebiet geklappt hat.«

Ich war echauffiert. Und wußte nicht, warum ich ihm das erklären mußte.

Vögler zuckte mit den Schultern: »Mir ist klargeworden, daß wir die falschen Leute erreichen. Die großen Etats zielen auf die Kids: Sportartikel, Spielzeug, Süßigkeiten, Softdrinks, die vier großen S, von denen wir leben.«

Ich blieb einen Moment lang still. Worauf wollte er hinaus? Wen meinte er mit ›wir‹? Eine Mikrosekunde lang dachte ich, daß jetzt vielleicht die Chance käme, *meine* Radiopläne zu verwirklichen. Aber die hatten so gut wie nichts mit den Kids und den »vier großen S« zu tun. Ich zündete eine neue Camel an, sah, daß meine Hand vor Aufregung zitterte, und musterte den Geschäftsführer von *PowerRock Berlin*. Nichts zu erkennen. Oder doch? War da ein leicht fieser Ausdruck in seinem Blick? Etwas wie Schadenfreude?

Er seufzte, ein bißchen zu theatralisch, wie ich bemerkte, als säße er vor einem störrischen Kind, dem er den Sinn von Hausaufgaben erklären mußte, lehnte sich dann in seinem Stuhl zurück, starrte an die Decke. Ich folgte seinem Blick, aber da war nichts, nur schlecht verklebte Deckenplatten, wie damals in meinem Kellerzimmer.

»Der Markt ist eng«, erklärte er. *Natürlich.* Genausogut hätte er sagen können: *Die Sonne scheint tagsüber* oder *Der Ball ist rund.* Zwei Dutzend Sender für knapp vier Millionen Einwohner, von denen ein Drittel zum alten Eisen gehörte und eine halbe Million kein Deutsch sprach, dazu die Konkurrenz durch ein paar überregionale Sender, die bei gutem Wetter einstrahlten und auch ihre Klientel erreichten. Natürlich war der Markt eng. Aber wir waren *Scheiß-Marktführer.* Was scherte uns das Gekrepel der Sender am unteren Ende der Skala?

»Wir werden umstrukturieren.« *Jetzt* lächelte er.

»Klasse«, murmelte ich, während ich Sarkasmus aufkommen spürte – und Panik. Asche von meiner Camel krümelte in die Kaffeelache auf dem Boden.

Vögler sah mich fest an, irgendwie erwartungsfroh, räusperte sich, setzte sich etwas aufrechter hin. »Wir werden straightes Formatradio machen, Zielgruppe vierzehn bis fünfundzwanzig, plusminus.«

»Was?« schrie ich, verschluckte mich fast. Was … ?

»Kürzere Moderationen, höherer Musikanteil, mehr Gewinnspiele, ein gläsernes Studio in der City«, fuhr er unbeirrt fort. »Wir machen einen harten Übergang. Die Station wird nicht mehr *PowerRock Berlin* heißen, sondern *PowerStation Berlin*. Oder so. Der Name steht noch nicht fest.«

Er zählte das auf, als wäre es die normalste Sache der Welt, und eine seltsame Art von Siegesgewißheit ging von ihm aus. Ich war total vor den Kopf geschlagen. Meine Sendung *Nachtratten* erreichte alle, war die einzige Nachtsendung in der Stadt, die überhaupt Hörer hatte, richtige Quoten. Lange Moderationen, viel Gespräch, geringer Musikanteil, aber der vom allerfeinsten, fast keine sogenannten Hits. *Gläsernes Studio?* So überflüssig wie Kondomautomaten in Altenheimen.

Ich schmiß mich rückwärts in den Stuhl, der Mini-Aschenbecher machte einen Abgang von der Lehne, auch egal, ich zündete, jetzt deutlich zittrig, die nächste Camel an, obwohl ich irgendwie der Meinung war, gerade eine angemacht zu haben.

Fuckfuckfuck. Ich Idiot mit meinem Konzept – nichts lag ihm ferner. Vögler wollte assimilieren, assimiliert werden. Die *Borg* hatten ihn erwischt. Der einzige Sender mit Gesicht in Berlin würde im Brei untergehen. *Nicht mit mir*, war mein nächster Gedanke, und dann wieder: *Warum*? Verdammt, dies hier war auch *mein* Sender.

»Warum?« fragte ich schwach. »Warum denn nur?« Rechts vorne vor meinem Stuhl qualmte es am Boden, und ich trampelte blind mit dem Fuß herum, bis es aufhörte.

Vögler grinste jetzt, seine Augen blitzten fies.

»Es würde nicht mehr lange gutgehen. Unsere Zielgruppe wird älter, hört auf, Radio zu hören, konzentriert sich auf andere Dinge, *wechselt den Musikgeschmack*.«

»Quatsch!« blaffte ich. Das war ein übles Gerücht: Wenn man älter wird, hört man plötzlich total bescheuerte Musik. Ich hatte das nie glauben wollen. Eine meiner ganz großen Ängste: mich mit sechzig, fünfundsechzig dabei zu erwischen, wie ich zu *Stefanie Hertel* oder den *Wildecker Herzbuben* mit dem Fuß wippe. Niemals.

Vöglers Grinsen war jetzt ziemlich breit, immer noch, ohne daß er das restliche Gesicht verzog. Ihm schien diese Scheiße Spaß zu machen. »Hauptsächlich jedoch aus wirtschaftlichen Erwägungen. Verdrängungswettbewerb. Ich habe ein paar sehr dicke Fische in Aussicht, eigentlich sogar schon sicher, die wir exklusiv bekommen, wenn wir konzeptionell in Vorleistung gehen. Das würde unseren ärgsten Konkurrenten ganz schön das Wasser abgraben.«

»Wir *haben* überhaupt keine Konkurrenten«, protestierte ich, während mir ganz allmählich klar wurde, was hier lief, und ich ein übles Kribbeln im Nacken verspürte.

Außerdem erzählte Vögler Scheiße: *Boulevard Berlin*, der Zweitplazierte, war ein überaus langweiliges, schlecht gemachtes Middle-Of-The-Road-Radio für eine Zielgruppe kurz vor dem Ruhestand. *HipPop* und *Sound* waren quotenmäßig noch Meilen hinter uns. Die paar öffentlich-rechtlichen, die sich in diesen Zielgruppenregionen umtaten, wurden nicht mal von den eigenen Mitarbeitern gehört. Auf den vorderen Rängen tummelte sich – außer uns – weitestgehend sauberes Familienradio, das *adult contemporary* spielte, Mainstream für Erwachsene. Es *gab* keine Konkurrenz. Wir waren der Porsche unter den Berliner Radiostationen.

Vögler brachte die böse Vier-Worte-Formel, das Totschlagargument ins Spiel: »Es ist beschlossene Sache.«

Wir beäugten uns gegenseitig, ich sackte in mich zusammen, dachte an die zurückliegenden Jahre – unseren Erfolg, unser Engagement, den Riesenstreß am Anfang. Alles Schauspielerei? *Doch* ein gewiefter Geschäftsmann, der mir nur jahrelang den Radiofreak vorgespielt hatte, den Rocker? Natürlich war Vögler clever, das hatte ich gewußt – und gleichzeitig irgendwie – bis gerade eben – geglaubt, nun gut, eher gehofft, wir wären seelenverwandt. Daß uns beiden das Medium wichtiger wäre als alles andere. Verflucht, das meiste, was *PowerRock Berlin* ausmachte, hatte mit mir zu tun, meinen Ideen, meinen Vorschlägen, die ich manchmal sogar gegen Vögler durchsetzen mußte, schließlich aber mit ihm durchzog. Ich hatte die Leute zusammengesucht. Discjockeys ausgebildet, bis zum Gehtnichtmehr, Volldeppen, die Radiostars wurden. Lindsey nach Deutschland geholt, den armen Kerl. Was passierte hier?

Ich sagte nichts. Was auch? Jede Drohung wäre verpufft – ich hatte nichts, womit ich drohen konnte, nicht mehr, das wurde zunehmend deutlich.

»Wir können das Schema auch nachts nicht halten. Da müssen wir *special interest* machen. Vielleicht ein paar Sendeplätze abgeben. Aus politischen Gründen.«

Ich wußte einfach nichts mehr zu erwidern. Er erzählte davon, mich *behalten* zu wollen. Und: »Du könntest in die Morgenschiene einsteigen. Als Co-Moderator. Ich versuche, Clemens Ziegler für das Morgenprogramm zu bekommen.«

Ich staunte über mich. Eigentlich hätte mir längst der Kragen platzen sollen, ich hätte jetzt, an dieser Stelle, gewalttätig werden müssen. Oder ohnmächtig. Clemens Ziegler war ein pubertäres Schauspieler-Imitat, der gerade eine dieser neuen, brechreizerregenden Vorabendserien verlassen hatte, unter großem Tohuwabohu. Und wer sollte die Nachrichten sprechen? *Pamela Anderson*?

»Ich bin einunddreißig«, blaffte ich, nach kurzem Nachrechnen. »Willst du damit sagen, daß ich zum alten Eisen gehöre? Nur noch als Co-Moderator tauge für einen Milchbubi, der seinen Schwanz immer noch ausschließlich zum Pinkeln benutzt?«

Vögler zuckte die Schultern, ohne die Geste durch irgendeinen Gesichtsausdruck zu unterstützen, und sagte: »So leid es mir tut: Aus Sicht unserer neuen Zielgruppe – ja.«

Das Gespräch war vorbei, beendet, einfach so: Es gab nichts mehr zu sagen, zum Abschluß überreichte er mir ein Memo, und ich nahm es mit flatternden Händen entgegen: Zum elften August, dem ersten Schultag nach den Sommerferien, also in drei Wochen, würde *101.1 FM PowerRock Berlin* zu einem dieser Nullachtfünfzehn-Teenie-Dinger werden, Rotation verkürzt auf sechshundert Titel, nahezu vollständiger Wechsel der Moderatoren (wie lange war das schon in Vorbereitung?), und, und, und. Teambesprechung am kommenden Montag. Welches *Team*? Es gab hier kein verfluchtes Team mehr. Vögler hatte uns verschachert, an *Nike-Radio, Cola-FM* oder so, und er hatte mich abgeschlachtet, mitten auf dem Höhepunkt meines Erfolges.

Erst als sich seltsame Flecken auf dem fotokopierten Memo ansammelten, merkte ich, daß ich weinte.

3. Last Night A DJ Saved My Life 1969–1972

Radio hatte mich schon immer fasziniert. Vermutlich, ich weiß es nicht, habe ich schon als Säugling staunenden Auges vor einem dieser Wunderapparate gelegen, aus denen Leute sprachen und Musik kam, ohne daß man Köpfe oder Instrumente sah, die hätten da auch überhaupt nicht reingepaßt.

Meine Mutter ließ das Radio in der Küche und den teuren Stereoapparat im Eßzimmer den ganzen Tag lang laufen. Während sie arbeitete, summte sie die Melodien mit, sang aber glücklicherweise nie, denn obwohl sie eine opernsängerinnenmäßige Figur hatte, war ihre Stimme quälend unmelodisch und piepsig. Sonntags, bevor wir unseren obligaten Ausflug unternahmen, kurz nach dem Mittagessen, war eine bestimmte Radiosendung heilige Pflicht: Schweigen und Mitraten waren angesagt, wenn der selige Dalli-Dalli-Hans Rosenthal das »Klingende Sonntagsrätsel« moderierte, eine müde, tödlich langweilige, schlager- und operettenbetonte Ratesendung, bei der es darum ging, aus den Buchstaben einzelner Titel oder Interpretennamen irgendein Lösungswort zu bilden. Ich weiß nicht mehr, was es zu gewinnen gab und ob wir beziehungsweise meine Mutter diesen Gewinn je einfuhren, überhaupt teilnahmen, aber mitgeraten wurde in jedem Fall. Das »Klingende Sonntagsrätsel« und die »ZDF-Hitparade«, das waren die beiden kulturellen Fixpunkte in unserem Familienleben. Gleichzeitig stellten diese beiden Glanzlichter deutscher Sechziger-Jahre-Medienkultur die einzigen Versuche meiner Eltern dar, uns irgendwie in dieser Hinsicht zu beeinflussen. Natürlich waren Rocksänger *Kroppzeug*, war jede Musik jenseits von Schlager und Volksgetümele reines Geschrei, Affen- und Urwaldmusik, waren die Träger langer Haare Gesindel, Drogenkarriere vorprogrammiert. Zumindest das stimmte, in einigen Fällen. Die

Einflußnahme endete jedenfalls bei Heck und Rosenthal, und was wir sonst hörten, blieb uns überlassen, solange wir es weitgehend für uns behielten. Von einer eigenen Auswahl beim Fernsehen war nicht zu träumen, zu keiner Zeit, schließlich gab es lediglich drei Programme plus zwei Ostkanäle, die zwar eingestellt, aber tabu waren, und auch nur einen Schwarzweißfernseher, den niemand bedienen durfte, natürlich mit Ausnahme meines Vaters, selbst meine Mutter nur in Ausnahmefällen. Fernsehen ohne Beisein der Eltern war schlicht verboten.

Mir war eigentlich egal, was ich hörte, musikalisch gesehen, zu diesem Zeitpunkt jedenfalls. Die Schlagerikonen aus den Sendungen für Leute, die nur mit Stützrädern laufen können, fand ich schleimig und langweilig, aber ich ertrug es. Die paar Radioprogramme, die es damals gab und deren Sprache ich verstand (wir hatten zwar BFBS, BBC und AFN in Berlin, aber die hörte ich erst viel, viel später), sendeten familien- und seniorentauglichen Sondermüll. Sendungen mit »jugendlicherer« Musik waren die Ausnahme, ganze zwei gab es davon pro Woche zu grundschülerfreundlichen Zeiten, genaugenommen anderthalb: »Hey, Music« und »Schlager der Woche«. An Programmplätzen untergebracht, wo sich das Aufsehen in Grenzen hielt, fesselten diese beiden Shows Tausende Schüler an die Radioempfänger, vor denen sie hockten und mit Mono-Cassettenrecordern per Mikrofon auf teure AGFA-C60-Cassetten so aufzunehmen versuchten, daß keine Sprache »mitkam«. Durchsetzt zwar mit Cindy, Bert und Konsorten, aber eben auch angereichert mit »The Sweet«, »Slade«, »Manfred Mann's Earth Band« und dergleichen, fand sich hier die einzige Möglichkeit, eine eigene Kultur innerhalb der vorgegebenen Medienwelt zu formulieren, jedenfalls in Berlin. Es dauerte ganz schön lange, bis die Sender begannen, sich zeitweise und schließlich ganz und gar dem jungen Publikum zu öffnen, und in den Neunzigern ist dieser Prozeß dann hoffnungslos umgekippt.

Mir war die Musik fast völlig egal. Ich lauschte den *Stimmen*. Radiomoderatoren waren zu dieser Zeit reine Ansager. Telefonspielchen oder kurze Reportagen – bis auf das vielgehörte Bundesligachaos am Samstagnachmittag, von Live-Berichterstattung im Fernsehen träumte man noch nicht einmal – waren damals kaum denkbar, Sendungen wie »Schlager der Woche« wurden sogar vorproduziert, und das, obwohl der Moderator kaum mehr zu sagen hatte als den Titel, den Namen des Interpreten und die Plazierung. Trotzdem waren diese Leute Stars. Bei den anderen waren sie beliebt, weil sie *unsere* Musik spielten. Ich fand sie toll, weil sie gute Stimmen hatten und scheinbar locker völlig fehlerlos sprechen konnten; ich wußte ja noch nichts von Bandkonserven und Schnitten. Lord Knud, der Moderator von »Schlager der Woche«, und Jürgen Jürgens, der »Hey, Music« machte – die fortschrittlichere der beiden Sendungen -, das waren die Leute, über die wir am nächsten Tag in der Schule sprachen, die wir zitierten mit ihren Lieblingssprüchen, langweiligen, zotigen Wiederholungen irgendwelcher Nichtigkeiten.

Und jetzt hatte ich ein eigenes Radio. Ein kleines, gelbes, kofferförmiges (tatsächlich in genau der Form, die *Samsonite* später kultivierte) Radio, betrieben von zwei Mignonzellen, mit eingebautem Lautsprecher an der Seite und Kopfhöreranschluß, der den Lautsprecher automatisch abschaltete, wenn man einen Ohrstöpsel anschloß, einen kleinen, beigefarbenen Knopf am Klingeldraht, der im Ohr nach einer Weile weh tat und ganz schrecklich klang. Fünfzehnneunzig oder neunzehnneunzig bei »Tchibo« oder »Eduscho«, irgendeinem dieser Kaffeeläden. Ich hatte ein eigenes Radio. Meinen Stoffkoala »Grißly« unter dem linken Arm (mit neun darf man sowas noch), das kleine gelbe Radio in der rechten Hand, wackelte ich die Treppe zum *Souterrain*, in den Keller hinunter, in das frischrenovierte Zimmer, das noch immer nach feuchtem Muff roch, vorbei an der türlosen Werkstatt meines Vaters, aus der der Geruch von Korn und altem, öligem Metallstaub kam, in die luftige (nichtsdestotrotz muffige) Höhe des Doppelstockbettes, das mir jetzt alleine gehörte und durch dessen Ritzen es nichts Erstaunliches mehr zu beobachten gab, kein verzerrtes Schwestergesicht zu rhythmisch ruckelnder Bettdecke etwa.

Es war ein Sommerabend, ich weiß es noch ganz genau; mein Souterrainfenster ging nach Südwesten, die Gitterstäbe vor dem Fenster warfen brutale Schatten an die gegenüberliegende Wand, an der sich das scheußliche Bananenmuster vom Fußboden fortsetzte, glücklicherweise hatte es nur noch für diese Wand gereicht. Veronika, meine Schwester, saß oben vor dem Fernseher. Meine Eltern waren an diesem Abend zu Freunden eingeladen, zu einer Geburtstagsfeier. Gegen eins, zwei würden sie, alle beide stockbesoffen, wieder nach Hause kommen, natürlich mit dem Auto, und sich dann streiten, lautstark, alle Rücksicht vergessend, scheißegal, was die Nachbarn denken. Wenn sie beide *richtig* hacke waren, versuchte mein Vater häufig, meine Mutter zu schlagen. Da sie locker das Dreifache von dem wog, was er auf die Waage brachte, war das keine leicht zu bewältigende Aufgabe, aber er schaffte es manchmal, weil meine Mutter ja auch strandhaubitzenmäßig dabei war. Ansonsten hielt sie ihn einfach am ausgestreckten Arm, und er ruderte und trat, ohne etwas zu erreichen, bis es meiner Mutter zu viel wurde und sie das Männchen einfach nahm und aufs Sofa schmiß, im günstigsten Fall, oder, häufiger, an die Wand, und einmal sogar aus dem Wohnzimmerfenster, woraufhin er eine Woche im Krankenhaus bleiben mußte, mit zwei Brüchen und heftigen Schnittverletzungen. Meine Eltern soffen sich fast jeden Abend zu, mein Vater, weil er mußte, meine Mutter aus Geselligkeit, vielleicht auch aus Langerweile, möglicherweise, weil sie sich selbst nicht besonders mochte; die Gründe waren mir schnurz. Wenn sie zu Hause soffen, kam es früher zum Streit, wenn sie auswärts soffen, später, niemals aber außerhalb unseres Hauses, so weit reichte die Contenance noch. *Immer* jedoch waren wir Zeugen, meistens hörten wir es nur, häufig aber mußten wir es mit ansehen: In der Wohnzimmertür stehend, ich mit Grißly unter dem Arm, im ausgewaschenen und zu knappen Frotteeschlafanzug (den sah ja nie ein Nachbar), Veronika im Nachthemd, manchmal noch mit vom Fahrradfahren verschmutzten weißen Tennissocken an den Füßen. Wir weinten beide, anfangs, waren erschüttert, verängstigt, eingeschüchtert, später dann nicht mehr. Es war nicht nur die pausenlose Wiederholung, die es bedeutungslos machte, oder die Tatsache, daß am nächsten Tag wieder alles im Lot zu sein schien, jedenfalls tagsüber, nein: Es gab keine Gefühle im Hause Kunze außer den ambivalenten zwischen Veronika und mir. Wir bedauerten uns gegenseitig. Aber unsere Eltern nie. Denn die waren ja erwachsen, und was immer sie auch taten, in mir reifte die Überzeugung, daß sie schon wissen würden, *warum*.

Jedenfalls sollte ich an diesem Abend mit Veronika alleine bleiben. Radio hören bis höchstens um neun, dann Licht aus, Klappe zu, Affe tot. Veronika dürfte mir das Radio wegnehmen, eine himmelschreiende Gemeinheit. Sie würde es so und so tun. Hätte es getan. Wenn sie nicht kurz nach meinen Eltern abgedampft wäre. Als ich um neun den kleinen gelben Empfänger abschaltete, mir das beigefarbene Stöpselchen aus dem pochenden Ohr zottelte und nach oben lauschte, war es still. Ich kannte das, früher hatte es mir nie etwas ausgemacht: Veronika verschwand, kurz nachdem meine Eltern gegangen waren, wann sie wiederkam, merkte ich nicht, und ich wußte auch nicht, wohin sie ging, fragte sie nie; sie hätte es mir sowieso nicht gesagt. Meine Eltern hätten ihr das Hirn aus dem Schädel gedroschen, hätten sie davon gewußt, aber nicht, weil sie in Sorge um mich waren oder vielleicht um meine Schwester, sondern weil sie keine Rumtreiberin zur Tochter wollten, *wenn sich das herumgesprochen hätte* ... Daß die Nachbarn das versoffene Gebrüll auch noch drei Häuser weiter hörten, daß manchmal Leute vor dem Gartenzaun standen und kopfschüttelnd zuhörten, das schien niemanden zu interessieren.

Ich lag auf meinem Bett, das kleine gelbe Radio auf der Bettdecke, und starrte die schlechtverklebten Styropordeckenplatten an, kaum einen Meter über meinem Gesicht. Das Haus war still, von draußen war nichts zu hören. Wir wohnten an einer Straße, die zu diesem Zeitpunkt noch ein schlaglochübersäter Feldweg war, fünfzig Meter weiter begannen die Getreidefelder, tatsächlich, im Süden von Berlin-Neukölln, Anfang der Siebziger. Es war fast einsam.

Dann hörte ich das Rascheln. Direkt neben mir. Die Wand raschelte. Zischelte. Knisterte. Knatterte. Es hörte sich an, als würde sich eine riesengroße Ratte ganz, ganz langsam zu mir hindurchnagen. Mir stellten sich die Haare auf, ich bekam einen heftigen Schweißausbruch, war sofort klatschnaß, drückte Grißly und das Radio an mich und rutschte lautlos von der Wand weg, soweit es ging. Das Rascheln hörte nicht auf. Es wurde mal lauter, mal leiser, kam mal eher von oben, dann aus der Mitte, von unten, von überall. Es war das allerallerschrecklichste Geräusch, das ich jemals gehört hatte.

Und ich war allein. Das Haus war verlassen, meine Eltern waren saufen, meine Schwester machte irgendwo irgendwas. Es war niemand da. Ich konnte den Fußboden neben meinem Etagenbett nicht sehen – nicht mehr, dafür war es inzwischen zu dunkel; die Straßenlaterne warf nur zwei magere Gitterschatten an die Wand. Ich konnte kein Licht einschalten, denn meine Lampe war *an der Wand* befestigt, aus der das Rascheln kam, und dahin konnte ich nicht greifen, um keinen Preis. Ich konnte nicht aus dem Bett, weil ich nicht wußte, was auf dem Fußboden war, vielleicht krabbelte es dort auch schon. Woher das fürchterliche Rascheln kam, wer oder was es verursachte. Bewegungslos lag ich auf meinem Bett und wartete darauf, daß mich jede Sekunde irgendwas anfallen und auffressen würde. Nie wieder hatte ich solche nackte Angst um mein Leben.

Ich weiß nicht, wieviel Zeit verging. Irgendwann wagte ich es, ganz langsam die Bettdecke über meinen Kopf zu ziehen. Unter der Decke war es zwar völlig dunkel, aber auch völlig still: Ich mußte das Geräusch nicht hören. Natürlich würde mich die Riesenratte trotzdem fressen, *vielleicht*. Aber die Angst wurde ein bißchen weniger.

Und dann schaltete ich das Radio ein, steckte mir extrem vorsichtig das Stöpselchen ins Ohr. Bis dahin hatte ich noch niemals nachts Radio gehört (die Sender hatten sogar noch *Sendepausen*, bis weit in die Achtziger). Es lief eine Sportsendung, die sich aus zwischenmoderierten Berichten zu mehreren Ereignissen zusammensetzte, keine Ahnung mehr, welche das waren; Sport interessierte mich damals und auch später nicht. Aber der Moderator war faszinierend, hatte eine kolossale, ganz einnehmende, warme, gleichzeitig rasante Stimme, die mich fesselte und mit der Zeit völlig vergessen ließ, daß eine monströse rotäugige Ratte dabei war, sich durch die Kellerwand unseres Hauses zu fressen. Ich lauschte, lauschte.

Irgendwann riß meine Schwester die Decke von mir herunter, es war hell, ich schrie vor Schreck, immer noch verängstigt, sah die Ratte plötzlich wieder vor mir, bis ich Veronika erkannte, der ich um den Hals fiel, und ließ mich von ihr aus dem Bett ziehen, mit beiden Armen an ihrem Hals hängend. Ich weinte wie verrückt, meine Riesenangst packte mich wieder, ich wagte, nicht zur Wand zu zeigen.

»Donny, Kleiner, was ist denn?« fragte sie. Donny ist so ein superbescheuerter Kosename, aber von *Donald* gibt's eben kaum brauchbare Verniedlichungen. *Jeder* nannte mich Donny, auch in der Schule (ich hatte eine schwere Zeit, als die *Osmonds* mit Front-Jungschwein Donny Osmond große Erfolge feierten).

Ich brachte kein Wort heraus, verdrehte aber meinen Arm und zeigte auf die Wand hinter mir.

»Was ist denn da?«

Ich schüttelte den Kopf. Meine Schwester stierte zur Wand und sagte nichts, für einen Moment lang war es völlig ruhig, und ich befürchtete schon, die Ratte hätte sich verzogen, um mich am nächsten Abend wieder heimzusuchen. Aber das Geräusch war zu hören, ein leises, aber flächiges Rascheln, Kripseln, direkt von der Wand neben meinem Bett.

»Verflucht, was ist denn *das*?« schrie Veronika vor Schreck, packte mich und rannte mit mir hoch in ihr Zimmer, das uns bis zu diesem Tag gemeinsam gehört hatte. Ich schlief fast sofort tief und fest in ihren Armen ein, Grißly und das kleine gelbe Radio, das mich beschützt hatte, an mich gedrückt.

Daß mein Vater, als er am nächsten Tag die ohnehin lockeren Tapeten von den feuchten Wänden riß, nur ein paar kleine schwarze Käfer dahinter fand, die aus einem fingerdicken Loch gekrabbelt kamen, änderte nichts mehr an meinem Entschluß, ein *Radiomann* zu werden.

Einer, der Leute nachts beschützt vor den dicken Ratten dieser Welt, die sich durch Wände fressen.

4. Morning Has Broken 1972–1981

Meine Stimme blieb, auch nach dem Stimmbruch, der mich irgendwann zwischen vierzehn und fünfzehn erreichte, eine klangvolle, wohlbetonte, superschnelle Stimme. Wäre ich in Bayern oder so groß geworden, was zum Glück nicht der Fall war, hätten sie mich wahrscheinlich alleine wegen der Stimme in ein Priesterseminar geschickt. Donald Kunze, *the voice*, dem Gott so wenig bedeutete wie einem südafrikanischen Buschmann der aktuelle Hit von *Fleetwood Mac*, auf einer Kanzel: eine lustige Vorstellung. Allein der Kelch ging an mir vorbei. Meine Eltern waren alles andere als religiös, glaubten ausschließlich an die Macht des Scheins und den heiligen Weingeist, und Berlin sowieso ein weitgehend agnostisches Refugium.

Nach zweieinhalb Jahren fiel mir das Gymnasium zusehends schwerer, was weniger am Stoff lag, den ich mehr oder minder nebenbei bewältigte, jedenfalls den unvermeidlichen Anteil. Meine Mitschüler interessierten mich kaum mehr als vorher die an der Grundschule, das opportunistische, egoistische Pack. Ich beobachtete die Cliquenbildung, die filigranen, enorm einengenden Strukturen, die sich zunächst die Mädels, später auch die Jungs auferlegten: *Behavior Groups* mit festgesetzten Regeln. Mißachtung und Integration, Abgrenzung und Anbiederung. Ich verstand es ums Verrecken nicht, blieb Einzelgänger. Ein paar zaghafte Versuche, Freundschaften zu schließen, scheiterten, weil ich den *Spaß*, den die Jungs hatten, einfach nicht verstand, geschweige denn lustig fand, und weil mich die Themen, mit denen sie sich befaßten, einfach nicht interessierten: Fußball, flippern gehen, heimlich rauchen, *Weibern* nachstellen.

Was mich interessierte, war der Deutschunterricht, vor

allem, wenn es um dialoglastige Literatur ging, Hörspiele und Theaterstücke. Aber mein Lieblingsfach war Musik. Da stand ein prächtiges Sonor-Schlagzeug im Musikraum, ganzer Stolz unseres glatzköpfigen Lehrers, Santana-Fan durch und durch, ein verklärter, leicht esoterischer Spāthippie mit starkem Hang zu progressivem Rock. Die Schule hatte einen Synthesizer, so ein fummeliges Ding, das kaum je Töne hervorbrachte, schweineteuer, und wann immer sich eine Gelegenheit ergab, baute er den Koffer auf, mühte sich stundenlang am Steckfeld ab, um harmonische Sägezahnfolgen zu erzeugen, staunte über sich selbst, begeistert wie ein kleines Kind, während sich die meisten Schüler zu Tode langweilten und nicht einmal ansatzweise begriffen, was er uns da zu zeigen versuchte. Er hieß Paul; fast drei Jahre lang bemühte er sich händeringend, mich zum Singen zu bringen. Ich weigerte mich ebenso beharrlich: Singen war nun wirklich nicht mein Ding. *Sprechen*, das war es. Und Musik. Endlich, mit vierzehn, fünfzehn, entdeckte ich Rockmusik, Pop, progressiven Krempel, was sich damals noch auf Pink Floyd, Genesis und Mike Oldfield beschränkte. Paul ließ sich in seinem Bemühen, mich in den Chor, zur Gesangsausbildung, irgendwas in dieser Art zu bringen, dazu herab, mir Musiccassetten aufzunehmen. Ich besaß einen Radiorecorder, mein ganzer Stolz, mühselig zusammengespart, und lauschte CCR, Santana, Manfred Mann und diesen Leuten. Ich liebte es, Alben zu hören, niemals nur einzelne Stücke, stümperhaft zusammengeschnitten – wie auf den hausgemachten MCs, die meine Mitschüler tauschten. Wenn ein Musiker ein Album macht, dachte ich mir, tat er das wohl kaum, um bis an sein Lebensende einen einzigen Titel aus dieser LP spielen zu müssen. Ich entdeckte die Konzepte, die hinter den Alben standen, die Entwicklung, das Gefühl, die Botschaft. Und als ich dann Jackson Brownes *Running On Empty* in die Hände bekam, war es um mich geschehen.

Zu Hause tobte der übliche Krieg. Veronika war ausgezogen, pünktlich an ihrem achtzehnten, sie hatte einfach ihre Sachen gepackt – und war auf und davon. Meine Eltern redeten nicht mehr mit ihr, ich mußte sie heimlich treffen, was nicht leicht war, denn anrufen konnte, durfte sie bei uns nicht, also holte sie mich von der Schule ab, manchmal. Damals wußte ich nicht, was Veronika tat, um zu überleben: Sie bewohnte eine heillos verdreckte WG im Wedding, die ich nur einmal sah, dann weigerte ich mich, sie dort zu besuchen. Ihre Mitbewohner waren dreckige, strubbelige Nichtstuer, und der Gestank in dieser Wohnung war einfach unerträglich. Veronikas Zimmer war zwar deutlich sauberer, aber der Schmuddel und selbst der Geruch aus der Küche ließen sich auch da eindringlich wahrnehmen. Sie führte mich in Eisdielen, ab und zu ins Kino, und kaufte mir manchmal eine Cassette, leider oft irgendwelche blöden Hit-Sampler, die ich mir kaum einmal anhörte und meistens tauschte. Veronika sah seltsam aus, war heftig geschminkt, richtiggehend *bemalt*, aber darunter blaß und irgendwie fahrig, wurde außerdem dünner. Sie sagte mir, sie würde nachts arbeiten, aber was, das sagte sie mir nicht, vielleicht aus Angst, ich würde es unseren Eltern verraten, aber diese Angst war unbegründet: Meine Eltern ignorierten mich. Es war, als würden wir nur zufällig das gleiche Haus bewohnen. Die Gespräche reduzierten sich auf die – bis ins späte neunte Schuljahr anhaltende und absolut sinnlose – Kontrolle meiner Hausarbeiten, auf kurze Kommentare beim Unterschreiben meiner Klassenarbeiten, ein paar Mark und ein Schulterklopfen bei guten Zeugnissen. Auch das hörte auf. Meine Eltern redeten allerdings kaum mehr *miteinander*, jedenfalls zu Hause nicht, höchstens, wenn sie wieder kloppvoll von irgendeiner Party, einer geselligen Runde kamen, mit irgendwelchen Säufern, die uns auch besuchten, sehr selten allerdings, und zu denen ich *Tante* und *Onkel* sagen mußte, immer noch, obwohl sie nicht mit mir verwandt waren.

Mehr gibt es dazu nicht zu sagen. Mit sechzehn, 1979, brach ich die Schule ab, am Ende der zehnten Klasse, vor dem Eintritt in die Oberstufe. Das wollte ich mir nicht geben, es hatte keinen Sinn, keine Bedeutung, keine Qualität. Was ich wissen mußte, glaubte ich zu wissen. Und meine Eltern wollte ich genausowenig sehen, wie sie meine Schwester.

Ein Nachbar nahm mich irgendwann beiseite, fing mich ab, als ich auf dem Weg nach Hause war, ein lustloses Schlendern, mit den Händen durch Zweige fahrend, die über Zäune hingen, Steine kickend. Es gab dort nichts, was mich erwartete: Noch immer in meinem Kellerloch, konnte ich mit dem Stöpsel im Ohr stundenlang die Gitterstäbe anstarren und *The Load-Out* von Jackson Browne hören, eine prickelnde Aussicht – das Zimmer von Veronika war zum Gästezimmer geworden, obwohl wir so gut wie nie Gäste hatten, aber es machte natürlich Eindruck, auf wen auch immer.

Dr. Krüger wohnte zwei Häuser weiter, auf der anderen Straßenseite. Ein älterer Herr, sympathisch, jedenfalls nach dem äußeren Eindruck zu urteilen: Kontakt mit den Nachbarn hatten wir kaum.

»Donald!« rief er.

Ich wackelte rüber, erfreut über die Unterbrechung.

»Hast du Zeit? Könntest du mal reinkommen?«

»Klar.« Ein Schmutzfink, einer, der böse Sachen mit halbwüchsigen Jungs machte, war das wohl kaum. Ich ging mit hinein, in ein gepflegtes, recht modernes Haus. Krüger brachte mir eine Coke und goß sich Kaffee ein. Wir setzten uns in ein Zimmer, das mit Büchern vollgestopft war.

»Du weißt, daß ich Anwalt bin?« fragte er.

Ich schüttelte den Kopf.

»Na ja, ich bin einer. Für Familienrecht, das ist mein Spezialgebiet. Ich würde gerne mit dir über deine Eltern sprechen, wenn es dir recht ist.«

Ich starrte ihn an. Familienrecht? Was hatte das zu bedeuten? Hatte ich irgendwas verbrochen, waren meine Eltern tot oder so?

»Okay«, sagte ich.

Das war's dann. Krüger hatte ziemlich viel mitbekommen,

und das, was er noch nicht wußte, erzählte ich ihm. Ich unterschrieb eine Vertretungsvollmacht. In den darauffolgenden Tagen organisierte Krüger Gespräche mit Leuten vom Jugendamt, von irgendeiner seltsamen Initiative (die auch die Kosten übernahm, später dann das Sozialamt), mit Veronika und ein paar anderen. Irgendwann gingen wir dann gemeinsam zu meinen Eltern. Sie wehrten sich kaum, schienen mir sogar erfreut zu sein, um eine Bürde erleichtert, die ihnen nichts bedeutete. Noch am gleichen Tag zog ich aus, erst für ein paar Tage zu Krüger, dann in eine Art WG, wie meine Schwester, aber deutlich sauberer: Betreutes Wohnen für Jugendliche in meiner Situation. Krüger beantragte, mich vorzeitig für mündig erklären zu lassen. Ein halbes Jahr später war ich frei. Zwei Wochen vor meinem siebzehnten Geburtstag. Das schönste daran war, daß meine Eltern zu Unterhaltszahlungen verpflichtet waren. Ich nahm mir eine fitzelkleine Wohnung in Neukölln, ein Zimmer plus Küche, kein Warmwasser, keine Dusche, Ofenheizung, Klo in der ehemaligen Speisekammer, hundertzehn Mäcken im Monat. Ich war ein Kaiser. Es war ein großes Gefühl, weit mehr als einfach pure Freiheit. Ich hatte keine Bindung, fing praktisch völlig von vorne an, keine Freunde, keine Verwandten, die mir etwas bedeuteten, von Veronika mal abgesehen. Mein Leben begann; ich war guter Dinge, obwohl ich nicht die leiseste Ahnung hatte, wie es weitergehen sollte. Natürlich wollte ich noch immer ein *Radiomann* werden, eigentlich war das sogar alles, was mich interessierte. Aber das war leichter gesagt als getan, bei Licht betrachtet, war es komplett unmöglich. Die beiden öffentlich-rechtlichen Sender mit ihren verkopften Programmen öffneten sich jungen Talenten nicht, außerdem hätte man da erst volontieren müssen oder sich über Praktikumsplätze nach oben quälen. Ich traf irgendwann einen Redakteur des SFB, und der nahm mir alle kurzfristigen Hoffnungen. Publizistik studieren, das hätte vielleicht geholfen, aber ich wollte mir keine vier, fünf Jahre Uni gönnen, außerdem hatte ich das Abi ja in die

Tonne gekloppt. Von Privatradio war noch nicht einmal andeutungsweise die Rede. Der einzige in ganz Deutschland empfangbare Privatsender war zu dieser Zeit *RTL Luxemburg*, der ein deutschsprachiges Programm per Mittelwelle ausstrahlte, in magerer Qualität, aber deutlich lockerer und poppiger als alles, was die öffentlich-rechtlichen machten, unter Führung von Glasauge Frank Elstner. Doch es nervte mich, das quakige Programm zu hören, ich schwenkte oft auf *AFN – American Forces Network*, die viel Rock spielten, aber auch leicht verkrampft rüberkamen, *ziemlich* sogar für amerikanische Verhältnisse, wie ich später feststellte. Die anderen Besatzersender der Briten und Franzosen sparte ich mir völlig.

Ich versuchte, alle Informationen über private Radiostationen zu sammeln, die es gab, aber das war wenig, fast nichts. Zu diesem Zeitpunkt noch. Ich schrieb einige amerikanische Stationen an, aber bis auf ein paar Aufkleber – die ich akribisch hortete, der Anfang einer großen Sammlung – kam kaum was dabei heraus. *Radiomann werden* stand ganz oben auf meiner Lebensplanungsliste, aber fürs erste mußte ich das Ziel beiseite schieben. Ich besuchte einen grauenhaften Volkshochschulkurs, um mein Englisch zu verbessern, inmitten von angehenden Fremdsprachensekretärinnen und gelangweilten Rentnern, das brachte wenigstens ein bißchen was. Irgendwann würde ich nach Amerika fahren, in das Land des privaten Radios, perfektes Englisch konnte da nicht schaden.

Zwei Querstraßen weiter gab es einen kleinen, etwas seltsamen Plattenladen, mitten im reichlich türkisch bevölkerten Nordneukölln. *Sound-Fashion* handelte aber nicht nur mit Platten, sondern gleichzeitig mit etwas, das Rudi, der Besitzer, als *junge Mode* bezeichnete: Jeans und T-Shirts. Immerhin hatte Rudi die neuesten Platten, sofort bei Erscheinen, und sogar einen reichen Fundus an gebrauchten, was immer ein Vabanquespiel war: Nicht jeden Kratzer konnte man beim visuellen Check entdecken. Es wollte aber auch kein

Verkäufer eine Dreiviertelstunde warten, bis man das Album durchgehört hatte. Irgendwann kaufte ich bei *Sound-Fashion* Mike Oldfields Live-Doppelalbum *Exposed*, für fünf oder sechs Mark, gebraucht. Aber Seite drei war völlig im Eimer, Seite vier hatte sogar Kratzer auf der Außenspur, so daß man nicht von Anfang an hören konnte. Eben noch stolz wie Oskar – neu hätte ich mir das phantastische Album nicht leisten können –, stand ich zwei Stunden später wieder bei Rudi auf der Matte und hielt ihm anklagend das weiße Cover entgegen:

»Die zweite Platte ist totaler Schrott.«

Rudi war Anfang Dreißig, machte einen ziemlich tranigen Eindruck, hatte schon ziemlich heftige Geheimratsecken und einen schütteren Kranz um das, was einmal ein Wirbel gewesen war. Er ging immer mit leicht nach vorne gebeugten Schultern, wenn er – Jeans, Stoffturnschuhe, schwarzes T-Shirt, speckige Lederjacke – durch seinen Laden schlurfte, um Klamotten einzusortieren oder zu prüfen, ob die Platte vielleicht doch da war, obwohl sie der Kunde nicht gefunden hatte. Er sah ein bißchen traurig aus, verloren, aber ich spürte, daß ihm der Job eigentlich Spaß machte. Etwas anderes stimmte nicht.

»Oh«, sagte er. »Ich nehm' sie zurück. Tut mir leid.«

»Schade. Das ist so ein tolles Album.«

»Ich hab' das Original natürlich auch da. Verschweißt.«

»Kann ich mir nicht leisten. Ich habe noch keinen Job. Die Raten für die Stereoanlage machen mich schon völlig platt.«

Ich strich die Münzen vom Tresen ein und wollte mich umdrehen, um zu gehen.

»Keinen Job?«

Ich drehte mich wieder um. Rudi stand da, die Stirn krausgezogen, und schien an etwas zu denken, das mit Gemischtwarenläden für Musik und Mode wenig zu tun hatte. Langsam nickte ich: »Weiß auch noch nicht so richtig, was ich machen soll. Erst mal jobben. Keine Ahnung.«

»Wie wär's mit einem Plattenladen?«

Ich riß die Augen auf. »*Echt*?«

»Klar. Ich würde gerne ein bißchen kürzertreten, mir geht's im Moment nicht so riesig, also vielleicht halbtags machen oder so. Aber ich kann nicht viel zahlen.«

»Egal«, platzte ich heraus. *In einem Plattenladen arbeiten.* Genial. Da hätte ich im Traum nicht dran gedacht. Zeitungen austragen, Lagerarbeit, so was; Dinge, die man als abgebrochener Oberschüler tun kann. Putzen. Ich hatte tatsächlich über *putzen* nachgedacht. Das hatte ich noch nie gemacht, ehrlich nicht, jedenfalls bis vor kurzem: Meine Mutter hatte sich keinen Fitzel der Hausarbeit abnehmen lassen, *picobello* war ein Zustand, den nur sie selbst erzeugen konnte, und natürlich hatte ich mich nicht darum gerissen. Selbst mein Zimmer hatte sie aufgeräumt, was ich haßte; ihre Art von Ordnung und meine waren inkompatibel.

»Klasse«, sagte Rudi, in einer langsamen, gleichsam abwesenden Bewegung nickend. »Du kannst anfangen, wann du willst. Vielleicht erst mal vormittags, da ist am wenigsten los. Ab wann?«

Ich hatte meine Jacke bereits ausgezogen.

Es war phantastisch. Unglaublich. Wie ein Traum. Ich konnte Platten hören, die noch niemand kannte, laut und wohlklingend über die Beschallung des Ladens, gegen die meine erknauserte Ratenzahlungsanlage vom Otto-Versand total abstank (billigstmögliches Modell, alles in einem, aus klapprigem Plastik, Boxen mit zwanzig Watt Leistung, zwei Wege, blecherner Sound). In einem gelagerten Regal an der Rückwand, hinter dem Tresen, stand ein Rieseneumel von Verstärker, mit acht Boxen, die über die beiden Ladenräume verteilt waren (Sound und Fashion waren getrennt untergebracht), und daneben ein Plattenspieler, der mir Ehrfurcht einflößte, mit Naßspielarm, der ein Alkohol-Wasser-Gemisch absonderte, um die Platten vor dem Verkratzen zu schützen, und einem System, das wie eine landende Concorde aussah. Außerdem gab es einen Cassettenrecorder von Nakamichi, der so teuer war, daß ich ihn anfangs überhaupt nicht anfaßte.

»Ist alles halb so wild«, sagte Rudi am dritten oder vierten Tag. »Die Anlage habe ich von einem Kumpel geerbt, der nach Tibet ausgewandert ist; ich würde mir nie so teures Zeug kaufen. Mach dir also nicht so viele Gedanken. Was kaputt ist, ist kaputt.«

Ich machte mir also keine Gedanken, erwarb TDK-C90er Chrome-Cassetten zum Einkaufspreis und überspielte jede Platte, die mir in die Finger kam. Anfangs nur gebrauchte, aber irgendwann erlaubte mir Rudi, auch neue Platten aufzunehmen. Wenn ich ohne Naßspieler und supervorsichtig mit dem Plattenspielermonster hantierte, würde das kein Kunde merken. Ich war im Paradies.

Und dazu machte der Job auch noch Riesenspaß, na ja, bis auf den Fashion-Anteil, das war zuerst nicht so toll, weil ich es da hauptsächlich mit Mädchen zu tun hatte, Mädels zwischen zwölf und zwanzig, die billige T-Shirts und Karottenjeans kauften. Ich war siebzehn, aber ich hatte noch nie eine Freundin gehabt, geschweige denn Sex mit jemand anderem als meiner rechten Hand, das dafür in gehöriger Menge, häufig mit dem Bild meiner Schwester vor Augen, wie sie im Etagenbett unter mir zugange war, meiner einzigen Live-Sex-Erinnerung bis dato. Mädchen verunsicherten mich ein bißchen, vor allem, wenn sie in grauenhaften rosa- oder orangefarbenen T-Shirts oder rasend komisch geschnittenen Jeans vor mir standen, eine seltsame Form von Kompetenz vermutend (ich arbeitete ja schließlich in einem *Modegeschäft*, das ließ sich kaum verleugnen, mußte also ein Fachmann sein, obwohl ich selbst das allerletzte Zeug trug), und fragten: »Sieht das gut aus?«

Und ich antwortete *immer*: »Klar!«

Wenn ich nicht bei Sound-Fashion arbeitete, hockte ich in meiner Bude und hörte Musik, dabei las ich alles, was mir über Radio in die Hände fiel. Oft fuhr ich gleich nach der

Arbeit, um eins, zwei, drei, je nachdem, wann Rudi auftauchte (und das wurde immer später), in die Amerika-Gedenkbibliothek, die größte öffentliche Bücherei der Stadt, und forschte nach Material, aber es war enttäuschend. Ich fummelte mich durch ein paar total kopflastige Bücher über Journalismus, verstand aber nur die Hälfte. Dann entdeckte ich, daß es deutlich mehr Material über Musik gab, Rockmusik, sogar echte Lexika in deutscher Sprache, und viele Bücher auf englisch.

Das waren meine Hauptbeschäftigungen. Ich versagte es mir, in Kneipen zu gehen, bevor ich achtzehn wäre, ich traute mich auch nicht, es mal in einem Sexshop oder so zu versuchen. Nur noch ein paar Monate, dann sollte auch mein *social life* beginnen, hatte ich mir vorgenommen. Dann kam mir Liddy in die Quere.

»Steht mir das?« fragte ein Mädchen, schlank, mit glänzenden schwarzen Haaren, kurzen Haaren, und so tierisch grünen Augen, daß sogar ich starren mußte. Neunzehn, zwanzig, schätzte ich, obwohl mir das normalerweise völlig fern lag, das Nachdenken über Mädcheneigenschaften, mich einfach nicht interessierte. Jedenfalls *sehr* alt, aus meiner Sicht. Ehrfurchtgebietend. Sie trug ein weißes T-Shirt, die obligaten Jeans, die obligaten Turnschuhe.

»Klar«, sagte ich.

»Mmmh.« Sie schien unzufrieden. »Meinst du nicht, daß mir Gelb vielleicht besser steht?« Dabei grinste sie.

»Klar«, sagte ich.

»Was heißt hier *klar*? Weiß *oder* gelb?«

Ich holte tief Luft und glotzte auf ihr T-Shirt, einfach so, ohne einen Gedanken daran, daß der Blick vielleicht mißverstanden werden könnte. Weiß oder gelb? Keine Ahnung. Moment mal. Waren das *Brüste*? Nippel? Ich spürte, wie ich rot wurde, ganz schön rot, und sah lieber wieder zum Tresen, auf den Lieferschein für die Platten.

»Weiß«, brummelte ich, peinlich berührt, wahrscheinlich zum allerersten Mal überhaupt. *Peinlichkeit* war mir schlicht fremd bis zu diesem Zeitpunkt. Weiß, gelb, grün, rot. Sie hätte genausogut würfeln können, statt sich auf eine Empfehlung von mir zu verlassen. Außerdem hatte sie das *weiße* T-Shirt an, wie sollte ich da wissen, ob ihr Gelb steht. So eine blödsinnige Frage. Meine Imaginationsfähigkeit, was weibliche Körper in verschiedenen Outfits anbetrifft, war damals noch nicht sehr ausgeprägt.

Sie antwortete nicht. Nach ein paar Sekunden wagte ich es, den Blick wieder zu heben. Sie stand immer noch da.

»Ist irgendwas?« fragte sie grinsend.

Ich blies die Backen auf. Schüttelte den Kopf, ein bißchen zu sehr, wurde wieder rot. *Was zur Hölle …?*

»Weiß also«, stellte sie fest. »Gut.«

Ich nickte. Mir war Kleidung völlig egal. Ich kleidete mich, um nicht nackt zu sein, um nicht zu frieren, um nicht aufzufallen, wäre sonst wahrscheinlich im Bademantel herumgelaufen. Aufwendige Klamotten fielen für mich in die gleiche Kategorie wie Gästezimmer, die nie jemand bewohnt: Makulatur, Vortäuschung falscher Tatsachen, Blendertum, geeignet, jemanden zu beeindrucken, ohne daß irgendwas dahinterstünde. Je besser Leute angezogen waren, um so skeptischer stand ich ihnen gegenüber. Vor allem aber stand ich Leuten skeptisch gegenüber, die auf den Mummenschanz hereinfielen – auf *jede* Art, ob nun teure Klamotten oder Gästezimmer für *niemanden*, obwohl ich wenige Leute kannte, die wirklich teure Klamotten trugen. Ich selbst hatte immer irgendwelche Hosen an, die mir halbwegs paßten, und irgendwelche Pullis, die der gleichen Anforderung genügten. Immerzu und ohne Abwechslung. Meine derzeitige Kleidung bestand aus einem ausgewaschenen schwarzen (jetzt also wäßrig-grauen) T-Shirt und einer Jeans, die der Geschichte dieser Hose alle Ehre machte: Sie war halb zerfleddert und inzwischen fast ohne Farbe. Irgendwann kam das in Mode, aber bei mir hatte das nichts mit Mode zu tun, weniger als nichts.

»Kannst du mir irgendeine Platte empfehlen? Was ist *heiß* zur Zeit?«

Gottogott. Heiß? Vielleicht weiße T-Shirts. Nippel. Ich kämpfte weiterhin gegen den Blutstau in meinem Gesicht an, schob den Lieferschein in eines der Ablagefächer im Tresen, um ein wenig abzulenken, und glotzte dann wie ein Bescheuerter durch den Laden, als würde man den Covern (alle in Plastikschutzhüllen, gebraucht für zwanzig Pfennig, ein ausgesprochen gut laufender Artikel) ansehen, was *heiß* war. *Alles* war heiß. Aber dieses Mädchen wollte sicherlich nichts von Singer-Songwritern wissen. Oder von Konzeptalben. Also ging ich die Charts im Kopf durch. Nannte ein paar Alben, ein paar Singles, aber das grünäugige Mädchen verzog das Gesicht.

»Hörst *du* solche Musik?« fragte sie.

Ich zuckte die Schultern. »Du hast gefragt, was heiß ist.«

»Ja, aber die Hitparaden kenne ich selbst. Ich dachte, du wüßtest ein bißchen mehr.«

In diesem Moment passierte etwas, keine Ahnung, was genau. Ich fühlte mich plötzlich besser, ein bißchen befreit, die Angst vor der jungen Frau fiel ab, warum, war mir nicht bewußt, weiß ich so *richtig* bis heute nicht.

»Das ist nicht ganz neu«, sagte ich. Aber einen Versuch war es wert. »Du kannst es dir anhören und die Platte zurückbringen, wenn sie dir nicht gefällt.«

Ich gab ihr ein gebrauchtes Exemplar von *Running On Empty*. Meiner absoluten Lieblingsplatte. Sie drehte das leicht angeschlagene Cover um.

»1977«, sagte sie.

»Na und?« fragte ich selbstbewußt zurück. »Kennst du es?«

Sie schüttelte den Kopf.

»Dann hör's dir an. Ich weiß nicht, was du mit *heiß* meinst, aber es ist ein tolles Album.«

Sie bezahlte das *weiße* T-Shirt und hinterlegte einen Fünfer Kaution für die Platte. Als sie gegangen war, stand ich noch eine ganze Weile am Tresen, merkte nicht, daß keine Musik mehr lief, und übersah fast einen Grünschnabel, der eine Single aus der Hülle gezuppelt hatte und versuchte, sie unter seinem Pulli zu verstecken. Komisch. Ich legte *Running On Empty* auf und versuchte herauszubekommen, warum meine Gedanken von den grünen Augen, den kurzen schwarzen Haaren und den Formen im weißen T-Shirt nicht mehr loskamen.

Am nächsten Tag kam sie wieder. *Natürlich* kam sie wieder. Ich war nicht überrascht, nur enorm erfreut, wie ich feststellte. Glücklich, um genau zu sein.

Dann holte sie Jackson Brownes Meisterwerk aus ihrem Jutebeutel und legte es auf den Tresen. Mein Herz zuckte, und ich wurde vielleicht sogar blaß.

Sie sah mich an, so direkt, mitten in die Augen. »Ich hätte gerne ein neues Exemplar. Tolle Platte.«

Dann folgte ein sehr seltsamer Dialog, dessen Zweck war, eine Verabredung zu treffen. Was mich betraf, weiß ich, warum ich Schwierigkeiten hatte, den Vorschlag auszusprechen. Ich hatte null Erfahrung, und ich hatte panische Angst, wußte nichts davon, wie man mehr als vier, fünf Minuten mit einem weiblichen Wesen verbringt, mit dem man nicht verwandt ist, und noch weniger darüber, wie sich Kontaktformen entwickeln, die über das Sprechen hinausgehen, küssen etwa, umarmen, diese Sachen; kein Gedanke an Sex, ehrlich nicht. Aus irgendeinem Grund hatte sie ganz ähnliche Probleme. Wie sich später herausstellte, hielt sie mich einfach für unglaublich cool, wie ich so dastand, in dem Laden voller Platten und im gleichen T-Shirt wie gestern. Mit viel Gezappel schafften wir es schließlich, uns für den frühen Abend in einer Teestube zu verabreden, und als sie gegangen war, kam ich mir vor, als wäre ich soeben auf einem fremden Planeten gelandet, einem Planeten voller unbekannter Gefahren, voller Freude, einem Planeten, von dem es kein Zurück gab: Der Planet hieß Erwachsensein. Oder so.

Das *Tee-à-tête* war legendär zu dieser Zeit, ganze Heerscharen von Oberstüflern fielen am Nachmittag in diesen mikroskopisch kleinen Laden ein, dessen fahriger, leicht desorientiert wirkender Besitzer – er hatte viele Gemeinsamkeiten mit meinem »Chef« Rudi – Millionen Sorten Tee kredenzte, in Tonkannen, mit winzigen Tontäßchen, die beim Umrühren ganz fürchterliche Kratzgeräusche machten, mit stilechtem Tonstövchen für jeden Tisch, im Regal ein Stapel Spiele wie »Malefiz« und die recht junge *taz* als Zeitung zum Fürjedenlesen, ziemlich radikal – damals. Ich fühlte mich gleichzeitig wohl und unwohl; die Wohnzimmeratmosphäre und die akribische Unordnung gefielen mir gut, aber die uniformierten Teenager-Cliquen riefen ungute Erinnerungen wach. Nach der Schulzeit hatte ich den Laden nicht mehr besucht, und auch währenddessen nur im Ausnahmefall. Jetzt saß ich an einem wackligen Tisch, den ich gegen kettenrauchende Zehntkläßler verteidigen mußte, nippte am Wildkirschtee und wartete auf grüne Augen, viel zu alt für mich, was heißt, *für mich*, ich wußte ja nicht genau, was das Mädchen von mir wollte. Ich war insgesamt ein bißchen panisch. Und überfordert. Ich hatte keine Ahnung, wie ich sie begrüßen sollte. Handschlag, entschied ich nach langem Für und Wider. Sie wußte nicht einmal meinen Namen. Oder ich ihren.

Aber sie kam nicht. Zehn nach, fünfzehn nach, zwanzig nach. Ich bestellte meine zweite Kanne Wildkirschtee, spürte Harndrang, beobachtete den sich niemals auflösenden Kandiszucker ohne genau zu wissen, warum *genau* ich eigentlich so zapplig war, und traute mich nicht, zum Klo zu gehen, aus Angst, sie würde in exakt diesem Moment kommen. Also blätterte ich in einem mitgebrachten Leihbuch über amerikanischen Radiojournalismus, schwor mir, bei der ersten Seite, die mit einem Vokal begann, auf Toilette zu gehen, bis ich eine Hand auf meiner Schulter spürte, just in dem Augenblick, als ich auf eine Seite blätterte, die mit »Als« anfing.

»Hi, tut mir leid. Hab' den Bus verpaßt.«

Ich wollte etwas antworten, konnte aber nicht, weil sie mich auf die Wange küßte. Zum ersten Mal in meinem Leben küßte mich eine Frau, die nicht meine Mutter, Schwester, Tante oder so was war. Es kribbelte, ich bekam eine Gänsehaut, wurde ganz sicher rot und blickte verstört in das unglaubliche Gesicht.

»Hi«, antwortete ich zögernd. »Halb so schlimm.«

Sie hieß Lydia, wurde von ihren Freunden Liddy genannt,

was sie nicht besonders mochte, aber immerhin noch mehr als ihren richtigen Vornamen, der ihrer Meinung nach etwas alt, hausbacken, *unrichtig* klang, einfach nicht zu ihr paßte. Als ich ihr erklärte, daß ich Donald heiße und Donny genannt werde, unterdrückte sie auf unglaublich charmante Art ein Lachen. Da war das Eis gebrochen. Was heißt *Eis*. Es gab keins. Liddy war neunzehn, Liddy hatte sich in mich verguckt, und das war es wohl auch, was mit mir passiert war: *Vergucken*. Wir schwatzten ein halbes Dutzend Teekannen lang, ich hauptsächlich über Radio und über Musik, die einzigen Themen, von denen ich halbwegs etwas verstand, von den amerikanischen Charts. Der Trend, der später die Achtziger kennzeichnete, begann langsam: In Amerika war Anfang des Jahres Blondie auf eins (»The Tide Is High«), dann Kool & The Gang (»Celebration«), später Leute wie REO Speedwagon (»Keep On Loving You«), Daryl Hall & John Oates (»Kiss On My List«), insbesondere aber, später auch in Europa – damals gab es noch große Verzögerungen zwischen dem europäischen und dem amerikanischen Kontinent –, Kim Carnes mit »Bette Davis' Eyes«, der größte *Hit* des Jahres. *She's got Bette Davis' eyes* – welche Augenfarbe hatte Bette Davis eigentlich? Grün?

Liddy erzählte über das Studium, das sie gerade angefangen hatte, Publizistik und Germanistik, über ihren Job, etwas mit total alten Leuten, denen sie am Wochenende beim Pinkeln, Waschen und Haarekämmen half. Sie wohnte erst seit einem halben Jahr in Berlin, kam eigentlich aus Franken, was man nicht hörte; sie sprach erstklassiges Hochdeutsch, ließ lediglich die Konsonanten etwas weicher fließen.

Irgendwann bekam ich kaum mehr mit, worüber wir uns unterhielten. Meine Blase platzte fast, aber ich traute mich wieder nicht, aufs Klo zu gehen, vor allem nicht gleichzeitig mit ihr, aber auch – *erst recht* – nicht, während sie mir gegenübersaß, mich mit ihren unglaublichen grünen Augen ansah und mit dem ganzen Gesicht lächelte, mit mir plauderte, als wäre ich ihr ebenbürtig, und, vor allem, *zuhörte*, wenn ich etwas zu erzählen hatte, von dem ich bis dahin glaubte, es würde keine Sau auf dem Planeten interessieren. Liddy interessierte sich für *alles*. Das Tee-à-tête wurde langsam leer, der schußlige Besitzer sammelte Teekännchen und Malefiz-Bretter ein, klapperte mit übervollen Aschenbechern und raschelte mit den Zeitungen.

»Es ist gleich elf«, sagte Liddy und sah mich an. *Auffordernd*? Keine Ahnung. Was die Leute nicht sagten, aber trotzdem meinten, das entzog sich noch immer weitgehend meiner Kenntnisnahme. Ich nickte nur.

Wir zahlten, getrennt – ich kam nicht im Traum auf die Idee, für sie zu bezahlen, so was hatte ich noch nie getan, aber für Liddy schien das okay zu sein. Vielleicht fand sie es sogar cool, irgendwie. Dann standen wir draußen, mitten in Neukölln, laue Luft, mit einem ganz, ganz entfernten Hundekot-Kebab-Auspuffgas-Aroma, und ich scharrte nervös mit dem rechten Fuß. Normalerweise war ich jetzt zu Hause, in meiner Bude, Platten hören, Bücher lesen.

»Wo wohnst du?« fragte Liddy und griff nach meiner Hand.

6. Tuff Enuff 1992

»Hallo, Donald.« Eine Pause. Ich erkannte die Stimme nicht. Oder doch? »Hier ist deine *Mutter*.« Noch eine Pause, die ich auch brauchte, denn ich war irritiert. Verstört. »Es ist etwas geschehen. Bitte. Ruf mich an. Egal, zu welcher Zeit.« Dann die Telefonnummer, an die ich mich tatsächlich noch erinnerte, obwohl es so lange her war und ich fast nie zu Hause angerufen hatte, es gab nie einen Grund, ich war immer pünktlich da, wegen der Dresche, die es sonst gab, mit oder ohne Anruf. Der Piepton. Ende der Ansage.

Ende einundneunzig war ich zum Marheinekeplatz gezogen, nettes Kreuzberg, gelebte Urbanität, viele freundliche Kneipen, ein paar Touristen, tolle, superhohe 4-Zimmer-Wohnung, gerade saniert, mit Blick auf den Platz – und riesigem Balkon. Ich hätte mir ein Haus kaufen können. Nur – wozu? Lindsey Cunningham wohnte in der Nähe, sprach jetzt sogar schon eine Art Deutsch, kannte wahrscheinlich jede Prostituierte der Stadt – und rannte immer noch im gleichen Outfit herum, sah auch immer noch wie ein Collegeboy aus. Doch ich zog nicht seinetwegen in diese Ecke. Es war einfach eine schöne Wohnung, einfach eine gute Gegend von Westberlin – den Ostteil betrachtete ich nicht wirklich als Bestandteil der Stadt, auch die Hörer waren für mich ganz andere Leute, was ja auch stimmte, irgendwie. Ich gab eine Einweihungsparty, zu der so irrsinnig viele Leute kamen, daß ich im Anschluß noch mal renovieren mußte. Ich war ein Star, und *101.1 PowerRock Berlin* hatte ihnen wirklich die Köpfe weggeblasen. Wir waren die Nummer eins, und wir blieben es: Lindsey, Vögler und ich sorgten dafür. Die Werbekohle floß, wir hatten bereits im zweiten Jahr so tiefschwarze Zahlen geschrieben, daß man sich eigentlich dafür schämen mußte, sagte Vögler jedenfalls. Mein *Nachtratten* hatte Quoten, richtig dicke Quoten: So was gab es bei keinem anderen Sender, da hörten nachts nur Taxifahrer und Nachtwächter zu. Wir beschäftigten ab Mitternacht zwei Telefontanten, um den Ansturm der Anrufer halbwegs bewältigen zu können. Bei der Einjahresparty – zwölftausend Leute in der Deutschlandhalle, zwanzigtausend schreiend davor – hatten sie *mich* gefeiert.

Das war ein ganz unglaubliches Event. Wir sendeten natürlich live. Am Ende des Ansprachenkrempels ging Vögler auf die Bühne, auf der hinter einem Vorhang bereits die Band aufgebaut hatte, die gleich spielen sollte. Alle Hörer waren aufgefordert worden, ihre *Minis* mitzubringen. Vögler bat das Publikum, die Geräte einzuschalten. Dann sendeten wir – es war in der Halle nicht zu hören – das Intro des ersten Songs, den die Band spielen würde: *Bad to the bone*. Es klang zwar fürchterlich, hörte sich aber total irre an, als ein paar tausend Transistorradios das Gitarrenintro spielten, ohne daß über die Hallen-PA etwas zu hören war. Ich stand auf der Bühne und mußte gegen Tränen ankämpfen. Dann ging der Vorhang auf, *George Thorogood and the Delaware Destroyers* – sie spielten stundenlang, die Halle tobte, und weil viele ihre Minis anließen, gab es eine ganz besondere Akustik.

Es lief einfach bestens, wir hatten es wirklich geschafft. Vögler ließ uns machen, weitestgehend, legte nur hier und da sein Veto gegen einen Beitrag ein oder verlangte, daß eine Platte nicht mehr so häufig gespielt wurde – meiner Meinung nach, um uns zu demonstrieren, daß er wichtig blieb, auch, nachdem er das Ding angeleiert hatte.

Und das Programm trug sich selbst, warb für sich selbst: Wir machten keine dämlichen Gewinnspiele, sondern verschenkten ab und zu ein paar wertarme Gimmicks, wir präsentierten keine Konzerte, um unseren eigenen Namen in Kleinanzeigen unterbringen zu können, wir plakatierten spärlich, aber beharrlich. Die *One-O-One-One-Minis* hatten sich zum begehrten Sammlerobjekt entwickelt, wir verscheuerten sie inzwischen für einen Zwanni das Stück, und man sah Dutzende Leute auf den Straßen, die die kleinen (und nicht sehr gut klingenden) Schächtelchen mit sich herumtrugen, stolz, fast ostentativ, anstelle von Walkmännern. Unsere Aufkleber hingen an so vielen Autos, daß es fast zum Lachen war. Und es hatte Krisensitzungen gegeben, gab sie immer noch, bei der sogenannten Konkurrenz. Der Berliner Radiomarkt war in heller Aufregung, und keiner wußte, was man gegen uns unternehmen sollte. Die Ideen sprudelten, das Programm donnerte, was übrigens auch daran lag, daß wir alle Platten mit leicht überhöhter Geschwindigkeit abspielten (das steigert die Dynamik) und ein ziemlich baß- und höhenlastiges Signal rausfeuerten. Berlin war im *One-O-One-One-PowerRock-Fieber*. Lange nicht mehr solchen Spaß gehabt. Noch nie.

Miles war der Archetyp eines Iren, rotgesichtig, rothaarig, knollnasig, stämmig, mit der Kontur eines Bierfasses und der Seele eines *protestantischen* Beichtvaters. Der Wirt des *Irish Heaven*, meiner Stammkneipe am Marheinekeplatz.

Und er war aufgeregt, rannte hinter dem Tresen hin und her, als würde er vor irgendwas weglaufen, vergaß Bestellungen, zapfte das falsche Bier, mischte einen Gin-Tonic mit Wodka und Selters. Ich beobachtete ihn eine Weile, genoß mein Irish Red und den Jack Daniel's dazu, erholte mich von der Woche: Samstagabend, mein freier Tag, was nicht immer stimmte, denn die Leute rissen sich darum, mich für *Mucken* zu buchen, Privat- oder Firmenparties, Veranstaltungen jeder Art, solche Sachen, wo ein Discjockey vom Radio eine große Nummer ist, obwohl er netto nur zehn Minuten spricht und den Rest der Zeit Musik auflegt, wenn überhaupt, und *das* kann eigentlich jeder.

»Was ist eigentlich mit dir los?« fragte ich den Iren irgendwann, als mir das Gezapple auf den Geist zu gehen begann.

Miles und ich hatten ein extrem gutes Verhältnis; er war ein prächtiger Mensch, freundlich, offen, ein erstklassiger Zuhörer, ein guter Gesprächspartner, eine Perle von einem Wirt. Solche Samstagabende endeten oft erst am Vormittag des darauffolgenden Sonntags, Miles erzählte über Irland, und ich schwärmte von meinen Ideen für ein eigenes Radio. *Noch* persönlicher, *noch* direkter, *noch* ehrlicher. Es mußte nicht die Nummer eins sein, viel wichtiger wäre mir, die *richtigen* Leute zu erreichen. Miles verstand das nicht. Aber das machte nichts, Hauptsache, er hörte mir zu.

Er stellte mir ein neues, schlecht gezapftes Red vor die Nase, obwohl mein letztes noch halb voll war.

»Meine Tochter kommt morgen nachmittag.« Er strahlte mich an, als hätte er mir etwas offenbart, das weltgeschichtlich relevant wäre. Sie haben Leben auf dem Mars entdeckt.

Ich nickte. »Schön.« Miles hatte mir bisher noch nicht erzählt, daß er eine Tochter hatte.

»Mann, wir haben uns fünfzehn Jahre nicht gesehen. Ihre Mutter hat mich verlassen, ist mit ihr weggezogen, hat ihr erzählt, daß ich gestorben wäre. Sie hat vorgestern erst erfahren, daß ich lebe. Ich habe sie acht Jahre lang gesucht, nachdem ich erfahren hatte, daß Iris gestorben ist. Fünfzehn Jahre. Stell dir das mal vor!«

Ich stellte mir vor, versuchte es wenigstens. Miles glühte, und ich freute mich mit ihm. Wir begossen das freudige Ereignis, ich reichlich, Miles eher zurückhaltend – er wollte das Wiedertreffen nicht mit einer Fahne dekorieren. Gegen neun Uhr morgens polterte ich aus dem *Irish Heaven*, aber ich hatte es zum Glück auch nicht weit, nur quer über den Platz und dann drei Stockwerke.

Mein Anrufbeantworter blinkte, was erstaunlich war, denn nur ganz, ganz wenige Leute hatten meine Privatnummer, und diese wenigen wußten ganz genau, wo ich samstagabends steckte. Vögler hatte die Nummer vom *Irish Heaven*, Lindsey wohnte um die Ecke. Freunde außerhalb der Station hatte ich nicht.

Mutter. Meine verdammte Mutter. Ich ließ mich aufs Sofa fallen und starrte den Anrufbeantworter an. Ein Trommelfeuer von Erinnerungen brach über mich herein, die meisten davon ungut, eigentlich alle. Meine Eltern. Es gab sie noch. Das hatte ich wirklich verdrängt, vergessen, als die anonymen Nachsendungen irgendwann aufgehört hatten, vor Jahren. Ich fühlte mich plötzlich wieder nüchtern, was eigentlich ausgeschlossen war, und wußte nicht, was ich tun sollte. Erst Miles, und jetzt ich, die Nacht der großen Eltern-Kind-Wiedervereinigung, dachte ich, mußte schließlich lächeln. Aber nur kurz. Was zur Hölle wollten sie von mir? *Es ist etwas geschehen. Egal, zu welcher Zeit*. Vielleicht war ja mein Vater gestorben. Vielleicht hatte sie ihn totgeprügelt oder wieder aus dem Fenster geschmissen. Möglicherweise waren sie auch einfach nur beim Besoffenfahren erwischt worden, endlich. Ich grübelte, konnte mir aber nichts vorstellen, das *geschehen* sein könnte – und mich irgendwie betraf. Ich hatte mit ihnen abgeschlossen, und sie wußten das. Ich glaubte auch nicht, daß meine Mutter allen Ernstes erwarten würde, daß ich bei der Beerdigung meines Vaters auftauchte. Sofern eine anstand.

Ich holte mir noch ein Bier aus dem Kühlschrank. Es war halb zehn, Sonntagvormittag. Normalerweise würde ich mich jetzt ganz, ganz tief in die Falle hauen und bis zum frühen Abend pennen. Dann essen gehen, mit irgendwem, gerne auch alleine. *Nachtratten* um Mitternacht. Ich nahm ein paar Schlucke, dann stellte ich die Flasche ab, schnappte mir das Telefon und wählte die Nummer. Wußte sie wirklich noch auswendig.

»Kunze«, sagte sie. Meine Mutter.

»Ja, hier auch. Donald. Was ist?«

»Oh, endlich. Wo warst du denn so lange?«

Ich starrte den Apparat auf meinen Knien an und fragte mich, womit ich das verdient hatte, was das sollte. Hölle. Bitte, vorbei, schnell!

»Was ist?« wiederholte ich.

»Etwas Schreckliches ist passiert«, sagte sie.

»Ja, ich weiß, das hast du schon meiner Maschine gesagt. Aber *was?*«

Ich hörte sie atmen, tief Luft holen.

»Veronika ist tot. Sie hat sich umgebracht.«

»Meine Eltern waren auf verspäteter Hochzeitsreise, drei Monate per Wohnmobil durch die USA, und plötzlich setzten die Wehen ein«, erzählte Liddy. »Es war drei Wochen zu früh. Ich bin in Philadelphia zur Welt gekommen.«

»Cool.«

Meine Gedanken waren mit ganz anderen Dingen beschäftigt.

Wir spazierten um den Grunewaldsee. Noch mal zum Mitschreiben: *Wir spazierten*. Seit den versoffenen Ausflügen mit meinen Eltern hatte ich mich nicht mehr auf diese Art betätigt – freiwillig.

Frühherbst in Berlin, was alles bedeuten konnte; in diesem Jahr war es mild, die meisten Bäume noch zum größten Teil grün, vierundzwanzig Grad, strahlender Himmel – ich nahm es kaum wahr. Ein großer, schwarzer Hund ohne Schwanz hechelte an uns vorbei, mit flatternden Ohren, in weiten, kräftigen Sätzen. Sekunden später hechelte ein kahlköpfiger junger Mann ebenfalls an uns vorbei, in etwas unbeholfenerer Gangart. Eine schwere, nietenbesetzte Lederhundeleine schlug an seine Unterschenkel, und er rief: »Püppi! Püppi!« Ich feixte unfroh, Lydia bückte sich nach einem herzförmigen Kieselstein.

»Philadelphia hieß in der Antike eine Stadt, in Kleinasien. Genauer, in Lydien. Ein Königreich, das übrigens mal von einem gewissen Krösus regiert wurde. *Lydien*. Daher habe ich meinen Namen.«

»Wow.« Ich staunte *wirklich*, war einen Moment lang vom trüben Geschehen in meinem Kopf abgelenkt. Daß sich Eltern *solche* Gedanken machten – meine hatten mich nie darüber aufgeklärt, warum ich ausgerechnet Donald hieß, aber sehr wahrscheinlich hatte eine gewisse Comicente Pate gestanden. Im günstigsten Fall. Vielleicht hatten sie auch einfach nur gewürfelt oder so was – eine Telefonbuchseite aufgeschlagen, im Vollrausch. Zuzutrauen war ihnen das.

Lydia nahm meine Hand, umspielte und streichelte meine Finger, lächelte mich an. Ich reagierte kaum, versuchte ein Lächeln, aber mir war ganz anders.

»Alles okay?« fragte sie, aber es klang nicht wirklich besorgt – sie war bester Laune, ihre Mama sollte am Abend in Berlin eintreffen, zu Besuch, sie freute sich, und aus diesem Anlaß erzählte sie mir auch all diese Sachen.

»Jup.« Ich sah zu Boden, eigentlich den ganzen Montagmorgen schon.

Sie sprach weiter, von ihren Eltern, diesen phantastischen, herzensguten, *kinderlieben* Leuten, die Liddy anbeteten und die Liddy anbetete und die mit meinen so viel gemein hatten wie Donald Duck mit Krösus. Ich hätte neidisch werden können.

Aber der vergangene Samstag, zwei Tage zurück, der ging mir nicht aus dem Kopf. Im Gegenteil: Unaufhörlich dachte ich daran. Es wurde immer schlimmer. Ich stand unter Druck, und ich hatte nicht die Spur einer Ahnung, wie ich damit umgehen sollte.

Ein Mädchen war ins *Sound-Fashion* gekommen. Klar, ständig kamen Mädchen ins *Sound-Fashion*, dafür war der Laden ja schließlich da. Aber dieses Mädchen flirtete mit mir. Obwohl ich inzwischen eine Weile mit Liddy zusammen war und sich mein geschlechtliches Selbstbewußtsein durchaus entwickelt hatte – schließlich war ich mit *Liddy* zusammen, der allerbesten Frau auf diesem und sämtlichen benachbarten Planeten -, brauchte ich ein bißchen, um das zu merken. Zuerst war ich belustigt, dann verunsichert.

Sie lehnte am Tresen, strahlte mich an. Achtzehn, neunzehn, blond, schlank, grauäugig, eigentlich nichtssagend, aber trotzdem attraktiv. Weiblich.

»Das ist hübsch«, meinte sie und streichelte mit beiden

Händen über das T-Shirt, das sie gerade gekauft und sofort angezogen hatte. Sie streichelte *vorne* über das T-Shirt. Von oben nach unten. Fasziniert beobachtete ich, wie ihre Brüste wieder Normalposition annahmen. Ebenso fasziniert beobachtete die Blonde *mich*.

Ich grummelte ein *Mmh-mmh* und versuchte, mich auf *Going Deaf For A Living* zu konzentrieren. Obwohl es ein paar Hits enthielt, mochte ich das Album wirklich gerne. Normalerweise.

»Das muß Spaß machen, hier zu arbeiten.«

»Mmh-mmh.«

So ging es weiter. Sie blieb am Tresen stehen, schwatzte belangloses Zeug, niemand kam in den Laden – ungewöhnlich für einen Samstag. *Much too proud to share my heart around with the likes of you when you stab me with your eyes ...*, sang John Watts. Ich sah Liddys Augen vor mir, eine Mikrosekunde lang.

Meine Verunsicherung wich einem sachten Interesse, ich schwatzte ein bißchen Unfug über den Job, gab mich cool. Noch nie hatte mich eine Frau so offensiv angemacht, ich dachte kurz an die erste Begegnung mit Liddy, gleiche Stelle, ähnlicher Vorgang, aber gleichzeitig ... anders. Mein Interesse verringerte sich ein wenig bei diesen Gedanken, worüber ich froh war, bis sie lächelnd sagte:

»Du hast eine schöne Stimme.«

Ohne meine Reaktion abzuwarten, fragte sie: »Hast du eine Freundin?«

Das war, als hätte sie irgendeine Sicherung herausgeschraubt – bei mir. Mein kleiner Kumpel ging sofort in Habachtstellung, und ich wurde rot. *Selbstverständlich* wurde ich wieder rot. Schließlich lautete die Frage übersetzt: Willst du etwas mit mir anfangen? Das wußte sogar ich.

Glücklicherweise kam in diesem Moment endlich ein Kunde in den Laden, der stinkende Punker von nebenan, ein lustiger Geselle, der sich nicht waschen wollte oder konnte und immer exakt dieselben Sachen trug, aber jede Woche alle

Neuerscheinungen kaufte, die auch nur nach Punk *rochen*. Er schlurfte zielstrebig auf die entsprechende Box zu – wir waren thematisch sortiert –, blätterte bis zu dem ersten Album, das er schon besaß – die neuesten Sachen standen immer vorne –, griff den Stapel, den er vorgeblättert hatte, ohne sich die Titel groß anzusehen, hob ihn umständlich heraus und brachte ihn zu mir. Ich notierte die Preise – der Punker zahlte am Monatsende, wahrscheinlich sparte er das Geld für Seife, Waschpulver und Klamotten. Nach nicht ganz zwei Minuten war der Spuk vorbei. Einmal hatte ich am Samstagmorgen absichtlich zwei Schlagerplatten zwischen die Punk-Neuerscheinungen gemogelt, und er hatte sie mitgenommen, danach blieb er allerdings zwei Wochen weg. Die Schlager brachte er nicht zurück, als er wieder antrat, aber er blätterte langsamer.

Die Blonde hatte ihren Blick nicht von mir genommen, und auch mein kleiner Kumpel – na ja.

»Und?«

»Und was?« stellte ich mich blöd.

»Hast du nun eine Freundin?«

Nein, sagte mein kleiner Kumpel. *Ausprobieren*, flüsterte er. *Vielleicht ist es besser als mit Liddy*. Es gab keinen Grund für diese Annahme, aber die entsprechende Sicherung war ja rausgeschraubt.

»Mmh-mmh«, antwortete ich, deutete aber ein extrem leichtes Kopfschütteln an. Das konnte gut als *nein* durchgehen, insgesamt gesehen.

Alles Weitere ging recht fix, ich staunte über mich, bekam nicht viel mit, war verkrampft, unbeweglich, erschüttert, aber es reichte nicht, um mich aus diesem seltsamen Zustand zu lösen, einfach *Stop* zu sagen und diese Scheiß-Sache zu beenden.

Glücklicherweise war sie eine Touristin, würde am Sonntag abreisen, mußte sofort zurück zu ihrer Gruppe, glücklicherweise war Liddy übers Wochenende bei einer Freundin, unglücklicherweise überfiel mich eine maßlose Panik, gleich danach, und sie hörte nicht auf, sondern wurde von Stunde zu Stunde stärker. Kaum, daß das Mädchen, von dem ich nicht einmal den Namen wußte, verschwunden war, schämte ich mich, auf eine Art, die ich nicht kannte, denn etwas ähnlich Fürchterliches hatte ich noch niemals getan – jemanden hintergangen, betrogen; es hatte noch niemals jemanden gegeben, bei, *mit* dem ich es hätte tun können. Und ich mochte es nicht.

Es stand bombenfest, daß Liddy von dieser Sache Wind bekommen würde, und es stand ebenso bombenfest, daß damit das Ende kurz bevorstand. Ich heulte mir die Seele aus dem Leib, kramte sogar mein kleines kofferförmiges Transistorradio hervor, fummelte mir den milchiggelben Stöpsel ins Ohr und hörte Radio, aber diesmal half es nicht.

»Ist wirklich alles in Ordnung mit dir?« fragte Liddy, als wir an der Bushaltestelle warteten. »Irgendwas bedrückt dich, oder?«

Wie so oft hatte ich das Gefühl, daß Liddy inzwischen mehr über mich wußte als ich selbst, ein Gefühl, das ich *eigentlich* mochte – sonst. Obwohl ich fast ausschließlich von Radio sprach, günstigstenfalls mal über Platten, mehr Dinge, Themen kannte ich einfach nicht, schien sie in mir zu lesen, als stünde da irgendwo meine ganze Geschichte, nur für sie zu erkennen. Manchmal fragte ich mich erstaunt, was sie eigentlich an mir interessierte, denn wenn ich zusammenzählte, was ich ihr bot, kam eine recht kurze Liste heraus. Eigentlich nur die Überschrift.

Ich schüttelte den Kopf. »Ich fühl' mich einfach nicht besonders.«

»Aha.« Sie musterte mich skeptisch, aber der Doppeldeckerbus war inzwischen eingetroffen.

»Du kannst mit mir über alles reden. Das weißt du, oder?«

»Mmh-mmh«, machte ich, deutete ein Nicken an, aber genaugenommen hätte auch das als *nein* durchgehen können.

Wir saßen auf der letzten Bank im Obergeschoß des Busses. Liddy hielt meine Hand, die ich schlaff in ihrer hängen ließ. In meinem Hirn rotierte es. Wenn sie es herausbekam, irgendwie, dann wäre es mein Tod, das Ende – nie wieder würde ich einer ähnlichen Frau begegnen, das war völlig ausgeschlossen. Wir hatten zwar nie über Treue, über Fremdgehen (so ein bescheuerter Ausdruck!), über diese Dinge geredet. Aber die Konsequenz schien mir unausweichlich. Vor allem, wenn sie es *erfahren würde* ... von dem Punker, von dem Taxifahrer, irgendwem. Es *mußte* einfach rauskommen.

»Bist du mir treu?« fragte ich den Notausstieg, der schräg rechts vor mir lag. Ich wagte es nicht, Liddy anzusehen.

Sie sagte nichts, aber sie ließ meine Hand los. Eine Weile blieb es still, so ein, zwei Minuten.

»Na, dann«, sagte sie. Ich drehte mich langsam und vorsichtig zu ihr. In ihren Augen standen Tränen: »Raus mit der Sprache.«

»Das gefällt mir nicht«, erklärte sie, als wir aus dem Bus stiegen, um in die U-Bahn zu wechseln. Wir blieben stehen. Liddy schüttelte den Kopf.

»Ich finde es gut, daß du ehrlich bist.« Ihre leicht vibrierende Stimme trug eine andere Botschaft, die da lautete: *Was auch immer passiert, es wird anders sein, von jetzt an.*

Ich sagte nichts. Meine Beichte war umfassend ausgefallen. Jetzt fühlte ich mich hohl, elend, aber auch befreit – ganz der Sünder. Es lag in ihrer Hand, mein Schicksal. Damit war eine Kuh vom Eis – aber der Rest der Herde drohte immer noch einzubrechen.

»Vielleicht solltest du nicht dabeisein, wenn ich Mama abhole.«

Ein deutliches Knacken ging durch die Eisfläche, ein paar Rinder muhten scheu.

»Ich will jetzt alleine sein, bitte«, sagte sie, und die Tränen kamen wieder. Ein dicker Riß zog sich vom Ufer auf die Mitte des Sees, die Kühe blökten ängstlich. Liddy küßte mich auf die Wange. »Ich rufe dich morgen an.« Dann ging sie weg.

Liddy rief am nächsten Tag nicht an, auch nicht am übernächsten. Nach fast fünfzig Stunden ohne Schlaf stand ich wie ein nasser Sack im Laden, ließ mich von Schulkindern beklauen und hörte pausenlos *Running On Empty: Now the seats are all empty* … und dann kam sie endlich. Sie lächelte, ihr Gesicht war müde, ihre Augen gerötet – ich schämte mich unendlich und war bereit, jeden Eid zu schwören, den man in Worte fassen konnte. Mit meinen einsneunzig kam ich mir hinter dem Schutzwall des *Sound-Fashion*-Tresens etwa so groß vor wie der peinliche, aber teure Zwerg im Vorgarten meiner Eltern.

»Ich …«, begann ich, aber sie machte einen großen Schritt auf den Tresen zu und legte aus der Vorwärtsbewegung heraus die Hand auf den Mund.

»Ich hab' dich sehr lieb«, sagte sie leise. Ich mümmelte eine Antwort in ihre Hand, während sich ein leichtes Brennen in meinen Augen ankündigte, aber sie schüttelte den Kopf.

»Und ich finde es sehr gut, daß du ehrlich warst.«

Sie schwieg einen Moment, ihr Lächeln verschwamm ein bißchen, sie kämpfte auch mit den Tränen, offensichtlich.

»Aber tu mir so was *bitte* nicht wieder an, ja?«

Ich begann zu weinen und bedeckte ihre Handfläche mit Küssen.

8. Sisters Are Doing It For Themselves 1985

Rudi starb Ende 1984 als einer der ersten spektakulären Fälle an der neuen Krankheit AIDS; ich führte den Laden schon eine ganze Weile zu diesem Zeitpunkt. Was er mitmachen mußte, war unglaublich: Krankenschwestern weigerten sich, die Infizierten anzufassen, keiner wußte so richtig, was abging, irre Methoden wurden ausprobiert, während Irre davon sprachen, daß das Jüngste Gericht hereingebrochen wäre, Gott sich zumindest die Schwulen vorgeknöpft hätte, *endlich*, wie viele sagten. Daß Rudi homosexuell war, hatte ich bis dahin überhaupt nicht bemerkt, mir fehlte allerdings auch die diesbezügliche Antenne – was ich mit Schwulen verband, war eine spätpubertäre Angst davor, gegen den eigenen Willen von einem Mann verführt zu werden – und möglicherweise Gefallen an der Sache zu finden. Er vermachte mir den Laden, ich schmiß den Klamotten-Teil raus, nannte das Ganze »Your Sound« und holte mir über eine Kleinanzeige – »Cooler Geschäftspartner mit Pop-Kenntnissen gesucht, Geld nicht nötig« – einen seltsam aussehenden Frühzwanziger-Freak namens Frank, der zwar auf *New Romantics* stand und Lederschlipse zu urkomischen Sakkos trug, deren Ärmel er hochkrempelte, der aber auch eine unglaubliche Menge über Musik wußte, mit Händlern umgehen konnte und wie ein Tier arbeitete. Wenn er nicht soff. Über Frank kam ich zum Saufen, spät, mit über zwanzig, und ich widmete mich dem neuen Hobby mit der angemessenen Aufmerksamkeit, nie jedoch tagsüber. Der Laden lief ziemlich cool; Rudis Tod belastete mich nicht allzu sehr, privat hatten wir kaum in Kontakt gestanden. Ich war allerdings der einzige auf seiner Beerdigung. Seine Freunde hatten wahrscheinlich Angst, sich durch die Sargwände anzustecken, sofern es nicht bereits passiert war, vorher.

Durch Frank hatte ich jetzt plötzlich mehr Zeit, kam erst gegen zwölf, eins ins *Your Sound*, las vormittags Bücher, hörte Platten, korrespondierte mit Hunderten Radiostationen, schrieb Bewerbungen, natürlich hauptsächlich an öffentlich-rechtliche, bekam aber kistenweise Absagen. Es wurmte mich, weil ich nicht wußte, wie ich das Thema anpacken sollte, wie ich es überhaupt schaffen könnte, die Leute dazu zu bringen, mich anzuhören. Inzwischen hatte ich mir einen kleinen Drei-Kanal-Mixer und ein halbwegs professionelles Mikro gekauft – und spielte zu Hause den Radiomann, moderierte Platten und redete über das Wetter, nahm alles auf *Tapes* auf, wie wir Cassetten inzwischen nannten, Frank und ich; Frank träumte davon, eine Nummer-Eins-Band zu produzieren, die wie eine Mischung aus *Culture Club* und *Camouflage* klang. Allerdings nicht lange. Sich mit Frank über Musik zu unterhalten war sehr amüsant: Er lebte völlig im Hier und Jetzt, liebte Hits und Trends, wußte die Charts auswendig, favorisierte keine bestimmte Gruppe, sondern immer diejenige, die gerade sehr erfolgreich war. »Bands müssen Hits haben, so läuft das Business«, erklärte er, als wenn er schon mindestens dreißig Nummer-eins-Titel produziert hätte. »Man macht Musik, um einen *Hit* zu landen. Einer reicht. Dann hat man ausgesorgt.«

Von meinen Eltern hörte ich nichts, null, einfach gar nichts – bis auf die ganz, ganz gelegentlich nachgesandte Post, kommentarlos in einen dicken Umschlag gepackt, alle paar Monate. War mir recht. Veronika sah ich auch kaum, eigentlich nie, irgendwie waren unsere Tagesabläufe inkompatibel, aber wir telefonierten, auf nette, aber fast schon distanzierte Art: Ich wußte nicht, was ich ihr erzählen sollte, schwatzte von tollen neuen Platten und den letzten Monatsumsätzen (die solide, aber nicht berauschend waren), während sie eigentlich überhaupt nichts erzählte, einsilbig war, auch wenn ich eine gewisse Herzlichkeit zu spüren glaubte. Häufig fragte sie mich nach Frauen, aber das war seit Liddy kein Thema mehr. Ich vermißte Liddy, vermißte sie *sehr*, und mußte täglich an sie denken, schon morgens, wenn ich mir die Haare kämmte: Die langen Haare waren ihre Idee gewesen. Seit ihrem Verschwinden hatte ich nichts mit Frauen gehabt, was über ein paar Drinks und einen – fast immer unerfreulichen – One-Night-Stand hinausging. Keine, die ich traf, kam auch nur andeutungsweise an Liddy heran. Also ließ ich es.

Veronika wußte ebensowenig über unsere Eltern wie ich, wir frotzelten über Erbanteile und was mit dem Haus passieren würde, wenn sie irgendwann nachts im Vollsuff in eine Baustelle kacheln oder sich auf andere, ähnlich originelle Weise aus dem Leben entfernen würden. Das war's aber auch.

Eines Nachmittags bat mich Veronika, sie zu treffen. Sie wohnte inzwischen – alleine – in einer *sehr* netten 4-Zimmer-Wohnung in Wilmersdorf, die ich vor Ewigkeiten mal besichtigt hatte, und lud mich in irgendeine Bar ein, am Montagabend, das war ihr freier Tag.

Solche Läden mied ich normalerweise. Die Figuren an den Tischen fischten nach anerkennenden Blicken, ließen ihre dicken Uhren unter den Jackettärmeln hervorlugen, waren geföhnt und gestylt, teuer angezogen, braungebrannt, tranken Kir oder Martinis, während der Barmann einen auf superwichtig machte, Augenbrauen hochzog oder anerkennend nickte, als käme es *irgendwie* auf sein Urteil an. Kam es wohl auch. Ich schob mich in eine Ecke, von der aus ich den Eingang sehen konnte, bestellte ein Bier, was fast Aufsehen erregte, weshalb ich gleich noch eins bestellte, als das erste gebracht wurde, blätterte im *Billboard Magazine*, das ich mir, teuer-teuer, aus Amerika schicken ließ, und versuchte, mich daran zu erinnern, wie Veronika beim letzten Mal ausgesehen hatte. Ich konnte es nicht. Kindheitserinnerungen drängten in den Vordergrund, die unschuldige Veronika, mit schmutzigen Strümpfen im Nachthemd, ihr Gesicht, während sie mit dem Geschirrhandtuch nach mir schlägt, so was. Wann hatte ich sie zuletzt gesehen? Scheiße, das war über ein Jahr her. Ein kurzes Treffen, möglicherweise sogar in ihrer Wohnung, kurze Blicke auf teure Möbel, komische Accessoires wie Porzellanpudel und Aschenbecher auf Ständern, ein fast scheuer Begrüßungskuß. Ihr Gesicht? Mußte ich irgendwie verdrängt haben. Braun, das wußte ich noch, irgendwie schmal, am Hals und an den Armen viel dicker Schmuck, an *den* konnte ich mich noch erinnern. Außerdem hatte sie einen Hund, so eine Kampftöle, riesengroß, sabbernd und furchteinflößend, der hatte mich wahrscheinlich abgelenkt. Weil sie ihre Terminplanung durcheinandergebracht hatte, war ich nach ein paar Minuten wieder abgedampft, trinken gehen mit Frank. Besser so.

Dann kam sie. Also eigentlich kam eine *Tante*: Veronika sah sogar von weitem viel, viel älter aus, als sie war, Mitte Zwanzig oder so, geboren dannunddann, auch egal, Kopfrechnen sechs. Sie war dünn, aber nicht dürr, *unheimlich* braun, sehr stark geschminkt, tierisch teuer angezogen, aber ihre Gesichtshaut hatte etwas Pergamentartiges, ein Eindruck, der sich beim Näherkommen verstärkte, und außerdem sah sie einfach völlig anders aus als meine kleine große Schwester von damals, im Etagenbett. Mir wurde kalt, ich bekam eine Gänsehaut, aber Veronika lächelte, und das machte ein bißchen was gut. Als sie mich küßte, erstickte ich fast in irgendeinem Parfüm, das sie wie eine Wattejacke umhüllte.

»Na, du«, sagte sie, nickte zum Barkeeper hinüber, der ein Glas anhob, woraufhin sie nochmals nickte – Stammgast-Verhalten, das war mir fast sympatisch: Stammgast zu sein, das ist ein gutes Gefühl, und jeder Mensch braucht eine Stammkneipe. Nur nicht *diese*.

Das Offensichtliche ist manchmal am schwersten zu erkennen. Vor allem, wenn es ein übles Offensichtliches ist und wenn die Zusammenhänge auch noch irgendwie emotionsbehaftet sind. Während Veronika sich ziemlich elegant in den Stuhl schob und den Laden kurz abcheckte, irgendwie geschäftsmäßig, wurden in meinem Schädel die Mauern von Jericho zerposaunt. Ich war ja kein Kind mehr. Gut, meine Lebenserfahrung beschränkte sich auf Liddy, den Laden und die Sauftouren mit Frank, sauber paritätisch verteilt auf präpotente Lederschlipsbars und Kneipen mit solidem Alkohol-Kippen-Belag auf dem ungewischten Tresen. Aber ein bißchen Erfahrung hatte ich inzwischen. Auch mit Sex gegen Kohle.

Ich erwiderte die Begrüßung, ließ ein paar Sekunden ins Land gehen und sagte dann ängstlich und vorsichtig: »Veronika, du machst es gegen Geld, oder?«

Keine Ahnung, was für ein Gesicht ich dazu auflegte, aber Veronikas Gesicht, unter der dicken Schutzschicht aus Wasauchimmer, verzog sich gleichzeitig schmerzhaft und erleichtert. Dann nickte sie langsam.

»Natürlich. Seit Jahren schon.« Der Barmann brachte irgendeinen pinkfarbenen Drink, ich bestellte ein weiteres Bier. Er zog die Augenbraue hoch, in Veronikas Richtung, und es dauerte einen Moment, bis mir klar wurde, daß das etwas hieß, was mit ihrem Geschäft und mir als einem ihrer möglichen Kunden zu tun hatte: *Baby, mit was für Leuten mußt du es denn treiben – das hast du doch nicht nötig.* Er wußte schon viel länger, was mir gerade erst klargeworden war. Das kalte, hilflose Gefühl stellte sich wieder ein.

»Scheiße«, sagte ich, als er wieder weg war. »Du siehst aus, als wärst du Ende Dreißig.«

»Ich fühle mich auch so«, gab sie zu. Und sah traurig aus.

Ich wußte nicht, was ich sagen sollte, staunte über die Situation, zog in Erwägung, irgendwas zu sagen wie ›Du bist doch intelligent, kannst doch was anderes machen‹, sparte es mir aber, wer war ich denn? Der kleine Bruder. Wahrscheinlich hatte sie schon gegen Geld gefickt, als ich noch im Etagenbett lag. Egal. Oder? Ich war verstört, auf seltsame Art berührt, hatte Angst um sie, obwohl mir gleichzeitig bewußt war, daß es viel zu spät für dieses Gefühl war, und die Hilflosigkeit wuchs.

»Ach, Donny, laß uns bitte nicht da drüber reden«, sagte sie matt, wahrscheinlich auch ein bißchen hilflos. »Ich mache, was ich mache, und das schon so lange, daß es einfach nichts bringt, das jetzt zu diskutierten.« Veronika pausierte kurz. »Ich kann mir vorstellen, daß sich das für dich schrecklich anfühlt. Für mich ist es auch nicht immer *schön*.« Sie nahm einen Schluck von dem pinkfarbenen Drink, lächelte schließlich, und ich beobachtete fasziniert, wie unheimlich professionell man *trinken* kann.

»Magst du mich jetzt nicht mehr?« fragte sie, noch immer lächelnd.

Meine Schwester war eine Nutte, eine offensichtlich gut verdienende Nutte. Ich spürte, daß ich nicht reif war für diesen Gedanken, während mich plötzlich gewaltige Schuldgefühle plagten, weil ich gelegentlich – seit Liddy allerdings nicht mehr – mit Veronika-Phantasien Selbstsex betrieben hatte. So ein Unsinn! Weg mit dem Thema, später drüber nachdenken.

»Du bist meine Schwester. Das ist alles, was zählt.« Fast glaubte ich das selbst. Der Barmann brachte das nächste Bier, das Glas zwischen zwei Fingern haltend, und wir prosteten uns zu.

Dann quatschten wir. Nicht viel über sie, sie machte ein paar Andeutungen über den Laden, in dem sie anschaffte und der ihr inzwischen zum gut Teil mitgehörte, darüber, wie anstrengend es ist, Nacht für Nacht saufen zu *müssen* – meines Erachtens der einzig positive Aspekt ihrer Tätigkeit –, und solche Sachen, Dinge, die mich berührten, aber nicht erreichten. Ich erzählte von meinem Plattenladen, der mir im Vergleich irgendwie popelig vorkam, schließlich hatten wir Margen, über die eine gut untergebrachte Edelhure nur lachen kann, brauchten für ihren Stundenumsatz einen ganzen Tag, aber gleichzeitig hatte ich das Gefühl, es irgendwie viel, viel richtiger zu machen als sie. Eine ganze Menge in unserem Verhältnis änderte sich zu diesem Zeitpunkt. Ich schüttelte ungewollt alles ab, was mit Großeschwesterkleinerbruder zu tun hatte. Mein Leben, so dachte ich, verlief in deutlich angenehmeren Bahnen als ihres, von der langfristigen Perspektive ganz zu schweigen. Ein paar Augenblicke schämte ich mich für diesen Gedanken, dann aber fühlte ich mich irgendwie verantwortlich, wurde wahrscheinlich ein wenig vom Helfersyndrom gepackt; jedenfalls beschloß ich, Veronika langfristig da rauszuhelfen. Nicht heute, nicht morgen, irgendwann.

Aber zuerst einmal war es Veronika, die mir half.

Sie hörte sich eine ganze Weile an, was ich über meine Radioträume zu erzählen hatte, über meine zahllosen Bewerbungen, mein Ministudio und diese Dinge. Sie lächelte so freundlich, wie man nur irgend kann. Ich beobachtete sie, während ich erzählte, und hoffte, nichts an ihrem Gehabe und Verhalten wäre auf irgendeine Art *geschäftlich*. Ich hatte große Schwierigkeiten, Schwierigkeiten damit, diese meine Schwester und meine alte kleine große Schwester unter einen Hut zu bringen. Einen Sombrero. Mindestens.

»So wird das nie was«, sagte sie dann. »Wenn du so weitermachst, hast du in zehn Jahren noch diesen bunten Plattenladen und träumst davon, der *Kasey Kasem* Deutschlands zu werden.«

Wow, dachte ich. Sie kannte Kasey Kasem. Den erfolgreichsten Radiomoderator Amerikas, dessen Sendung *American Top 40* auf mehreren hundert Sendern lief, mindestens, und die auf Vinyl produziert und per Kurier durch die Staaten geschickt wurde – und nach Europa. Davon *träumten* deutsche Discjockeys noch nicht einmal.

»Ich habe einen *Bekannten*«, sagte sie mit einem leicht angespannten Gesichtsausdruck. War nicht schwer zu erraten, *woher* sie den fraglichen Menschen kannte.

»Und?«

»Hast du schon mal was vom *Offenen Kanal* gehört?«

Ich nickte. Gab's noch nicht lange, ein paar Wochen, vielleicht Monate. Freies Radio, freies Fernsehen, allerdings im Kabel, ohne jede Reichweite – und frei für jedermann. Jedermann, das hieß, daß da auch wirklich *jeder* seine Sendungen fabrizierte: Gurus, brabbelnde Vollidioten, versiffte Proleten, Leute mit fettigen *Perücken* – das Schlechteste vom Schlechten, Sendungen, die niemand anhörte oder ansah, außer, man war besonders übel drauf und hatte Lust auf sehr obskuren Spaß. *Offener Kanal*, das war die Spielwiese für eine sendungsbewußte Gruppe von Totalhirnis, denen es total egal war, was andere über das audiovisuelle Chaos dachten, das sie da fabrizierten: Die Vorhut der Regimenter von Talkshowopfern, die ein paar Jahre später die Fernsehkanäle mit ihrem Dünnschiß verstopften. Hutzlige alte Männer mit rutschenden Toupets, die siebtklassige Gesangskünstler anmoderierten, als wäre die deutsche Sprache gerade erst erfunden worden. Gruselig.

»Die haben da professionelle Studios, richtig gute Technik. Ich weiß, daß man das nicht ansehen oder anhören kann, es ist wirklich großer Mist. Aber du könntest dort vernünftige Probesendungen machen und an die Sender verschicken. Und ab und zu, das *weiß* ich, hören wichtige Leute zu.«

»Es ist ziemlich peinliche Scheiße, was da läuft«, grummelte ich, fand aber gleichzeitig Gefallen an der Idee: Gute Technik war ein wichtiges Argument, und außerdem hätte ich die Chance, mich zu beweisen, um so leichter, da die Konkurrenz nur gequirlten Dreck produzierte.

Veronika sah auf die Uhr.

»Ich muß los, Donny, leider – hab' doch noch einen Termin für heute abend reinbekommen.«

Sie erhob sich.

Ich brachte es tatsächlich heraus: »Ein Freier?«

Sie nickte langsam. »Wir sagen *Gast*. Oder *Kunde*.« Das Lächeln war jetzt mehr als gequält.

»Nicht *Freier*?« Dieses Gespräch wollte ich nun wirklich nicht führen, aber ich hatte ja angefangen.

»Nein. Niemals.« Sie sah mich an, ihr dickbemaltes Gesicht spiegelte wider, daß sie selbst darüber nachdachte, was aus ihr, aus uns geworden war, über Vergangenheit, Familie, Entwicklungen, Träume, diese Sachen. »Laß gut sein«, bat sie, drückte mich, nebelte mich mit Parfüm ein, machte gleich darauf eine Geste zum Barmann, eine Schreibbewegung in der Luft: *Geht auf meinen Zettel*, hieß das. Der Barmann deutete ein Nicken an, gerade so, daß es erkennbar war. Und dann war sie verschwunden. Einen Moment lang hing ihr Duft, der Duft ihres Parfüms noch in der Luft, und dann war ich allein.

Für ein paar Minuten saß ich einfach so da, nippte an meinem Bier, glotzte in die Gegend, ohne groß was wahrzunehmen, und dann kam die Nachricht mit voller Wucht an. Ich sah Veronika vor mir, laut gekonnt-gekünstelt stöhnend unter einem dieser wabbligen Vertreter, oder unter diesem Wurstkopf von Barmann, der ging sicher auch zu den Nutten, zu den Nutten, *von denen meine Schwester auch eine war*. Meine Schwester, der einzige Mensch, mit dem ich verwandt war und der mir *trotzdem* irgendwas bedeutete. Überhaupt mein einziger Verwandter. Geschleift, zersetzt durch einen Job, der mehr Kraft kostete, als ich mir vorstellen konnte, Bestandteil einer Welt, eines Gefüges, zu dem ich so viel Affinität besaß wie zu irgendeinem Buschvolk in Südamerika – sorry, Pygmäen oder wie ihr heißt. Ich schämte mich in diesem Augenblick unglaublich für meine eigenen, zaghaften, letztlich sehr lustlosen Versuche, mich als *Gast* oder *Kunde* in diesem Umfeld zu bewegen, und ich hatte panische Angst um Veronika. Nicht darum, daß ihr was passierte, etwa in der Kategorie Prügel, Abzocke, ungewollte Specials, das gehörte sicher zu ihrem Tagesgeschäft. Nein: Darum, daß der Verlust unwiederbringlich war, daß Veronika verlorenging unter dem vielen Parfüm, der Schminke, den wabbligen Vertretern, ekligen Barmännern, dem *Ficken gegen Geld*. Man kann behaupten, was man will – Sex ohne

Liebe hat immer etwas mit Erniedrigung zu tun, und es zu machen, weil einer zahlt, das zerbröselt die Seele. Da können mir die Leute sonstwas erzählen von wegen Verantwortung für den eigenen Körper und diesen ganzen Soziologendünnschiß. Sollen doch die Soziologen alle mal ein paar Monate auf den Strich gehen und sich so richtig rannehmen lassen, mit allem Drum und Dran. Und *dann* weiterreden.

Der Gedanke, Veronika irgendwie zu helfen, war immer noch präsent, kam mir aber plötzlich ungeheuer albern vor: Sie war älter als ich, sie war intelligent genug, sie wirkte so gefestigt und sicher, bei aller Quälerei, die das Treffen mit mir in dieser Hinsicht mit sich gebracht hatte. Ich winkte dem Tresenmenschen, der mich absichtlich ignorierte, bis ich wie ein bescheuerter New Yorker Freak mit beiden Armen wedelte, und bestellte noch ein Bier.

Er brachte es, wieder zwischen zwei Fingern balancierend, weil Wein- und Cocktailtrinker schließlich Genießer sind, egal, wieviel sie tanken, aber Bierkonsumenten einfach nur *Säufer*, und er sagte aufgesetzt-mitleidig grinsend: »Nica nimmt nicht jeden, Jungchen, sei nicht traurig. Sie kann es sich immer noch aussuchen.«

Ich starrte ihn an, versuchte die Botschaft in dem zu finden, was er da faselte. Bis mir aufging, wen er meinte. Nica. Immerhin nannte sie sich nicht Madeleine, Evelyne oder so. Sondern schlicht *Nica*. Der Kosename, auf den niemand in unserer Familie gekommen war. Sie hatte mich immer Donny genannt, aber ich hatte nie in Erwägung gezogen, ihren Namen zu verniedlichen.

Als ich meine Fassung wiedergefunden hatte, war er schon auf dem Weg zum Tresen.

»Weißt du, du ekliger Schwabbeltyp mit deiner peinlichen kleinen Bar – du mußt es ja wissen«, brüllte ich. Zitternd schluckte ich die Hälfte von meinem Bier, um zu überdecken, wie aufgeregt ich war. Ein paar Gespräche wurden unterbrochen, ein paar Köpfe drehten sich zu mir.

Er kam zurück, baute sich vor mir auf, wie er das wahrscheinlich immer tat, wenn er einen unliebsamen, hackestrammen Gast *bitten* wollte, doch die Lokalität zu wechseln, strahlte die Autorität desjenigen aus, der fraglos am weitaus längeren Hebel sitzt.

»Was?«

Ich blickte hoch, diesem Menschen in die Augen, und sah es überdeutlich vor mir, wie er sich zwischen Nicas Beine zwängt, ein faltiges Kondom auf der grauen, halbschlaffen Bumswurst, während meine Schwester ...

»Sie ist meine Schwester, verdammt«, sagte ich, gegen Tränen ankämpfend. Mit jedem auf der Welt hätte ich in diesem Moment meine Gefühle teilen wollen, nur nicht mit ihm, diesem Nichts, diesem Ekeltyp, diesem Gegengeldbumser.

Er zog die Augenbrauen hoch, grinste fies. »Und? Hast du gedacht, daß du *Rabatt* kriegst?«

Danach wurde es unschön. Meine Erfahrungen mit derartigen Auseinandersetzungen beschränkten sich auf Saloonszenen in alten Cowboyfilmen. Jedenfalls saß ich kurz darauf vor der Tür, im wahrsten Sinne des Wortes – unverletzt, weitgehend, und sogar ein bißchen gutgelaunt, ganz plötzlich. Zwanzig Meter weiter sah ich eine nette Gardinenkneipe, eine von denen, in denen ein Bier *und* ein Korn zweifünfzig kosten.

9. Learning To Fly 1985

Frank wollte vom *Offenen Kanal* nichts wissen. Er stand neben mir am Tresen des *Your Sound*, fuddelte an seinem dünnen gelben Lederschlips herum, während er die *Billboard Hot 100* der vergangenen Woche durchsah und wie üblich mit Kommentaren wie »Wird nix«, »Absteigender Ast« oder »Super produzierte Nummer« versah – meistens hatte er recht.

Mir ging's nicht so riesig gut, ich hatte ein paar Stündchen in der Gardinenkneipe verbracht, und obwohl es inzwischen früher Nachmittag war, schmeckte ich die Nacht noch, und meine Hände zitterten, meine Augen hatten Schwierigkeiten, zu fokussieren, und außerdem war mir alles egal. Ich dachte an Veronika, *Nica*, hatte die Sache mit dem *OK* nur erwähnt, um wenigstens *etwas* zu erzählen, wollte mir irgendwas vornehmen in Sachen große Schwester, wußte aber nicht im entferntesten, was genau. Natürlich wollte ich nicht mit Frank darüber reden. Vielleicht später, viel später, nach dem zigsten Bier. Auch unwahrscheinlich. Jedenfalls nicht jetzt.

»Andererseits«, sagte Frank – und dann nichts mehr. Er studierte weiter die amerikanischen Charts. Er sagte gerne ›Andererseits‹, auch, wenn dann keine andererseitigen Argumente folgten. Jetzt allerdings ließ er das Schlips-Gefuddele, schob die Liste weg und sah mich an.

»Die haben wirklich gute Produktionsmöglichkeiten. Verhältnismäßig. Bessere, als du hast. Man könnte Demos produzieren, richtig mixen, schneiden, Effekte einbauen. Richtig gute Tapes machen.«

Ich nickte. Als ich mit Nicken aufhörte, schwabberte das Bild vom Laden noch ein bißchen, dann wurde es ruhig.

»Ich werde das mal abchecken«, sagte Frank.

Ich sah ihn an, wunderte mich, daß ich mit diesem Typen so gut konnte, diesem Spinner, der keinen Geschmack hatte, hoffnungslos den Trends erlag, und mit dem mich eigentlich nur verband, daß er eine irre Menge über Musik wußte und mit mir soff und arbeitete. Frank war tatsächlich mein Freund, wurde mir in diesem Moment bewußt. Auch wenn ich das meiste von dem, was er mochte, tat und träumte, eigentlich ablehnte, war das ein beruhigender Gedanke. Es verdrängte das tobende, quälende Gefühl um Veronika ein wenig. Ich lächelte ihn an.

»Mach das mal«, sagte ich.

Eine Woche später gingen wir gemeinsam zu einem Einführungsabend. Die Leute vom *Offenen Kanal* machten das mehr oder minder regelmäßig für diejenigen, die sich in die wunderbare Welt der elektronischen Medien stürzen wollten, ohne die allergeringste Ahnung von der Technik zu haben, geschweige denn davon, wie und was man tun mußte, um ein Publikum zu erreichen, aber darum ging es bei der Veranstaltung auch nicht. Wir waren zu sechst, Frank, ich, drei andere Kandidaten und Vera, wie Liddy Publizistikstudentin, die beim *OK* jobbte und die Veranstaltung leitete. Da es um Radio ging, verlief der Abend recht blutarm: Vera zeigte und erklärte das Mischpult, die Plattenspieler und Bandmaschinen, die Schneidegeräte, die Cartmaschinen. Sie spielte ein paar Bänder vor, ließ uns probesprechen, wir schnitten einige Stücke zusammen, cueten Platten, fädelten Bänder ein. Vera verhielt sich ziemlich nett, behandelte uns *nicht* wie Vollidioten, obwohl sich die anderen drei Delinquenten deutlich als solche erwiesen, überhaupt nichts auf die Reihe bekamen, Unsinn faselten, Platten zerkratzten und niemals die Stelle fanden, auf die man eine Platte cuen oder das Band drehen mußte, um sauber zu starten. Am Ende der Veranstaltung buchten wir zwei Produktionsstunden und einen Sendetermin. Wir *mußten* senden, was wir produzierten. Es war nicht möglich, die Studios einfach so zu nutzen.

Vera lächelte mich an; das tat sie, seitdem ich vor dem Mikrofon gesessen hatte. Wir gingen einen trinken, Vera, Frank und ich. Da Frank an der Reihe war, landeten wir im *V.I.P.-Club* in der Dachetage des Europacenters, dem mit Abstand widerlichsten Tanzladen der Stadt, bevölkert von lauter Möchtegerns, aufgemotzten Sekretärinnen, erbärmlich aufgetakelten Typen und einem unglaublich schlechten Diskjockey, der sich für eine gottähnliche Kreatur hielt. Vera fühlte sich offensichtlich unwohl, was mich daran erinnerte, wie hoch meine Kompromißbereitschaft Frank gegenüber war und daß ich ihn bei nächster Gelegenheit mindestens in die *Linde*, besser noch, einen schlimmeren Laden schleppen müßte. Es lief *Material Girl*, als sich Vera zu mir beugte und sagte: »Du hast eine tolle Stimme.«

Ich nickte und sah mir die Frau genauer an. Es entstand ein Mix aus maßloser Melancholie – *Liddy* – und dem Bedürfnis, mit einer ganz normalen, schlichten Frau, *die nicht gegen Geld fickte*, irgendwas anzufangen. Vera war recht hübsch, ein ganz bißchen pummelig, was sich aber nur an Wangen und Oberarmen zeigte, hatte ziemlich große, braune Augen, lange dunkelblonde Haare, war sechsundzwanzig, vielleicht ein wenig älter, und reichte mir gerade bis zur Schulter. Niemand, in den ich mich verlieben konnte. Aber irgend etwas zog mich in diesem Augenblick stark zu ihr hin.

Frank stand auf, um zu tanzen. Der dämliche Diskjockey hatte tatsächlich Depeche Mode aufgelegt, *Master And Servant*, sehr Avantgarde, mutig in diesem Laden. Frank zog sich den Schlips zurecht, kontrollierte seine aufgekrempelten Jackettärmel, glättete den Sitz des nach außen gedrehten Seidenfutters, grinste, verschwand. Mein Gin-Tonic glühte im UV-Licht, ich fühlte mich wohl und unwohl zugleich, hatte Angst, sah mich kurz vor einem Verrat, konnte aber das Bedürfnis, mich Vera zu nähern, nicht abschütteln und es genausowenig erklären. Ich fragte sie, ob wir nicht irgendwohin verschwinden könnten, und sie sagte: »Klar, gehen wir zu mir.«

Und das taten wir dann auch.

In ihrer Studentenbude, einer 1-Zimmer-Wohnung in Neukölln – spärlich möbliert, große Mengen Bücher, vor allem Fachliteratur, Kachelofen, muffiges Treppenhaus –, tranken wir Weißwein, weil Vera nichts anderes da hatte, und redeten über Radio. Es war das erste Mal für mich, daß ich mit jemandem länger über Radio sprach, der selbst etwas damit zu tun hatte, wenn auch auf niedrigem Niveau, vergleichsweise – *Offener Kanal* hat mit echtem Radio so viel zu tun wie Matchbox-Autos mit der Formel 1. Natürlich hatte ich viele Versuche unternommen, mit Redakteuren, Produzenten und DJs ins Gespräch zu kommen. Aber dies war das erste Mal, bei dem ich auch eine Rolle spielte. Vera war offensichtlich ziemlich hingerissen von mir – und wollte mir helfen. Sie hatte ein Praktikum bei einem öffentlich-rechtlichen Sender vor sich, sie kannte ein paar Leute. Daß ich eine Sendung im *Offenen Kanal* produzieren wollte, hielt sie für eine gute Idee. Während ich nicht so richtig wußte, ob ich mich auf das Gesprächsthema, den wahrscheinlichen weiteren Verlauf der Nacht, Liddy, Veronika oder alles auf einmal konzentrieren sollte, skizzierte Vera den Ablauf einer Sendung. Ich mühte mich ab, die Gedanken auf das Thema zu lenken, was nicht so leicht war, da ich selbst nicht die geringste Idee davon hatte, was zur Hölle ich senden sollte. *Senden*. Eine eigene Radioshow. Es traf mich wie ein Blitz, aber letztendlich knallte er dann doch ein Stückchen vorbei, dafür war nämlich mein Kopf zu voll.

»Ein Magazinformat eignet sich am besten. Du mußt ein Thema finden, Beiträge zusammenstellen, die richtige Musik, eine Kennung, einen guten Titel. Zuhören werden dir nur wenige, *ganz* wenige, vielleicht ein paar hundert Leute. Mach keine Live-Sachen, nimm keine Zuhörer rein, das ist zu gefährlich, es rufen nur Psychopathen an. Halte dich an ein Konzept, schreib dir die Moderationen auf, plane die Zeit. Dann kann es gut werden, und du kannst die Sendung als Demo benutzen. Alles andere ist verschenkte Zeit.«

Ich nickte. Sie lächelte mich an, blinzelte. Dann küßten

wir uns, was seltsam war, unwirklich, weich – und ein wenig behindert durch das Gedankenfeuerwerk in meinem Kopf. Es war schön, wenn auch nicht berauschend, irgendwie behaglich, doch das Gefühl des Verrats blieb. Dann hatten wir Sex, auf der Wildledercouch, die sich aufklappen ließ, und ich spürte mehr von den Ritzen und Kanten des Bettes als von mir in Vera oder Vera mit mir in sich oder so. Aber es war okay, *irgendwie*. Nicht toll, aber angenehm. Man könnte daran anknüpfen, wenn man wollte, dachte ich mir, während ich dem leicht fiependen Atemgeräusch der schlafenden Publizistikstudentin lauschte, und dann zog ich mich doch leise an und machte mich vom Acker.

Letztlich schlug ich sowohl Veras als auch Franks Vorschläge in den Wind und beschloß, eine Live-Sendung zu machen. Ich besuchte Vera im *OK* und buchte den Termin auf Mitternacht um.

»*Mitternacht*? Willst Du überhaupt keinen Hörer erreichen?«

Ich grinste, ein bißchen verlegen, weil die Terminverlegung nicht der einzige Grund war, aus dem ich aufgetaucht war.

»Ich will eine Live-Sendung machen, und ich will, daß es authentisch wirkt. Eine Nachtsendung. Meiner Meinung nach ein stark vernachlässigter Bereich. Bitte.«

Als hätte es ihrer Zustimmung bedurft.

Sie verzog das Gesicht, blätterte durch die Dispositionslisten.

»Kommenden Sonntag, ab zwölf, in der Nacht auf Montag.«

»Klasse.« Ich nickte, einfach nur, um irgendwas zu machen, während Vera mich ansah.

»Ich habe gleich Pause«, sagte sie genau in dem Moment, in dem ich sie danach fragen wollte.

»Klasse«, wiederholte ich. »Laß uns irgendwo einen Kaffee trinken gehen.«

Wir gingen in ein Café, Selbstbedienung, Plastiktische. Vera holte sich Kaffee und ein Croissant, ich nahm Wasser. Dann saßen wir uns eine Weile stumm gegenüber, Vera knabberte an ihrem Backwerk. Ich überlegte, wie ich es anfangen sollte, und beschloß, gleich auf den Punkt zu kommen.

»Mmh. Ich weiß nicht ganz, wie ich es sagen soll«, begann ich.

»Aber *was* du sagen willst, weißt du schon, oder?« konterte sie.

Ich nickte.

»Etwas in der Art von ›Es wird nichts mit uns beiden‹?«

Ich nickte wieder, zaghaft, schlug die Augen nieder, was ich für eine passende Geste hielt. Immerhin war es das erste Mal, daß ich mich von einer Frau zu trennen versuchte.

»Ist okay«, sagte sie. »Ich habe auch keine große Lust auf Beziehungen, im Moment.«

»Aha.«

»Was ist es bei dir?«

»So ähnlich.«

»Eine, an der du noch hängst?«

»Sozusagen.«

»Kann ich gut verstehen.«

Und vorbei. Wir saßen noch ein paar Minuten, quatschten ein wenig über Radio, die ersten Anzeichen dafür, daß es bald mit Privatsendern losgehen würde, über die Hirnis, die Sendungen beim *Offenen Kanal* produzierten, *Freakshows*, wie Vera das nannte, diese Dinge – unerschöpflicher Vorrat für ihre Diplomarbeit zum Thema. Wir trennten uns im guten, wie man so schön sagt, und ich war froh darüber, aber gleichzeitig ein wenig deprimiert wegen meiner Gründe. Schließlich war es absolut aussichtslos, Liddy wiederholen, wiederaufleben lassen zu können. Es war zu lange her, meine Erinnerung beschönigte sicher vieles, und mit tausendprozentiger Sicherheit war Liddy inzwischen in so festen Händen, daß sie sich nicht einmal mehr an meinen Namen erinnern *durfte*.

Es war nicht so, daß nach meiner Sendung – *Nightpeople* hatte ich sie genannt – Krisensitzungen bei den öffentlich-rechtlichen Sendern stattfanden. Ich fuhr ein zweistündiges Programm, spielte nette, ungewöhnliche Musik (B-Seiten von Fischer-Z-Singles, solche Sachen, und natürlich Jackson Browne), redete über dies und das und nahm tatsächlich ein paar Hörer rein, nachdem ich begriffen hatte, wie man den Telefonhybriden aktivierte, um live mit Leuten sprechen zu können. Ganze sieben Menschen riefen an, ausschließlich männlich, davon brüllten drei unverständliches Zeug, mit den anderen unterhielt ich mich ein wenig, und diese vier bedankten sich ausgiebig für das nette Gespräch und die ungewöhnlich – nicht »verhältnismäßig« – gute Sendung.

Ich machte es einfach so, wie ich mir vorstellte, eine solche Sendung täglich zu veranstalten. Ohne große Erklärungen, kein Personality-Brimborium; ich redete über Dinge, die mir einfielen, an einiges erinnerte ich mich erst wieder, als ich am nächsten Tag die Bänder anhörte, so aufgeregt war ich. Ein paarmal patzte ich mit der Technik, redete zweimal in den Gesang am Anfang einer Platte hinein – das darf man nicht, *niemals* –, ansonsten war ich zufrieden. Sehr zufrieden. Als ich das Studio verließ, um mit Frank, der im Technikerraum gesessen hatte, ein Bierchen trinken zu gehen, konnte ich es kaum erwarten wiederzukommen. Verdammt, war das ein gutes Gefühl. *Ich hatte endlich Radio gemacht.* Nicht auf sehr hohem Niveau, vielleicht hatten fünfzig, hundert Leute zugehört – doch für die hatte ich mein Bestes gegeben, und ich war sicher, daß es ihnen auch gefallen hatte. Natürlich hatte ich das Rad nicht neu erfunden, aber sicherlich Ungewöhnliches geleistet – für Mitte der Achtziger. Bei der anschließenden Kneipentour fiel es mir überaus schwer, mich auf Frank zu konzentrieren, ich ließ ihn sogar die Läden aussuchen, obwohl eigentlich ich selbst an der Reihe war. Es hatte mich erwischt, endgültig infiziert, und ich fieberte dem Zeitpunkt entgegen, die nächste Sendung buchen zu können. Morgen. Übermorgen. So schnell es irgend ging. Ich war eifersüchtig auf jede Sekunde, die ein anderer beim *OK* sendete.

Am nächsten Morgen war ich ein bißchen enttäuscht, weil nicht sofort das Telefon klingelte. Irgendwie hatte ich Anrufe von Zeitungen und Zeitschriften erwartet und mindestens einen vom Programmchef irgendeines öffentlich-rechtlichen Senders. Aber es passierte nichts. Gegen Mittag buchte ich – ausnahmsweise telefonisch – einen neuen Termin, leider war erst am kommenden Donnerstag wieder etwas frei. Der Typ, der meine Dispo entgegennahm, beglückwünschte mich zu der tollen Sendung. Immerhin etwas.

Am Nachmittag rief mich Veronika im Laden an. Sie war etwas kurz angebunden, hatte meine Nachricht, daß ich Sonntagnacht meine Sendung hätte, gerade erst bekommen. Ich gab ihr den neuen Termin durch. Ich war flattrig. *Radio machen*. Am liebsten wäre ich sofort wieder zum *Offenen Kanal* gefahren, um jede Sendepause zu nutzen. Seit Ewigkeiten zum ersten Mal nahm ich den Tuner der Anlage im *Your Sound* in Betrieb, um die *anderen* zu hören, und es war schrecklich, schrecklich, schrecklich, noch bis Donnerstag warten zu müssen.

Aber ich schaffte es, fuhr noch eine Sendung, patzte diesmal nicht, hatte sogar fünfzehn Anrufer, von denen diesmal nur einer Schwachsinn brüllte, und am nächsten Morgen klingelte tatsächlich das Telefon.

»Donald Kunze?«

»Ja.«

»Das war nicht schlecht gestern nacht, wirklich nicht schlecht. Nicht nur im Vergleich mit dem anarchistischen Mist, der sonst da läuft – ich habe gestern den ganzen Abend lang zugehört. Aber was Sie da gemacht haben, alle Achtung. Sie haben eine tolle Stimme. Und ein gutes Gefühl für den Rhythmus. Für das, was man sagen muß.«

»Danke.« Ich grübelte, die Stimme kam mir bekannt vor. »Mit wem spreche ich?«

»Siegfried Dierek.«

»Oh.« Dierek war stellvertretender Programmdirektor bei einem öffentlich-rechtlichen, und er moderierte Sport. »Woher haben Sie meine Nummer?«

»Von Ihrer Schwester.« Es klang seltsam, wie er das sagte, und er sagte es unwillig.

»Aha.« Ich spürte, wie sich etwas in mir zusammenzog.

»Mmh. Wollen Sie mal bei uns vorbeischaun?«

Rapuff. Sechs Worte: *Wollen Sie mal bei uns vorbeischaun?* Ich konnte mir in diesem Moment vorstellen, wie sich jemand fühlt, der gerade die Ziehung der Lottozahlen verfolgt, und alle Kreuzchen stimmen. Gott, wie lange hatte ich darauf gewartet. Und dann war es so einfach. Und hatte auch noch Spaß gemacht.

»Klaro.«

10. Enjoy The Silence 1984

»Erzähl mir was von deiner Familie«, bat Liddy, beugte sich über den Rauchglascouchtisch und zündete ein Räucherstäbchen an. Ich stand am Regal, das sie aus Ziegelsteinen und einfachen Brettern gebaut hatte, und begutachtete ihre Plattensammlung. Barclay James Harvest, Tangerine Dream, Andreas Vollenweider, Reinhard Mey. Das Jackson-Browne-Album, das sie im *Sound-Fashion* gekauft hatte. Mike Oldfields *Platinum*, City, die DDR-Combo – das rote Album, auf dem *Am Fenster* ist; Dutzende von *Sound-Fashion*-Kunden hatten versucht, mir das Geigenintro vorzusummen. Eine spanische Sängerin, von der ich noch nie gehört hatte. Raphaela Irgendwas, halber Name hinter dem Preisschild, das sie nicht abgelöst hatte; ich machte das immer zuallererst.

»Meine Familie?« fragte ich zurück, um etwas Zeit zu gewinnen. Ich zog »Running On Empty« aus dem Regal, sah mir zum zehnmillionsten Mal das Cover an. Die Straße in der Wüste, an deren Ende ein glänzendes Schlagzeug steht – so ähnlich sah ich mein Leben, mit einem glänzenden Mikrofon am Ende der Straße. In einer »Mork vom Ork«-Folge hatte ich entdeckt, daß dieses Cover in Mindys Wohnung an der Wand hing, direkt neben der Eingangstür. Ich war nicht sicher, ob ich das gut oder schlecht finden sollte.

Liddy blickte auf, lächelte, als sie sah, was ich in der Hand hielt. »Ja. Ich weiß nichts über deine Familie.«

»Machst du Tee?« fragte ich, grübelte, was ich von meiner Familie erzählen könnte, und hoffte, sie würde das Thema lassen.

»Klar.« Sie ging in die Kochecke, ein paar aufpolierte Kommoden vom Trödler hinter einem Vorhang aus dickem Wollstoff, zweiflammiger Elektrokocher. Bei aller Einfachheit hatte Liddys Wohnung eine gewisse Würde, war im Gegensatz zu meiner von ergreifender Persönlichkeit. Das erstaunte mich.

Ich las die Besetzungsliste von »Running On Empty«, obwohl ich sie auswendig wußte.

»Laß dir nicht alles aus der Nase ziehen«, sagte sie mit einem gekünstelt nörgelnden Unterton, ließ die Regler des Elektrokochers klackern. »Das interessiert mich wirklich.«

»Warum?«

Ihre schwarzen Haare flatterten am Wollvorhang vorbei, die grünen Augen fixierten mich.

»Verdammt, weil ich es wissen will. Es ist schon schwer genug, etwas über dich zu erfahren, das nicht mit Radio oder Schallplatten zu tun hat. Ein *paar Sachen* kannst du doch erzählen, ohne zu viel zu riskieren. Oder?«

»Riskieren?« murmelte ich, sogar für das Plattencover unhörbar. Es schepperte, Liddy sagte »Scheiße«, bückte sich. Sie war sauer. Warum nur?

Ich stellte die Platte zurück und setzte mich auf die Cordcouch. Liddy redete, aber offensichtlich mit sich selbst, jedenfalls nicht so laut, daß ich etwas verstehen konnte, das Gebrubbel mischte sich mit dem einsetzenden Geblubber des Teewassers. Beides verstummte; Liddy hatte die Pfeife auf den Wasserkessel gesetzt.

»Meine Eltern sind die letzten Arschlöcher«, sagte ich.

»Was?«

»Meine Eltern sind Arschlöcher. Säufer. Sie ...« – ich wußte nicht, wie ich es erklären sollte. *Was* ich erklären sollte.

»Sie sind eben Arschlöcher«, wiederholte ich zum dritten Mal.

»Aha«, sagte Liddy, ein bißchen rot im Gesicht, was sehr hübsch aussah, und stellte das Teegeschirr auf den Tisch. »Arschlöcher also. Das erklärt vieles.« Sie grinste schief.

»Ich weiß nicht, wie ich es sagen soll ... wie sind denn *deine* Eltern?«

Eigentlich interessierte mich das nicht, null. Es war bedeutungslos – Liddy stand vor mir, ich sah sie an, konnte sie sogar anfassen, ihr zuhören, alles mögliche mit ihr machen. Was scherten mich da ihre Eltern? Ich hatte mich noch nie für die Familie von irgendwem interessiert, war eigentlich immer davon ausgegangen, daß es bei allen katastrophal ist, more or less. Eltern und Kinder passen nicht zusammen, hatte ich herausgefunden. Man sollte sie getrennt aufbewahren.

Sie zog die Stirn in Falten. »Wie meine Eltern sind? Sie sind mein Zuhause, meine Geborgenheit, meine Lehrer, mein besseres Ich.« Sie fixierte das Teekännchen aus Ton, vielleicht, um mich nicht ansehen zu müssen. Der Teekessel begann zu pfeifen.

Sie ließ ihn pfeifen.

»Sie bedeuten mir sehr viel. Wir sind eins, sie und ich.«

»Verstehe.« Ich verstand nichts.

»Wir gehen sehr partnerschaftlich miteinander um, eigentlich schon immer, solange ich denken kann. Meine Mama hat mir sehr früh das Gefühl gegeben, ein vollwertiger, gleichberechtigter Mensch zu sein. Und mein Vater hat mich Verantwortung gelehrt, Nächstenliebe, Respekt. Er war Pfarrer.«

»Er ist tot, oder?« fragte ich, um irgendwas zu sagen.

Sie nickte, ihr Gesicht wurde ein bißchen grau. Immerhin hatte sie in der Gegenwartsform von ihm gesprochen – seinen Tod hatte sie mal angedeutet, aber ich hatte nicht richtig zugehört.

»Seit drei Jahren, ja.«

Das Verstummen des Pfeifgeräusches und ein Klacken aus der Küche verrieten, daß der Aufsatz von der Tülle der Teekanne gesprungen war. Sie verschwand, um die Kanne zu holen. Ich hoffte, die Unterhaltung wäre beendet, ging in den Flur, zu meiner Jacke, zog das neue *Billboard* aus der Seitentasche. Wir kamen gleichzeitig am Tisch an.

»Was machst du?« fragte sie, den Blick auf das Magazin geheftet.

»Vielleicht ein bißchen lesen?«

»Spinnst du?«

»Warum?«

»Wir reden doch miteinander. Da kannst du nicht einfach anfangen, Zeitung zu lesen.«

»Das ist keine *Zeitung*. Das ist das *Billboard Magazine*.«

»Scheißegal!« Sie knallte die heiße Kanne auf den Couchtisch, ein bißchen heißes Wasser schwappte heraus, verdampfte aber sofort auf der kühlen Rauchglasplatte. Ich beobachtete die Kondensationsflecken, die sich, seltsame Konturen annehmend, rasch verflüchtigten.

»Verdammt noch mal. Ich will dich kennenlernen, etwas über dich erfahren, dich verstehen, hinter all den Radioquatsch blicken, deine blöden Alben, die ranzigen Hosen und das immergleiche T-Shirt – und du fängst an, zu lesen? Ist dir noch ganz wohl?«

Ist dir noch ganz wohl? Ich unterdrückte ein Grinsen, die Formulierung war wirklich hanebüchen. Radioquatsch? Wer rotierte hier nicht ganz sauber? Doch wohl nicht ich.

»Na gut«, sagte ich trotzdem, ein bißchen zu herablassend vielleicht, und legte das Magazin neben mich auf die Couch, achtete aber darauf, daß die Seite nicht umblätterte. Erwartungsvoll sah ich Liddy an. Sie war tiefrot im Gesicht, was sich gut machte mit ihren grünen Augen.

»Du solltest gehen«, erklärte sie, mit leicht zittriger Stimme. Und, nach einer kurzen Pause, sichtlich bemüht: »Geh, bitte.«

Ich war baff. Was hatten unsere Scheiß-Eltern mit *uns* zu tun? Was sollte das Gerede über Familie, über Nächstenliebe, Respekt und all diesen Krempel? Was wollte Liddy von mir? Warum war ihr das so wichtig? Ich verstand überhaupt nichts mehr. Wollte nicht in ihren Kopf, daß ich über meine verdammten Eltern einfach nicht reden konnte, daß es da nichts zu sagen gab, daß ich einfach nur ich selbst war, so, wie ich dasaß, mit meinen ranzigen Hosen und dem verfluchten *Billboard Magazine*? *Das bin doch ich*, wollte ich sagen, aber Liddy kam mir zuvor.

»Bitte«, sagte sie, drehte sich um und ging zur Kochnische. Ihre Schultern zuckten leicht, möglicherweise weinte sie. Ich schnappte mir meine Zeitschrift und zog von dannen. Fühlte mich hilflos, ein bißchen verloren, denn ich verstand ums Verrecken nicht, was zur Hölle ich schon wieder falsch gemacht haben sollte.

Das *Barney's* war eine typische Bar, wie es sie in allen amerikanischen Städten massenweise gibt: Langer Holztresen, Fernseher in jeder Ecke, eine Menge Neonreklamen, riesengroße Zapfhähne, alles sauber, adrett, nett gemacht. Gemütlichkeit *the American way.* Ich hockte vor einem großen *Bud* und einem riesigen Teller mit *spicy chicken wings* (so was verstehen die Amis unter »Snack«), nuckelte abwechselnd an meinen fettigen Fingern, am schaumlosen Bier und an den superleckeren Hühnerflügeln. Zwischendrin verfolgte ich irgendein Footballspiel. Oder versuchte es zumindest. Die Regeln waren mir so transparent wie eine Tresortür, die wenigen Spielzüge im Wechsel mit den langen Werbepausen erweckten den Eindruck, sie dienten dazu, die Zeit zwischen den Werbeblöcken mäßig spannend zu überbrücken.

»Du mußt Kunze sein«, sagte jemand, der neben mir Platz nahm – auf englisch. Er sprach das *Kunze* mit weichem Z und mit kurzem U: *Kunnße.* Hatte meinen Namen also bisher nur gelesen, nie gehört, woher auch. Ich drehte mich zur Seite. Ein Collegeboy. Kräftig, kantiges Gesicht, breites Grinsen, kurze, blonde Haare, Collegejacke, T-Shirt von irgendeiner Radiostation (es war nicht vollständig zu lesen), Sneakers. Zweiundzwanzig, vielleicht dreiundzwanzig. Das sollte der beste *Programmer* im Nordwesten der Staaten sein?

»Du bist Lindsey?«

Er nickte. Der Barmann stellte mein zweites Bier hin, daneben einen Jack Daniel's, der im Eis schwamm – ich hatte es aufgegeben, amerikanischen Barmännern klarzumachen, daß ich nur ein oder zwei Eiswürfel wollte, dafür war das Glas fast randvoll.

»Lindsey Cunningham.«

»Lindsey ist ein Frauenname, oder?«

Er feixte. »Wie man's nimmt. *Ich* bin ein Kerl.«

Ich musterte ihn, sagte nichts.

»Du hältst mich für zu jung, oder? Was denkst du? Einundzwanzig, zweiundzwanzig?«

Ich nickte.

»Ich bin neunundzwanzig. Bin einfach gut dabei. Halte mich fit.«

»Wie?«

»Mit dem üblichen.« Er holte ein Päckchen Marlboro aus der Tasche, bestellte sich ein *Miller* und einen Jim Beam auf Eis.

»Ich verstehe«, sagte ich lächelnd.

Wir unterhielten uns ein bißchen über Boise, Idaho, die Stadt, in der wir uns getroffen hatten, weil er da zu tun hatte und ich in Salt Lake City wohnte, quasi um die Ecke, eine Flugstunde entfernt: nichtssagend, arm an Höhepunkten, warm, sauber, klinisch. Ich erfuhr, daß der Name *Boise* aus dem Indianischen stammte und irgendwas wie »grünes Tal mit Bäumen« bedeutete. Superinteressant.

»Laß uns über Musik reden, Radiomusik«, bat ich später, etwa beim dritten Jack. Das Footballspiel war vorbei, Cunningham hatte auch einen Versuch unternommen, mir die Regeln zu erklären, aber das brachte nichts. Zehn Yards vor oder zurück, hohles Gebolze, ab und zu ein *Touchdown*, dazwischen gähnende Langeweile. Noch schlimmer als Fußball. Obwohl ich das kaum für möglich gehalten hatte.

»Okay«, sagte Lindsey. Er grinste, zündete sich die fünfte oder sechste Marlboro an. »Erklär mir mal, warum man pausenlos Hits im Radio spielen muß.«

Ich zog eine Augenbraue hoch und lächelte.

»Keine Ahnung«, sagte ich, um etwas Zeit zu gewinnen. »Vielleicht, weil man *muß*?« spekulierte ich ein paar Sekunden später.

Er nickte. »Das kommt der Sache schon *ziemlich* nahe. Darf ich dir eine kleine Geschichte erzählen?«

Ich hob meinen Jack zum Mund und sagte, kurz bevor er ankam: »Klar, immer los.«

»Ich habe in Phillie gearbeitet, für eine ziemlich große Rockstation, war etwa drei Monate dabei, sah mich aber bereits nach was anderem um. Wir hatten *Blind Mirrors* in der Heavy-Rotation. Es lief mindestens achtmal am Tag.«

Ich grübelte kurz und nickte dann: »Die *Perverted Park Pissers*. Irgendeine Punkcombo aus Massachusetts. Ein One-Hit-Wonder, vor zwei oder drei Jahren. Nie wieder was von denen gehört.«

»Kein Wunder. Aber laß mich erzählen. Ich sah mir also die *Clocksheets* für die Sendungen des Tagesprogramms an, nur so, aus Spaß. Ich dachte: ›Hey, *Blind Mirrors*, achtmal in der Hauptsendezeit zwischen sechs Uhr morgens und acht Uhr abends. Cool. Muß wirklich eine Superband sein, wenn sie das verdient.‹ Es war nicht mein Vorschlag gewesen. Der Titel war bei allen anderen Stationen ebenfalls auf den Playlists: Die ausgekoppelte Single aus dem Debütalbum, jede Menge Vorschußlorbeeren von der eigenen Plattenfirma. In drei Wochen sollte ein Konzert der *PPP* in Philadelphia sein. *Blind Mirrors* war in den Top Twenty, landesweit. Ich ließ mir von Willie, meinem Musikredakteur, das Album bringen. *Willing And Able*. Oha. Legte es auf und las ein bißchen, was das Cover so hergab.«

»Und?« Ich winkte nach weiteren Drinks.

»Auf dem Album waren neun Stücke, davon acht, die von den beiden PPP-Frontleuten Jonesy und Pierceman geschrieben worden waren. Produziert von einem namenlosen Gesellen. *Blind Mirrors* aber war interessanterweise von jemandem, dessen Name irgendwie italienisch klang. Marcello Undsoweiter. Ich ließ Willie ein bißchen stöbern, während ich weiter lauschte. Das Album war der letzte Dreck. Gut, es war Punk. Aber *Blind Mirrors* stach daraus hervor, als würde das Empire State Building in einem Slum von Puerto Rico stehen. Außerdem war es von *Bill Spearding* produziert worden, als einziges Stück auf der Platte.«

Ich lachte. Spearding war ein Hit-Macher, was der anfaßte, wurde einfach zu Gold.

»Es geht noch weiter. Eine halbe Stunde später kam Willie mit den italienischen Charts des letzten Jahres, die hatte er sich von *Billboard* aus New York per Telex schicken lassen. Marcello Undsoweiter hatte einen Nummer-eins-Hit in Italien, vier Wochen lang, er hieß *Specchi Ciechi*. Kannst du dir vorstellen, was das auf englisch heißt?«

»Natürlich. Blinde Spiegel, blind mirrors.«

»Genau. Die Plattenfirma hatte sich einen Titel geschnappt, der außerhalb von Italien kein Erfolg werden konnte, weil er bescheuert hieß, in italienisch war und außerdem noch schlecht produziert. Na ja, italienische Produktionen klingen immer ein bißchen ... *verwaschen*. Jedenfalls hatte der Song Potential. Klasse, dachte sich der Plattenmensch, griff wahllos nach einem Demotape, sagte zu dem Band beziehungsweise *der* Band: Du wirst jetzt erfolgreich. So sind die *Perverted Park Pissers* zu ihrem Smash-Hit gekommen.«

»Na gut«, sagte ich schulterzuckend. »Aber das hat's vorher auch schon gegeben, wenn auch vielleicht nicht mit einem so schlechten Album drum herum. Und ich sage dir, daß das schlimmer werden wird. Irgendwann, so in zehn, fünfzehn Jahren werden sie uns nur noch mit dämlichen Coverversionen kommen.«

»Mmh. Vielleicht. Wart mal ab, ich bin noch nicht fertig. Das anstehende Konzert sollte in einer Fünftausend-Leute-Halle stattfinden, die Hälfte der Karten war bereits verkauft. Ich nahm mir die Clocksheets vor und strich *Blind Mirrors* aus der Rotation, dafür setzte ich an jede vorgesehene Stelle einen anderen Titel von *Willing And Able*. Die DJs bekamen von mir Anweisung, dazu zu sagen, daß es sich um einen weiteren Titel von *PPP* handelt, vom Debütalbum der Band, und daß wir diese Titel spielen, um die Konzertbesucher vorab zu informieren. Weißt du, *sehr* viele Leute gehen in Konzerte von Bands, die sie nicht kennen, weil diese Bands gerade Hits haben.«

Jetzt lachte ich wieder. War mir selbst auch schon passiert.

»Wir hielten das durch bis zum Konzert, obwohl die DJs echt sauer waren, daß sie diese Scheiße spielen mußten; es war *wirklich* Scheiße. Jedenfalls sind fast keine weiteren Karten für das Konzert verkauft worden. Viele Leute, die Karten hatten, wollten sie zurückgeben, Hunderte haben bei uns angerufen. *Wir* haben die Karten zurückgenommen. Die knapp tausend Leute, die bei dem Konzert waren, haben ziemliche Randale gemacht. Gut, es gab ein bißchen Streß im Nachgang, und die Plattenfirma war mehr als nur sauer auf uns.«

»Kann ich mir vorstellen. Ich glaube, mich erinnern zu können, daß die Europatour von denen abgesagt wurde.«

Jetzt lachte Lindsey Cunningham. »Gut möglich. Es hat sich natürlich rasend schnell herumgesprochen: Ein Sender in Philadelphia spielt das komplette Album der Hitgroup, und plötzlich geht keiner mehr in die Konzerte. Einszweifix war *Blind Mirrors* aus den Charts – obwohl es wirklich ein Supertitel war, toll produziert, nicht mal schlecht interpretiert. Letztendlich konnte die Band selbst auch wenig dafür; scheißschwer, an einen Plattenvertrag zu kommen. Na ja, wir haben die Verarsche ein bißchen transparenter gemacht.«

Er lehnte sich vor, lächelte, schüttelte dabei ganz leicht den Kopf, ich schnappte mir eine Fluppe und dachte nach, sah ihn an. Ganz Radiomensch. Die Macht, die das Medium hatte, war für ihn völlig selbstverständlich.

»Was hat das mit der Frage zu tun, warum man Hits spielen muß?«

»Das ist ein Teufelskreis. Alle spielen Hits, und man meint, die Leute wollen nur Hits hören. Also spielt man auch Hits. Alle *hören* Hits, also meinen alle, man muß Hits hören. Nicht nur aktuelle. Die meisten Stationen spielen aktuelle Hits in der Heavy Rotation, Currents in einer etwas weniger heftigen, ein paar hundert Re-Currents und zusätzlich noch das, was sie Oldies nennen: Titel, die vor ein paar Jahren Hits waren. Hits, Hits, Hits. Die Leute kaufen die Sülze, rennen in die Konzerte und sind enttäuscht, weil die

Band nur eine gute Nummer hat oder weil der Titel völlig untypisch für die Combo ist. Auf allen Top-40-Stationen – und das werden bald die meisten sein – hört man den gleichen Kram. Wir verarschen die Hörer, die Plattenfirmen verarschen uns, und alle fühlen sich klasse.«

»Und?«

»John Mellencamp hat bisher neun Alben gemacht. Welche Titel kennst du von Mellencamp?«

»Johnny Cougar? Mmh. *Jack And Dianne*, natürlich. *Hurts So Good. Scarecrow. Small Town*. Vielleicht noch drei oder vier andere.«

»Meinst du, daß der Rest einfach nur Mist ist?«

Ich schüttelte den Kopf: »Nein, natürlich nicht. Vielleicht auf den ersten zwei, drei Alben. Aber Mellencamp ist ein solider Musiker, ein echter Rocker, sehr konstant.«

»Gut, sagen wir, auf den neun Alben sind neunzig Titel, davon zwei Dutzend nicht so gute. Bleiben fast siebzig Songs. Warum werden die nicht gespielt – jedenfalls von den meisten nicht?«

»Weil die keiner kennt. Außer den Fans, natürlich.«

»Bingo.« Er griente. »Warum kennt die keiner?«

»Weil es keine Hits waren.«

»Warum waren es keine Hits?«

»Ein, maximal zwei Titel von jedem Album in verstärkter Rotation, dann war das Album nicht mehr aktuell, und schon kam das nächste. Die beiden Hits vom vorigen Album tauchten dann bei den *Currents* und *Re-Currents* auf.«

»Genau. Denk mal darüber nach. Es gibt jede Menge gute Musik, aber wir lassen uns vorschreiben, was wir für gut zu halten haben. *Das* spielen wir dann so oft, daß man beim Hören die Krätze bekommt, aber keine Station will die Titel als erste aus der Rotation nehmen. Bei One-Hit-Wondern kommt häufig noch ein Folgetitel, der dem ersten fast gleicht, und auch den spielen wir noch mal bis zum Erbrechen, obwohl die Leute eigentlich schon die Schnauze voll haben. Alles Kacke.«

Ich nickte.

»Da ist was Wahres dran.«

»Eben. Und, laß es dir gesagt sein: Das wird noch schlimmer.«

Ich sah ihn an, den Collegeboy, von dem gesagt wurde, daß er bisher jede Station zum Erfolg geführt hatte. Die Headhunter der Networks saßen ihm im Nacken, aber er wollte frei bleiben. Radio war sein ein und alles, das spürte ich deutlich.

»Weißt du«, sagte er, »eine ganz wichtige Tatsache wird von vielen Radioleuten völlig vergessen: Wir machen das für die Menschen draußen, nicht für uns, oder für die Plattenfirmen oder die Bands. Die Leute, die Radio hören, sind unsere Kunden: *Die* kaufen unser Produkt. Keine Werbeagentur, kein Promoter von EMI oder CBS. Wenn wir die Leute am Radio verarschen, wenn wir uns hier einen runterholen oder den Plattenfirmen in die Ärsche kriechen, wird sich das langfristig nicht auszahlen. Wir müssen unser Publikum respektieren, und wir müssen uns der Verantwortung bewußt sein, bewußt werden. Dann kann Radio auch wieder richtig gut werden. Und, sorry, das ist es in den meisten Fällen nämlich einfach überhaupt nicht, ganz im Gegenteil. Auch etwas, das noch schlimmer werden wird, fürchte ich.«

12. Hungry Heart 1992

Am Nachmittag erwachte ich, saß immer noch auf dem Sofa, hatte immer noch das Telefon auf den Knien, weshalb mir auch sofort wieder einfiel, was passiert war. Was mir *erzählt* worden war. Ich glotzte das Ding an, wunderte mich einen Moment lang darüber, daß meine Mutter nicht noch mal angerufen hatte – und dann kam es. Faustschläge gegen den Kopf und in die Magengrube. Mir wurde übel, ich begann, zu zittern, und dann, zu weinen. Veronika war tot. Veronika. Schwesterchen mit den schmutzigen Strümpfen, so sah ich sie sofort vor mir. Tot. Weg. Auf immer. Ich begriff nicht wirklich, und andererseits doch. Es war seltsam. Das Telefon klingelte, drei, vier, fünf Mal. Vielleicht doch noch mal meine Mutter. Aber es war nur Lindsey, der mit mir essen gehen wollte, ich wimmelte ihn ab. Danach fühlte ich mich leer, auf merkwürdige Art hilflos: Ich verspürte den Wunsch, mit jemandem zu sprechen, aber Veronika und ich hatten keine gemeinsamen Bekannten, und ich nur wenige Freunde, von denen keiner Veronika kannte, nicht einmal Frank, von dem ich ohnehin seit Monaten nichts mehr gehört hatte: Er hatte das *Your Sound* noch ein paar Jahre weitergeführt und sich dann irgendwo in ein Studio eingekauft, in Duisburg, Düsseldorf, diese Ecke. Mit Miles hätte ich darüber sprechen können. Mit meinem Stammkneipenwirt. Aber der hatte jetzt anderes im Kopf, außerdem hatte ich seine Privatnummer nicht. War ja auch ein blöder Gedanke.

Ich ging duschen, stand weinend in der Wanne, während das warme Wasser an mir herablief, und konnte meine Gedanken und Gefühle überhaupt nicht sortieren. Liddy fiel mir ein, Liddy, von der ich nicht wußte, wo sie jetzt war. Wie unglaublich unheimlich gerne hätte ich in diesem Moment mit ihr gesprochen, egal, ob sie jetzt Mann, Haus und Blagen hatte, einfach nur reden, wie früher. *Wildkirschtee*. Ich sehnte mich nach Wildkirschtee mit Liddy. Nach meiner Jugend, meiner Kindheit, meiner Veronika. Ich war traurig. Verängstigt. Fühlte mich schuldig. Ich hätte mich um sie kümmern können, *müssen*, ich, der Radiostar. Aber sie wollte nicht. Meine zaghaften Versuche hatte sie abgewiesen. »Das ist *mein Leben*, Donny, und ich kriege es in den Griff, alleine, so oder so. Kümmer du dich um deinen Krempel.« Wie eine hellbraun konservierte Leiche hatte sie da ausgesehen, ausgezehrt, fahrig, unwirklich, als würde ihre Gesichtshaut aus Plastik bestehen.

Endlich kroch ich unter der Dusche hervor, kochte mir Kaffee, schaltete aus Routine *PowerRock* ein, das machte ich meistens sogar gleich als allererstes. Simon Jones, unser englischer Import, Deutsch als zweite Muttersprache, eine feine Stimme, tolle Modulation, weibliche Fans bis zum Getno, die dann ziemlich überrascht waren, wenn sie das häßliche Bürschlein in natura sahen. Er würde in einem Monat zurückgehen, nach England. Ein Strafprozeß wegen irgendwas, das Jahre zurücklag. Lindsey hatte einen amerikanischen Soldaten als Ersatz aufgetrieben, einen, der bei *AFN* gearbeitet hatte und in Berlin bleiben wollte, schließlich brauchten wir die Army nicht mehr.

Ich dachte an den Abend, an dem ich entdeckt hatte, daß sie auf den Strich ging. Auf den Strich gehen. Niemand sagte das. Am allerwenigsten Veronika. Ich versuchte, sie mir vorzustellen, so, wie sie da ausgesehen hatte, aber die Bilder aus der Kindheit waren stärker. Aus der Zeit, bevor ich sie verloren hatte, und sie sich selbst. Ach, Quatsch. Sie hatte es vielleicht nicht gerne gemacht, jedenfalls nicht immer, aber sie hatte die Entscheidung ziemlich bewußt getroffen. War nicht *reingerutscht*, wie in einem billigen Film. Nein, Veronika war absichtlich Nutte geworden. So, wie andere KFZ-Mechaniker werden. Oder Radiomann. Ich weinte wieder, und dann ging es mir langsam etwas besser.

Ich brachte auch die Sendung irgendwie hinter mich, ohne große Katastrophen, sogar ohne kleine. Vielleicht nicht so witzig, so schlagfertig, so interessant wie sonst. Als ich um fünf das Studio verließ, war die Station schon voll. Ich zog den Kopf ein, schüttelte ihn, wenn mich jemand ansprach, und flüchtete, ignorierte die Handvoll Fans, die um *fünf Uhr montagmorgens* vor dem Sender standen, um mich zu sehen, zu sprechen. Als ich um halb sechs aus dem Taxi stieg, sah ich, daß im *Irish Heaven* noch Licht brannte. Das Herz ging mir auf, ich war froh, froh, froh.

Miles saß alleine am Tisch, ein Bier vor sich und ein halbvolles Glas Wein. Es lief irische Musik, relativ leise, sonst war der Laden leer. Er strahlte mich an, winkte, als hätte er mich aus einer großen Menschenmenge heraus entdeckt. Ich nickte, strahlte aber nicht, fühlte mich ausgepowert und hatte einfach Angst, nach Hause zu gehen, war richtiggehend glücklich, daß er noch hier saß. Ich wäre noch ins *Pandemonia* geschlurft, vielleicht, das war zwar ein abscheulicher Laden, aber rund um die Uhr geöffnet.

Er kam auf mich zu, umarmte mich kurz, ging dann zum Tresen, um mir ein Bier zu zapfen. Ich setzte mich an den Tisch, vor das Weinglas. Miles trank keinen Wein, niemals, er war schließlich *Ire*. Ich zog die Stirn kraus, dann sagte jemand: »Das ist aber mein Platz« in ziemlich gebrochenem Deutsch. Na klar, die Tochter. Ich blickte auf.

»Alicia, meine Tochter, Donald, ein Freund von mir. Ich habe dir von ihm erzählt.« Miles sagte das, in englisch, mit großem Stolz, *beides*, das mit der Tochter *und* das mit dem Freund, stellte das Red vor mir auf den Tisch, ich rutschte einen Stuhl weiter, starrte die junge Frau an, die sich jetzt auch setzte.

»Hallo«, brachte ich heraus, nahm einen guten Schluck Bier.

»Hallo«, antwortete sie. Sie hatte lange, leicht gelockte, schwarze Haare, ein eckiges, aber weiches Gesicht, einige wenige Sommersprossen um die Nase herum, und Augen zum Drangewöhnen: Ein Blau in etwa wie das des Atlantik, wenn man kurz vor dem Sonnenuntergang von den Klippen am Punto San Vincence hinunterschaut. Leuchtend und gleichzeitig dunkel. Und eine nette Stimme.

Außerdem sah sie Liddy irgendwie ähnlich.

Wir saßen eine Weile, ich hörte den beiden zu, Miles' hartem Englisch mit dem schweren irischen Einschlag, Alicias sanfter Stimme. Ab und zu holte ich mir ein neues Bier, es wurde hell draußen, und dann erzählte ich irgendwann von Veronika. Wir redeten, ich redete, und dann wurde es Zeit, der Straßenlärm wurde lauter, wir trennten uns, und ich fühlte mich deutlich besser.

Die folgenden paar Tage vergingen wie im Tran. Meine Mutter meldete sich glücklicherweise nicht noch einmal, ich hätte auch sofort wieder aufgelegt. *Beerdigung*. Sicher würde Veronika irgendwie irgendwo beerdigt werden. Genauso sicher würden meine Eltern dort sein. Oder? Ich dachte an Rudis Beerdigung, diese trost- und eigentlich ja auch sinnlose Veranstaltung, mehr Inhumierungen hatte ich bis dato noch nicht erlebt, dreimal auf feuchtes Holz geklopft. Einen Moment lang überlegte ich, meine Mutter anzurufen, aber dann beschloß ich, einfach nicht zur Beerdigung zu gehen. Ich wollte mit meiner Trauer alleine sein, erst mal, und sie sicher nicht mit meinen abgefuckten Eltern teilen. Veronika hätte das verstanden. So eine Scheiße. Veronika hätte ja auch mit mir reden können, bevor sie sich die Kante gab mit Alk und Pillen, oder was immer sie getan hatte, um sich umzubringen.

Während der Donnerstagssendung bekam ich einen komischen Anruf.

»Harald Meinert, Tach«, sagte jemand. Vorgespräch, nicht live, zwischen den Platten. Die meisten hatten nur sinnlose

Plattenwünsche, die ich nie erfüllte, oder wollten einfach hallo sagen, persönlich ihrer Begeisterung Ausdruck verleihen. Wenn ich jeden Anrufer, der zu mir durchgestellt wurde, in die Sendung genommen hätte, hätte das Ding *Tagundnachtratten* geheißen, irgendwann.

»Hallo, Donald Kunze, was kann ich für dich tun?« fragte ich, wie immer.

»Ich bin von der *B.Z.*« – der *BILD*-Variante für Berlin.

»Oh. Toll. Was kann ich für Sie tun?« variierte ich meine Frage.

»Ihre Schwester war Veronika Kunze, die am Samstag gestorben ist, richtig?«

Einen Moment lang war ich verdattert, sogar ein bißchen erschüttert. Die Platte hatte noch zwanzig Sekunden.

»Moment mal, ich muß arbeiten«, sagte ich und schaltete den Anrufer weg. Ich moderierte die nächste Platte an, sagte etwas über einen Taxifahrer, der in der vergangenen Nacht angerufen und sich beschwert hatte, daß ihn die Sendung von der Arbeit abhielt – er verpaßte beim angestrengten Zuhören den Melder am Taxistand. Dann startete ich den nächsten Titel und überlegte einen Moment. Was sollte das denn jetzt? Zeitung? Weil Veronika gestorben war?

Ich schaltete den Anrufer zurück auf meinen Kopfhörer. Da es im Studio absolut still war, konnte mich der Mann nicht hören, aber es gab kein Hintergrundgespräch, kein Getuschel mit irgendwem, schade eigentlich.

»Hallo, Herr Meinert«, sagte ich nach einer kleinen Weile.

»Oh, hallo.« Kleine Pause. »Sind Sie der Bruder?«

»Ja. Warum?«

»Mein herzliches Beileid.« Lange Pause, ich sparte mir ein *Danke*. Er wollte offensichtlich, daß ich etwas sagte. Als ich das nicht tat, fuhr er fort: »Heute ... nein, gestern war die Beerdigung. Würden Sie mir verraten, warum Sie nicht dort waren?«

Ich wollte »Was geht Sie das an?« antworten, verkniff es mir aber. Statt dessen ließ ich ein wenig Zeit vergehen und antwortete dann: »Ich gehe grundsätzlich nicht auf Beerdigungen. Niemals.«

»Mmh.« Hörte ich Notizblockgekritzel? Nee, oder?

»Warum wollen Sie das wissen?« fragte ich.

»Na ja, Sie sind ein bekannter Mann in der Stadt. Unsere Leser interessiert, wie Sie zum Tod Ihrer Schwester stehen. Würden Sie mir das verraten?«

»Was ist das für eine Frage?« ließ ich hören, etwas harsch. Die Platte ging zur Neige. Ein Zweiminutenzwanzig-Stück.

»Moment noch mal«, bat ich, wieder etwas höflicher.

»Wo waren wir stehengeblieben?« dreißig Sekunden später.

»Wie Sie zu Ihrer Schwester stehen.«

»Hatten Sie nicht gefragt, wie ich zum *Tod* meiner Schwester stehe?«

»Ja, das auch. Macht es Ihnen nichts aus, die Sendungen zu machen, kurz nach dem Tod Ihrer Schwester?«

»Mmh. Tut mir leid, ich möchte dieses Thema einfach nicht mit Ihnen diskutieren. Seien Sie mir nicht böse deshalb, okay?«

Ich legte auf und war ärgerlich, für den ganzen Rest der Nacht.

Am übernächsten Tag, also am Freitag, erschien auf irgendeiner hinteren Seite der *B.Z.* ein kurzer, aber übler Artikel, Tenor »Dem Star-DJ geht der Tod seiner Nuttenschwester am Arsch vorbei«, mit wenig subtilen Anspielungen darauf, daß ich auf der Sonnenseite des Lebens stand, während meine verstorbene Schwester anschaffen mußte. Vögler kam in mein Büro und hielt mir die Zeitung unter die Nase.

»Das hat man davon, wenn man berühmt ist«, sagte er. Und: »Besser, sie reden schlecht über einen als überhaupt nicht, oder?« Sein Gesicht zeigte den üblichen Ausdruck, nämlich keinen, aber seine Augen blitzten – ein wenig diebisch.

Ich sah ihn an und konnte nicht so fürchterlich viel mit

seinen Bemerkungen anfangen, aber wenigstens war das Thema damit gehakt. Ich ärgerte mich auch nicht wirklich über den Artikel, nicht mehr, es gab kein Nachspiel, keinen irgendwie gearteten Trouble in der Station, keine bösen Höreranrufe, nichts. Aber es machte mir das Darüberhinwegkommen erstaunlicherweise etwas leichter. Suszanna kam am Freitagnachmittag ebenfalls kurz in mein Büro, wedelte mit der Zeitung und sagte mit ungarischem Akzent: »Arschlöcher, alle.«

Was wohl stimmt. Sie schmiß das Blatt demonstrativ in meinen Papierkorb. Als sie aus meinem Büro ging, sah ich Vögler vor meiner Tür stehen, der die *B.Z.* aufgeschlagen in der Hand hielt, mit Hagelmacher redete und dabei kicherte.

In der darauffolgenden Woche passierten gleich zwei seltsame Dinge. Ich wurde zu einem Notar eingeladen, der mir erklärte, daß ich von Veronika geerbt hätte. Eine größere sechsstellige Summe. Das Geld, von dem sie sich irgendwann zur Ruhe setzen wollte. Es war eine erstaunliche, gleichsam nihilistische Erfahrung, vor diesem lustigen Männchen zu sitzen, das mich offensichtlich bewunderte und zwischendrin absichtlich ins Lächerliche gezogene Anspielungen darüber abließ, was für eine tolle Radiostimme er hätte (was sogar stimmte, aber er paßte definitiv nicht in unsere Zielgruppe) und mir im Anschluß formvollendet mitteilte, daß Veronika eine gute Drittelmillion hinterlassen hatte.

Das Geld sagte mir nichts. Ich war zwar nicht reich, aber mir machte Kohle nichts aus, bedeutete mir überhaupt nichts, solange sie *nicht* dafür ausreichte, eine eigene Station zu gründen, und das war mit 300 Riesen plus noch mal der Hälfte, die mein Steuerberater irgendwo hortete, lange nicht drin. Aber diesen Gedanken hatte ich auch überhaupt nicht. Es war das Geld, das sich Veronika zusammengevögelt hatte, mit den Schwabbelbauchvertretern und Leuten wie dem ekligen Barmann aus dem Laden, in dem wir uns getroffen hatten, mit Siegfried Dierek möglicherweise, dem stellvertretenden Programmdirektor, der mich auf ihre Bitte hin im *Offenen Kanal* gehört hatte. Nein, es war kein schmutziges Geld aus meiner Sicht, eher das Gegenteil davon: Das war das, wofür Veronika gelebt hatte, auf ein paar Zahlen reduziert, per Knopfdruck transferiert von irgendeinem Konto auf irgendein anderes Konto, und dann auf meines. Der Rest ihres Lebens. Alles, was von ihr übriggeblieben war. Ich war ratlos.

»Was soll ich damit machen, Ihrer Meinung nach?« fragte ich das radioambitionierte Notarmännchen. Er hatte riesengroße Segelohren.

Der Anwalt zuckte die Schultern. »Was soll ich Ihnen sagen? Es ist Ihr Geld, Sie können damit tun, was Sie wollen. Ausgeben, spenden, ein Haus kaufen, zwei Ferraris. Ich bin Notar, kein Steuer- oder Anlageberater.«

Auf dem Heimweg dachte ich weiter darüber nach. Ich konnte mit dem Geld nichts anfangen, und ich *wollte* auch nichts damit anfangen. Ich hatte Veronika nicht geholfen, nicht helfen können, und wollte auch nicht, daß sie auf irgendeine Art, vor allem nicht auf *diese*, posthum unterstützend in mein Leben eingriff. Ich grübelte eine Weile. Zu Hause grub ich Franks Nummer aus, er lebte in Dortmund, also weder Duisburg noch Düsseldorf, auch egal. Er war überrascht, wir hatten lange nicht gesprochen. Ein paar Monate.

»Wie laufen die Produktionsarbeiten?« fragte ich nach dem üblichen Weißt-du-noch-Eingangsgeplänkel.

Er brummelte irgendwas.

»Ist es eine Geldfrage?«

»Nein«, erklärte er sofort. Pause. Dann: »Andererseits.« Und wieder eine Pause.

»Scheiße, *was* andererseits?«

»Wir haben zwei, drei richtig gute Bands, aber wir kriegen sie nicht unter. Eine, die heißt *Limited Frustrations*, die ist brandheiß. Aber die Plattenfirmen wollen nichts davon wissen.«

»Und was würde es kosten, ein eigenes Label zu gründen?«

Er grübelte einen Moment lang. »Ein paar hunderttausend, keine Ahnung, wir laufen am Limit und machen uns solche Gedanken nicht. Hätten wir nicht ein paar Aufträge für Werbespots, Fremdproduktionen und solche Sachen, wäre das Studio schon dicht. Letzte Woche hatten wir einen *Schlagersänger* hier, verdammte Scheiße. Verkauft über zweihunderttausend Exemplare pro Album, und ich kannte nicht einmal seinen Namen.«

»Gib mir mal deine Kontonummer.«

Das tat er, ohne weiter nachzufragen, und dann palaverten wir noch ein wenig über alte und neue Zeiten. Wie immer. Frank schämte sich sogar jetzt noch ein bißchen für seine *Miami Vice*-Zeit, und ich hatte die belustigende Mühe, ihm sein schlechtes Gewissen zum x-tenmal auszureden.

Am nächsten Abend, am Samstag, ging ich zu Miles, hatte eine Jubiliäumsfeier-Mucke bei einem Konzern aus persönlichen Gründen abgesagt, und weil kein anderer konnte, hatten wir – sicherlich zum großen Vergnügen der Veranstalter – Hagelmacher hingeschickt, den das sichtlich nervös stimmte, seine erste *Mucke*. Miles war im Streß, weil der Laden brechend voll war – *kleine Touristenschwemme* nannten wir das –, aber Alicia saß an der Bar, nahm ein paar Drinks mit mir, und dann passierte das zweite seltsame Ding. Sie lud mich zum Essen ein, für Sonntag, also morgen.

Wir trafen uns bei einem Inder in der Goltzstraße, überhaupt nicht meine Ecke, viel zu laut, viel zu viele Touris, außerdem mochte ich indisches Essen nicht so richtig. Immerhin, Alicia wollte zu einem Inder, und bevor ich mich entscheiden konnte, hatte sie für sich schon allen möglichen vegetarischen Krempel bestellt. Sie sah nett aus, fühlte sich wohl in Berlin, das hatte sie mir am vorigen Abend erzählt, und dachte darüber nach, in der Stadt zu bleiben. Ich kam mir ganz gut vor in ihrer Nähe, unbefangen, ohne jeden Druck, und dachte nicht im entferntesten daran, mit ihr etwas anzufangen. Mit der Tochter meines Stammkneipenwirts. Wir quatschten ein bißchen über den Sender, ich erzählte ein paar Anekdoten von besonders lustigen Hörern, vom unermüdlichen Puffgänger Lindsey, von unserem seltsamen Vögler wie ficken, von Hagelmacher – ich war einen Moment lang versucht, ihn anzurufen, wußte ja noch nicht, wie seine Mucke verlaufen war – und diesen Leuten und Dingen.

Alicia erzählte ein bißchen über sich, Ernährungsphysiologin war sie, was auch immer das bedeutete, und sie machte was mit Sport, irgendeine Therapiesache, die ich nicht richtig mitbekam. Ich mokierte mich zaghaft darüber, daß Großbritannien sicher eine Armee von Ernährungsberatern bräuchte, bei dem Scheiß, den die da in den Restaurants servierten, Steak mit Minzsauce, dazu Erdbeeren und Senf und solche Sachen. Sie lachte laut, aber nett. Das muß so etwa der Moment gewesen sein, in dem ich mich verliebte.

Zum ersten Mal seit Liddy dachte ich nur an die Frau, die vor mir saß, glaubte ich wenigstens, verglich sie nicht, betrachtete sie nur, hörte ihr zu, sog ihre Mimik und Gestik in mich auf, beobachtete ihre Mundwinkel, ihre Ohrläppchen, das fallende Haar, die Bewegungen ihrer Hände auf dem Tisch, ihre Oberlippe beim Trinken, die Art des Augenaufschlags, den rührenden klitzekleinen Rest Orangenschale unter dem Nagel ihres rechten Zeigefingers. Ich starrte ihr nicht auf die Brüste, ich versuchte nicht, ihren Hintern abzuschätzen, als sie zur Toilette ging. Das war mir egal. Also, nicht *wirklich* – es ist schon klasse, wenn eine tolle Frau *auch* einen tollen Arsch hat. Doch etwas anderes an Alicia hatte mich gefesselt, und das war, wie ich zu erkennen glaubte, eine Mischung aus ihr selbst, mir in diesem Moment und einigen anderen Dingen.

Wir gingen danach ins *Irish Heaven*, bis um drei, halb vier saßen wir dort, der Laden war noch immer ziemlich voll, und als wir fast zeitgleich verkündeten, langsam in die Falle zu wollen, fragte sie mich, ob sie zu mir mitkommen könnte. Bis dahin hatten wir uns noch nicht einmal geküßt, obwohl ich große Lust dazu verspürt hatte, allerdings definitiv nicht, während ihr Papa uns zuguckte. Wir taten es dann draußen vor der Tür und nicht viel später bei mir, praktisch ununterbrochen, bis ich am nächsten Abend in den Sender mußte.

»Da ist jemand für dich, Kunze«, sagte Karo, der krausköpfige, meistens gelangweilte Techniker, der im Raum nebenan hockte und eigentlich nichts zu tun hatte, über meine Kopfhörer. Ich saß im Studio 2a des öffentlich-rechtlichen Radiosenders, für den ich fünfmal in der Woche eine dreistündige Nachmittagssendung fuhr. Viertel vor sechs. Noch fünfzehn Minuten, ich erwartete keinen Studiogast mehr. Die laufende Platte hatte noch zwei Minuten. Ich *cuete* die nächste, stellte sie so ein, daß sie mit dem *Faderstart* in Sekundenbruchteilen sauber beginnen würde, und drückte dann die Taste für die interne Verständigung: »Soll reinkommen.«

Ich schob den Kopfhörer in den Nacken und sah zur Studiotür, schweres Metall, eine Doppelschleuse, die sich nicht öffnen ließ, wenn das *Rotlicht* leuchtete, das drinnen und draußen anzeigte, daß gerade ein Mikrofon offen war. Den kräftigen, strubbelhaarigen Typen, der da kam, erst gekünstelt-unsicher reinlugte und dann ziemlich schnell zum Pult kam, kannte ich nicht. Er lächelte irgendwie blaß. Noch dreißig Sekunden bis zum *Outro*, ich legte meinen rechten Zeigefinger auf die Lippen und deutete ihm an, die Tür zu schließen, das hatte er nämlich unterlassen, und sich leise hinzusetzen. Ich zog den Fader für das Mikro nach oben, als er saß, wartete ein paar Sekunden, moderierte die nächste Platte an, startete sie, zog das Mikro wieder runter und tauschte den abgelaufenen Titel gegen den nächsten. Dann schob ich den Kopfhörer wieder in den Nacken.

»Hi«, sagte ich.

Er stand wieder auf, beugte sich über den Sprechertisch, der seitlich neben meinem Pult stand und auf dem ein Haufen Platten und meine unvollständige Lizenzliste lagen.

»Hallo. Helmut Vögler, Vögler wie *ficken*.« Er grinste breit.

Ich lachte: »Angenehm, Donald Kunze, Kunze wie *bumsen*.«

Wir lachten beide.

»Hast du nach der Sendung ein paar Minuten Zeit?«

Er setzte sich wieder. Anfang Dreißig, schätzte ich, ein bißchen milchig, etwas Sonnenbank täte gut. Solides Outfit, jedenfalls teilweise. *Du*? Meine Hörer duzten mich, aber er sah nicht wie ein typischer Fan aus. Natürlich duzten sich alle Radioleute, oder die meisten, bis auf diejenigen, die sich für etwas Besseres hielten. Diejenigen, die meinten, eigentlich zum Fernsehen zu gehören. Auf der Durchreise, sozusagen.

Ein Radiomensch also.

»In welcher Sache?«

»Privatradio.«

Oha. Eine der raren *terrestrischen* UKW-Frequenzen war gerade wieder frei geworden, das Großverlagskonsortium hatte sich an der immanenten Frequenzverstopfungspolitik ein bißchen verschluckt, wie auch schon in anderen Bundesländern, und das so kurz vor der Maueröffnung, der sicherlich anstehenden Verdoppelung, vielleicht sogar Verdreifachung der zahlungskräftigen Zielgruppe, rechnete man den erreichbaren Teil von Brandenburg mit. Was noch keiner tat: Lag ja erst zehn Tage zurück, die Maueröffnung.

Ihr scheinbar ambitioniertes und wortanteilsreiches Mainstream-Radioprojekt *Berlin One* war nach einem halben Jahr so tief im Quotenkeller versackt, daß sogar die eigenen Werbeabteilungen der Verlage Werbezeiten storniert hatten, und das trotz nie dagewesener Plakat- und Anzeigenkampagnen, superteure Gewinnspiele und Studios in *Star Trek*-Qualität. Keine Sau hatte das Programm hören wollen. Wen interessiert es schon, wie teuer die Studios waren? Und wer erklärt mir irgendwann einmal, wie viele Hörer man mit scheißgläsernen Studios hinzugewinnt?

Gerüchteweise gab es vier Bewerbergruppen um die freie UKW-Frequenz 101,1 MHz, darunter war interessanterweise wieder eine Gruppierung von Großverlagen (Insiderinformationen zufolge mit nur geringen Chancen; die erste Vergabe an Großverlage hatte das politische Soll erfüllt), zwei waren angeblich ökologisch-anarchistische Grüppchen aus dem weiteren Umfeld der fundamentalistischen Grünen, die Radio als »basisdemokratisches Solidarmedium« etablieren wollten, die Doppelbewerbung unter verschiedenen Namen sollte die Chancen erhöhen, erreichte aber das genaue Gegenteil. Um die vierte Gruppe kursierten noch mehr Gerüchte, als es damals, 1985, um den Clan Jungunternehmer – hauptsächlich aus der Baubranche – gegeben hatte, die schließlich *Boulevard Berlin* ins Leben gerufen hatten und noch immer betrieben, recht erfolgreich sogar. Nach dem, was ich wußte, sollte die vierte Bewerbergruppe von einer amerikanischen Kette gesteuert sein. Ich hielt das für unwahrscheinlich. Jedenfalls gab es um den vierten Bewerber fast ausschließlich Gerüchte, der frequenzvergebende *Kabelrat* hielt sich noch bedeckt, die Ausschreibung lief.

Vielleicht also saß die vierte Gruppe gerade vor mir.

Ich nickte.

Als die Sendung zu Ende war, räumte ich meine Platten auf und vervollständigte die Lizenzliste – in meinem kleinen Bürokabuff, das Studio wurde natürlich für die nächste Sendung benutzt. Nach den Nachrichten, die ein weiterer Sprecher aus einem gesonderten Studio verlas. *Öffentlich-rechtliche*. Immer ein guter Grund zum Kopfschütteln.

Vögler stand hinter mir, sah mir über die Schulter.

»Blöde Arbeit, was?«

Ich brummte zustimmend. »Aber halb so wild. Ich schreibe sowieso nicht alles auf, was ich *wirklich* gespielt habe. Sondern meistens die gleichen Titel, bei denen ich die Daten schon aus dem Kopf weiß. Länge, Komponisten, diese Dinge.«

»Stressiger Job?«

Ich lachte. »Nein.« Ich räusperte mich. »Also, na ja, im

Moment schon. Seit letzter Woche ist natürlich die Hölle los. Hatte keiner mit gerechnet.«

Aber es war schon irgendwie toll. Am zehnten November hatten fünfunddreißig Zonis in meinem Studio gehockt, Hunderte weiterer hatten wir abweisen müssen; sie saßen auf dem Fußboden, schlürften Cola aus Dosen und flennten ganze Sturzbäche vor Glück. Mir waren auch die Tränen geflossen, vor allem, als sich Harry vorstellte: Harry, der schüchterne, schütterhaarige Magdeburger, der unsere Deckadressen mit Fanbriefen bombardiert hatte und sogar ein paar Dutzend Male per Telefon durchgekommen war – es war zu DDR-Zeiten nicht leicht, mit den ostdeutschen Hörern Kontakt zu halten.

Er hatte dagestanden, nur mit dem Kopf geschüttelt, meine Hand festgehalten, als wolle er sie ausreißen und mitnehmen, und vor Heulerei kein Wort herausgebracht. Ging mir allerdings genauso. In dieser Sendung hatte ich ausnehmend wenig gesagt, nur Wunschtitel gespielt und zweimal fast die Nachrichten verpennt. Danach war ich mit den Ossis in unsere »Asservatenkammer« gegangen: das kleine Lager, in dem wir die Goodies sammelten, die uns die Promoter der Plattenfirmen kistenweise überreichten, Werbematerial für Künstler und Platten, Dinge, die nie in den normalen Merchandising-Zyklus kamen, sondern nur für diese Zwecke gemacht wurden: schweineteure Lederjacken mit »Guns 'N Roses«-Aufdrucken, Aschenbecher, Füllfederhalter, Schals, Schreibmappen, ganze Jogginganzüge, Aerosmith-Sonderausgaben von Nike-Sneakers und natürlich Unmengen Feuerzeuge, bis hin zu Sonderprägungen des *Zippo* in Gold. Natürlich war nicht alles teuer, und die wirklich teuren Sachen landeten auch nicht in der Kammer. Aber es waren solch große Mengen, daß wir nicht alles behalten konnten. Was wir nicht verschenkten, wurde gehortet. Als die Privatsender zu boomen begannen, wurde die Geschenkepolitik der Plattenfirmen allerdings etwas zurückhaltender.

»Nehmt euch, soviel ihr tragen könnt«, sagte ich.

Und das taten sie. Danach gingen wir einen saufen. Ich kam knapp zur nächsten Sendung zurück. Am nächsten Tag. Direkt aus der Kneipe. Auch in dieser Sendung sagte ich nicht viel. Nur das Nötigste.

»Coole Sache, das«, sagte Vögler, ohne das Gesicht irgendwie zu verziehen. Er meinte die Maueröffnung. Ich nickte.

Wir gingen zu *Benno*, einem kleinen, schmierigen Italiener mit ganz grauenhaftem Essen und einem Parmesankäse, der schon nicht mehr nach Kotze roch wie der beim obligaten Billigitaliener in Neukölln oder Wedding an der Ecke, sondern nach noch mal ausgekotzter Kotze. Aber es war der nächste Laden, und selbst unser Etepetete-Programmchef Markmann latschte ab und zu da hin. Radioleute sind superfaul, durch die Bank. Wofür sie sich engangieren, das ist die nächste Line, die knackige siebzehnjährige Fan-Zuhörerin (die meistens ziemlich verdaddert ist, wie häßlich die tolle Stimme aussieht) und daß ja niemand die Bemusterungen anfaßt, die Zusendungen der Plattenfirmen mit den Neuerscheinungen.

»Was gibt's?« fragte ich, nachdem ich bei Benno höchstselbst etwas Pasta, ein großes Bier und einen Jack Daniel's auf Eis bestellt hatte – Pasta *ohne* Parmesan.

Vögler sah auf die Uhr. »Kurz nach sechs. Ist das nicht ein bißchen früh für so ein Menü?«

»Ich hab' Feierabend«, sagte ich lächelnd. »Außerdem bin ich *Radiomann*. Da gehört die Sauferei dazu.« Ich steckte mir eine Kippe an. »Und die Raucherei.«

»Dachte ich mir«, sagte Vögler, ebenfalls lächelnd, und zündete sich eine Lucky Strike ohne Filter an. Als Benno mit den Drinks kam, orderte er einen dreifachen Wodka zu seinem Bier.

»Also, was gibt's?« wiederholte ich.

Jetzt grinste Vögler breit. Er hatte einen Timer bei sich, so einen Filofax-Vorläufer, im A4-Format, der vor ihm auf dem

Tisch lag. Er klappte ihn auf. Und reichte mir drei Aufkleber, ziemlich große.

»Du sammelst so was, habe ich gehört.«

Ja, *so was* sammelte ich. Heilige Scheiße! Das waren Originalaufkleber von *XERF-AM*, gedruckt irgendwann Anfang der Sechziger, ganz leicht vergilbt. Zu der Zeit, als der legendäre *Wolfman Jack* über diesen Sender – von mexikanischem Staatsgebiet aus – mit 250000 Watt die USA befeuerte, mit der fünffachen Leistung dessen, was in den Staaten zugelassen war. *Rock and Roll!* George Lucas hatte ihm 1973 mit dem Film *American Graffiti* ein Denkmal gesetzt.

»Wow.«

»Geschenkt.«

»Danke. Prost.« Ich kippte meinen Jack, den Benno gerade gebracht hatte, und orderte gleich noch einen.

»Wie kann ich mich revanchieren? Oder, besser gesagt: Was *muß* ich dafür tun? Ein solches Geschenk macht man schließlich nicht einfach so.« Ich betrachtete ehrfürchtig die Aufkleber, rarer Stoff, lebendige Radiogeschichte. Wolfman Jack war zwar nicht *wirklich* der größte, beste und originellste DJ seiner Zeit. Aber der legendärste. Ohne Wenn und Aber.

Grinsend ergänzte ich: »Obwohl ich es natürlich gewöhnt bin, beschenkt zu werden.«

»Wie gefallen dir diese hier?«

Er legte zwei längliche Aufkleber neben diejenigen von XERF-AM, etwa doppeltes Postkartenformat, nebeneinandergelegt. Sie zeigten einen Comic-Neandertaler, der eine E-Gitarre schwang, als wäre es eine Keule. Daneben stand in markigen Lettern:

101.1 FM PowerRock Berlin. Blowing your head off.

»Wow«, wiederholte ich. »*Blowing your head off.*« Klang irgendwie gut.

Ich blickte ihm in die Augen, die seltsamerweise nicht mitlächelten, obwohl sein Mund breitgezogen war und er blendend intakte Zähne zeigte. Sein Gesicht hatte etwas Puppenhaftes, wie eine Maske.

»*Ich* bin die vierte Gruppe«, erklärte er mit einem Unterton, als wäre er ein gedankenlesender Zauberkünstler, der dem Mann in der siebten Reihe erzählt, was der in seiner Brieftasche hat.

Ich nickte, hob mit der Gabel ein Stück Tortelloni aus der Soße, es vorsichtig am stinkenden Käse vorbeimanövrierend, den Bennos Koch selbst dann draufkleisterte, wenn man schriftlich und in dreifacher Ausfertigung beantragt hatte, keine Käsekotze zu wollen.

»Ist das nicht ein *bißchen* voreilig?«

»Sogar ziemlich. Aber Aufkleber kosten weniger als ein Studio, ein Team und eine komplettes Programmkonzept, und auch das muß man vorweisen können, um an eine Frequenz zu kommen. Ich weiß, was ich machen will – einen donnernden, anspruchsvollen Sender, musikalisch hauptsächlich rockorientiert. Ich kann die Kohle besorgen, und ab übermorgen habe ich Studios. Konkursmasse.« Er grinste ziemlich böse. »Mir fehlen nur noch die richtigen Leute.«

Mit dem Löffel versuchte ich, einen Berg Käsekotze am Rand des Tellers zusammenzuschieben. Man konnte nicht einmal auf Pizza ausweichen: Da war der gleiche Käse drauf. Zum x-tenmal nahm ich mir vor, *nie wieder zu Benno* zu gehen.

»Und ich soll einer von diesen Leuten sein?«

»Mmhmm«, begleitet von einem zustimmenden Nicken.

»Warum?«

»Deine Sendungen sind erstklassig. Du weißt, was du tust, du weißt, was du sagst. Deine Musikauswahl ist brillant. Jedenfalls der Teil, der nicht eindeutig zur Rotation gehört. Deine Stimme ist die *beste* in der ganzen Stadt, dein *Timbre* sucht seinesgleichen, bundesweit. Und ich habe *American Radio* gelesen.«

Meine Artikelserie. Hatte ziemliche Wellen geschlagen.

Tenor: Deutsche machen Privatradio genauso, wie sie Altenheime betreiben, verglichen mit Amerika. Hauptsache, die Verwaltung stimmt und die Vorschriften werden eingehalten. Meine zwölf Monate USA verarbeitet. Ein anderer Planet. Ein anderes Universum. Obwohl die auch nicht alles richtig machten. *Deutschland ist zwanzig Jahre zurück, im Vergleich mit den Staaten*, das war die entschuldigende Erklärung, die viele benutzen, aber den *Grund* dafür lieferte niemand.

»*Boulevard* wird überleben«, erklärte ich kauend, fast zu mir selbst, während ich das schlechtschmeckende Chaos auf dem leicht angeschlagenen Nullachtfünfzehn-Italiener-an-der-Ecke-Teller betrachtete. »Jedenfalls mittelfristig. Bis die Hörer tot sind.«

Er lachte, ich fuhr fort: »Die Öffentlich-rechtlichen werden zurückschlagen, vielleicht Spartenprogramme aufgeben, jugendorientierteres Radio machen, insgesamt gesehen. Weitere Sender werden kommen. Wenn es eine Wiedervereinigung gibt, sogar *viele* weitere. Es ist riskant.«

»Keine Frage, das ist es. Innerhalb gewisser Grenzen. Aber ich will es anders machen.«

»Das will jeder.« Ich schob den Teller weg, aus meinem Geruchskreis, zündete mir eine Zigarette an und winkte nach Benno. Mein Bier war alle.

»Hörer binden. Mit den Menschen kommunizieren. Spaß machen, aber keinen gequälten *Wir-sind-ja-alle-so-lustig-Spaß*. Und *gute* Musik. Nicht die, die alle spielen.«

»Hört sich ein bißchen dünn an.«

Er nickte: »Ich weiß. Deshalb brauche ich dich. Als zweiten Mann.«

Ich grinste, blies den Rauch in Richtung Decke. »Und was ist der erste für einer? Wer steckt hinter *PowerRock Berlin*?«

Er nickte langsam.

»Meine Eltern haben mir ein bißchen Geld hinterlassen. Ich selbst habe Kunstgeschichte studiert, dann beim *Spiegel* volontiert, danach ein Tonstudio betrieben.«

»Tonstudio? Müßte ich das kennen?«

»*Chrystal Sound*, Hannover. Ich bin Niedersachse.« Er zog das Cover eines Millionsellers aus dem Timer. »Das ist bei uns produziert worden. Volldigital.«

»Oha«, nickte ich anerkennend. CDs waren noch auf dem Vormarsch, aber einem sicheren. Volldigitale Tonstudios gab es noch nicht viele.

»Ich hab's verkauft, vor drei Wochen. Meine Finanziers sind unabhängige Kaufleute.«

Ich zog die Stirn kraus.

»*Keine* Baubranche. Keine Leute, die mit ihren Kids die Station bevölkern oder ins Programm quatschen. Eine Handvoll Unternehmer, die an die Sache glauben.«

»Dafür die Aufkleber.«

Er lachte. »Ja, unter anderem. Es überzeugt Leute, wenn man ihnen das Gefühl vermittelt, seiner Sache ziemlich sicher zu sein. Um ehrlich zu sein, kennen meine Hintermänner« – er sprach das Wort sehr selbstbewußt aus, ein bißchen wie ein Mafiaboß, der auf seine Bodyguards verweist – »den Unterschied zwischen einem Tonstudio und einem Rundfunkstudio nicht. Einer fragte mich, ob er bei uns dann eine Platte aufnehmen kann.« Vögler kicherte, ohne das Gesicht zu verziehen. »Sie wissen, daß Radio aus dem Radio kommt, salopp formuliert. Daß da Werbung läuft, die eine Menge Geld bringen kann. Sie wissen aber auch, daß man damit nichts verdient, wenn keiner zuhört. Ich konnte ihnen vermitteln, daß ich derjenige bin, der Hörer bringen wird.«

»Vögler wie *ficken*, der noch nie beim Radio gearbeitet hat, noch nie was mit Radio zu tun hatte?« Ich zog die Stirn kraus, legte den Kopf schräg. »Bluff as bluff can?«

Er lehnte sich zurück, der billige Stuhl knarrte vernehmlich. »Ihr tut alle so, als wäre Radio ein Buch mit mindestens siebzig Siegeln. Dabei braucht man nur ein paar Plattenspieler, ein Mischpult, ein paar Platten und Discjockeys. Genaugenommen. Natürlich schon ein bißchen mehr, *in realitate*. Aber das sind die Dinge, die das Endprodukt bestimmen:

Das, was beim Hörer ankommt. Guter Sound und gute Stimmen. Alles andere kann man hinbekommen.«

Ich grunzte. Natürlich war das theoretisch alles, was man brauchte, um Radio zu machen, technisch, manche Leute versuchten es sogar auf diese Art, anderswo. Aber es wäre natürlich trotzdem kein Radio.

»Außerdem hatte ich ein As im Ärmel.«

Ich hob eine Augenbraue.

»Ich sagte ihnen, daß Donald Kunze dabei ist. Und legte *American Radio* in das Konzept. Leicht umformuliert. Das hat sie überzeugt.«

Ich atmete geräuschvoll aus, lehnte mich meinerseits zurück. *Natürlich* wollte ich Radio machen, natürlich wollte ich *Privatradio* machen, bei den öffentlich-rechtlichen war kein Blumentopf zu gewinnen, jedenfalls langfristig nicht, vor allem dann nicht, wenn man konzeptionell Einfluß nehmen, Ideen umsetzen wollte. Mir ging es gut, ich war eine Größe, wenn auch nicht ohne Kritiker, nicht einmal im Haus, *erst recht* im Haus nicht. Ich war fester freier Mitarbeiter, mit einem Vertrag, der praktisch unkündbar war, verdiente recht dicke Kohle und arbeitete keine fünf Stunden am Tag, *Mucken* und Sondersendungen nicht mitgerechnet.

Eigentlich wollte ich das irgendwann selbst machen. Was heißt eigentlich. *Auf jeden Fall.* Ganz alleine, also schon mit einem Team, aber unter meiner Leitung, in meiner Verantwortung, mit meinen Ideen, und *nur* mit meinen Ideen. Zweiter Mann, rechte Hand, das waren Euphemismen für Kompromisse, Vorgaben schlucken, Scheißmusik spielen, blödes Zeug ansagen, dumme Veranstaltungen durchführen. Aber *vielleicht* war es ja ein guter Schritt in die richtige Richtung. Eine Chance, ein paar der Ideen auszuprobieren, quasi eine Generalprobe. Und das zum richtigen Zeitpunkt.

Andererseits war es wirklich riskant. Ich konnte mir kaum vorstellen, daß mich der Sender freundlich lächelnd bei der Entwicklung eines Konkurrenzbetriebes mitmachen lassen würde. *›Bleiben Sie bei uns, bis Sie wissen, ob die neue Sache* *was wird.‹* Nein, da stand eher Arschtritt mit kleiner Abfindung auf dem Programm. Verweis auf die Ausschlußklausel im Vertrag. Verweis an die Rechtsabteilung des Senders. Dr. Krausewitz saß im Rundfunkrat, einer der dicksten Anwälte der Stadt, vier Jahre Justizsenator. *›Natürlich, Kunze. Wir sind immer für Sie da.‹* Am Arsch hängt der Hammer.

Doch der Spaß hielt sich inzwischen auch in Grenzen. Ich fuhr diese Sendung jetzt fünf Jahre, zwar mit immer noch wachsendem Erfolg, aber auch einer gewissen stoischen Routine, ohne große Höhepunkte, was mich selbst anbetraf. Ein gutes Dutzend Mal hatte ich was auf die Fresse bekommen, weil ich Anweisungen mißachtet und widersprochen hatte. Die Richtlinien waren eng, und ich dehnte sie pausenlos bis zum Maximum. Das hatte mir Abmahnungen eingebracht, Aufforderungen, an Gesprächen teilzunehmen, bei denen immer *ich selbst* das Thema war. Meine Ideen wollte keiner hören. Ich wollte sie auch nicht mehr vortragen; Perlen vor die Säue, die fetten Säue, fast Beamte, auf jeden Fall mit Pensionsanspruch.

Meine Hörer. Die würde ich vielleicht retten können, wenn Vögler wirklich das vorhatte, was er da erzählte. Es war nicht der erste Abwerbungsversuch – eher der … hundertfünfzigste. Aber die hatten alle nur meine Stimme gewollt. Oder sogar meinen Körper dazu. Radiosender, Synchronstudios (so eine *unglaubliche* Scheißarbeit, hatte ich ein paarmal versucht), und dann das Fernsehen. Was glaubten die eigentlich? Ich war ein *Radiomann.* Radio und Fernsehen, das sind zwei Paar Schuhe. Nee, das sind Turnschuh und Gummistiefel. Zwei Welten. Ich wollte mit diesen blasierten *Hier-erkennen-mich-alle-Wichsern* nichts zu tun haben. Obwohl ich – anders als viele meiner Kollegen, die unbedingt zum Fernsehen wollten – das nötige Äußere mitbrachte. Drauf geschissen.

»Ich will das Konzept sehen«, sagte ich. Vögler nickte, schob mir einen dicken, broschierten Papierstapel zu, den er aus seinem Timer zog. Ich nahm ihn, blätterte kurz durch – sauber gestaltet, ein paar Kalkulationen, schon beim Durchsehen stieß ich auf einige Formulierungen, die von mir stammten, stoppte bei der Liste des technischen Inventars.

»Kommt mir bekannt vor«, grinste ich.

»*Berlin One*«, bestätigte Vögler. »Wir haben übermorgen einen Verhandlungstermin. Eigentlich steht die Sache. Vorverträge sind bereits gemacht.«

»Sie lehnen sich ganz schön aus dem Fenster.«

»Na ja«, sagte er, ohne das Gesicht zu verziehen. »Die Verlage werden nicht sofort eine zweite Chance bekommen, auch wenn es nicht die gleichen sind, jedenfalls teilweise. Die *Alternativen* haben zwei nahezu deckungsgleiche Konzepte vorgelegt und sich hinter den Kulissen ein bißchen ... unglücklich verhalten. Wir haben Studios, drei Mio Liquidität, ein sauberes betriebswirtschaftliches Konzept und ein Team.«

Er unterbrach die Aufzählung, aber etwas fehlte noch.

»*Und?*«

»Vier der sieben Entscheider sind fest auf meiner Seite. Felsenfest.«

Ich zwinkerte, nahm mir eine weitere Zigarette, wedelte dann mit dem leeren Bierglas in Bennos Richtung. Während wir warteten, dachte ich ein bißchen nach. Nicht sehr orientiert, Gedankenfetzen flatterten, und tatsächlich fragte ich mich sogar, was Liddy davon, von diesem Typen gehalten hätte, aber nur ganz kurz. Als das Bier da war, nahm ich einen großen Schluck. Dann beugte ich mich vor, näher an sein ausdrucksarmes Gesicht heran, hinter dem ich einen Mann vermutete, erhoffte, der eine ähnliche ... Affinität zum Medium hatte wie ich selbst. Obwohl das eigentlich unwahrscheinlich war. Unmöglich. Je mehr Radioleute ich kennengelernt hatte, um so geringer war meine Hoffnung geworden.

»Okay.« Ich atmete tief durch. »Mein Name bleibt aus den offiziellen Gesprächen und Verlautbarungen, bis die Frequenz zugeschlagen ist. Ich will bei allen konzeptionierenden Sitzungen dabeisein, wir machen einen formlosen Vertrag über Discjockeyschulungen, so was dürfte keine Probleme beim Sender machen. Ich kündige, wenn die Frequenz da ist. Ich will die Nachtsendung, sonntags bis freitags von Mitternacht bis fünf Uhr morgens. *Meine* Sendung, keine Beeinflussung, bis auf Standards wie Nachrichten und so weiter. Moderator und stellvertretender Programmchef – ich denke, *Sie* werden sich Programmchef nennen wollen –, Mitsprache bei der Anstellung jedes Moderators. Ich schule alle Discjockeys, jedenfalls die, die völlig neu anfangen. Die Jingles werden bei *JAM Productions* hergestellt, nach meinen Vorschlägen.«

Ich lehnte mich wieder zurück.

»Ist das alles?« Er lächelte, sogar ziemlich fröhlich.

»Ich habe eine *sehr* konkrete Vorstellung, wer Musikchef werden sollte.«

Er nickte: »Und was ist mit Geld?«

»Zweitrangig. Moderates Fixum plus Gewinnbeteiligung. Ich bin durchaus bereit, ein *wirtschaftliches* Risiko einzugehen.«

Er stand auf, hielt mir seine Hand hin. Ich erhob mich ebenfalls, etwas langsamer, als würde mir das die Chance geben, im letzten Moment einen Rückzieher zu machen, ergriff und schüttelte die Hand. Ein wirtschaftliches Risiko. Sein Gesicht gab keinen Aufschluß darüber, ob es nur bei dieser Art Risiko bleiben würde.

»Wir treffen uns morgen vormittag um zehn, um die Gespräche wegen der Studios zu führen. Am Nachmittag kannst du einen Entwurf für deinen Vertrag bekommen.«

Wir nickten beide.

Dann fragte er: »Weißt du schon, wie deine Nachtsendung heißen soll?«

»Jo«, antwortete ich, breit grinsend.

»Und wie?«

»*Nachtratten*.«

14. (I Just) Died In Your Arms 1984

Liddy betrank sich nicht, nie. Jedenfalls nicht in meiner Gegenwart, während der vergangenen zwei Jahre, seit wir uns kennengelernt hatten. Aber jetzt tat sie es.

Ein-, zweimal im Monat gingen wir tanzen. Ich mochte es nicht sonderlich, fühlte mich blöd, irgendwie zur Schau gestellt, auf sehr lächerliche Art, wenn ich auf dem Dancefloor herumhampelte, nach Bewegungen suchte, die mir zur Musik passend schienen. Unkontrolliert, weitestgehend. Tanzen hatte ich nie gelernt. »Das kann jeder«, behauptete Liddy, aber ich konnte es nach wie vor nicht, und wenn ich mich umsah, ging es offensichtlich vielen ähnlich. Doch ich gab mein Bestes – schließlich wollte *Liddy* mit mir tanzen, und was Liddy wollte, das hatte Bedeutung, mehr denn je, insbesondere seit unserer kleinen Krise vor nicht ganz einem Jahr. Schließlich hörte sie sich den ganzen Radioquatsch von mir an, tagaus, tagein, und die immer gleichen Stories aus dem Plattenladen, da war es nicht zuviel verlangt, mal über den eigenen Schatten zu springen.

Das *eXTra* war ein muffiger und trotzdem fideler Club in der Kreuzberger Oranienstraße, zweigeschossig, dunkel, gleich gegenüber vom *Café Alibi*, wo wir ziemlich oft frühstückten, manchmal direkt nach dem Tanzengehen. Früher, vor Liddy, da hätten mich keine zwanzig Pferde in so einen Schuppen bekommen. Doch langsam gewöhnte ich mich an diese Art Kneipe, Club, wie auch immer es gerade hieß: amorphes, multinationales, *multifrisurales* Publikum, recht coole Musik, trashig, hart, laut, viel Indie-Krempel, und Bier nur von Flasche, gereicht von Keepern und Tresenmenschen, die sich verhielten, als wären sie schwerbewaffnete Lagerwärter, alles sehr fortschrittlich, sozusagen. Viel Pogo und Headbanging auf der Tanzfläche, manchmal ziemlich heftiges

Gerempel, ab und zu die eine oder andere Schlägerei. Ansonsten durchaus familiär, mit der Zeit. Meistens ließ ich Liddy alleine tanzen, was okay für sie war, ich saß nicht weit weg, und nahm Haltung an oder ging sogar zu ihr, wenn sie angebaggert wurde, was ständig passierte. Natürlich. Liddy hatte Ausstrahlung, sah gut aus – Liddy war *phantastisch*. Sie beherrschte mein Leben auf freundliche, angenehme Art. Sie durchdrang mich, war in mir, immerzu, hatte mich verändert. Und ich mochte das. Von ganzem Herzen. Leben ohne sie, das war nicht vorstellbar. Aber das Leben mit ihr, das hätte ich mir auch nicht vorstellen können. *Vorher*. Nicht im Traum.

Nur heute stimmte irgendwas nicht. Sie kam von der Tanzfläche auf mich zu, gerötet, verwuschelt, verschwitzt, schwankte. Hatte schon fünf oder sechs Biere getrunken, dazu zwei Wodka, die ein Typ spendiert hatte. *Ein anderer*. Sie nahm ihre Flasche vom Tresen, schwenkte damit in der Luft herum, obwohl erst ein Drittel fehlte. Der örtliche Lagerwärter brachte ein neues Beck's. Liddy kippte den Rest aus der einen Flasche und setzte in der gleichen Bewegung die nächste an. Normalerweise trank sie zwei, drei Gläser Wein an einem Abend. Maximal.

»Ist alles in Ordnung?« brüllte ich.

Liddy nickte, eine schwache, langsame Bewegung, sah mich dabei nicht an. Dann ging sie wieder tanzen. Ich blieb erst einen Moment lang sitzen, dann lief ich ihr nach.

»Was ist denn los?« schrie ich gegen den verwaschenen Punk an, der durch den Laden dröhnte. Sex Pistols, *Anarchy In The U.K.* Gleichzeitig versuchte ich, irgendeine Bewegung zu finden, die dazu paßte und die ich ausführen konnte, ohne mich zum Totalhorst zu machen. Obwohl mir das jetzt gerade völlig egal war.

Aber Liddy schüttelte nur den Kopf. Tanzte weiter, ignorierte mich. Ich ging zum Tresen zurück, drehte mich noch kurz zu ihr, und da meinte ich, ein Glitzern in ihren Augen zu sehen.

Tränen? Was zur Hölle hatte ich falsch gemacht?

Seit jener Nacht, als die glutäugige Ratte durch die Wand zu kommen versuchte, hatte ich keinen so absolut schrecklichen Abend mehr verbracht. Ich saß da, hilflos, ratlos, zitterte, war völlig verängstigt. Alle Ratten der Welt hätten mich kampflos überwältigen können. Ich war schwach, leer, denn Liddy … *liebte mich nicht mehr?* Vielleicht war die Verletzung doch nicht spurlos geheilt, die Wunde, die ich mit meinem idiotischen Ausrutscher gerissen hatte, vor nicht ganz einem Jahr.

Irgendwann, so zwei, drei Stunden nach meiner Abfuhr auf der Tanzfläche, torkelte sie zum Klo, blieb eine gute Viertelstunde drin, und als sie wiederkam, war sie zerzaust, unsauber, roch säuerlich. Sie hatte gekotzt. Ich nahm sie bei der Hand, sagte schwach: »Laß uns gehen.« Ich erwartete Widerstand, aber sie ließ sich aus dem Laden ziehen. Wir redeten kein Wort auf dem Heimweg, Liddy schlief sofort ein, nachdem sie noch mal kotzen war. Ich lag wach, neben ihr, die ganze Nacht, starrte sie an und bangte um mein Leben.

»Es tut mir leid«, sagte Liddy, als sie gegen elf in die Küche kam, wo ich schon seit Stunden hockte, Kaffee soff und lustlos, völlig abwesend in irgendwelchen superteuren Importmagazinen blätterte, keinen Gedanken von ihr abziehen konnte, irgendein Radioprogramm im Hintergrund; ich hörte nicht zu. Sie sah fürchterlich aus, schwankte immer noch, und ihre grünen Augen schimmerten matt.

»Mir auch«, antwortete ich, in der Hoffnung, dadurch welchen Fehler auch immer irgendwie kleiner machen zu können.

Sie zog die Stirn kraus, ließ es aber gleich wieder, faßte sich mit der Hand an den Kopf, stöhnte.

»Scheiße«, sagte sie. »Was tut dir denn leid?«

Ich zuckte die Schultern. »Ich weiß nicht. Sag du es mir.«

»Ach, mein Donny.« Sie lächelte, ein fahriges Lächeln,

blätterte in einer zittrigen Bewegung das Magazin vor mir zur Titelseite um. »Mein kleiner, lieber Radiomann Donny.«

Wir tranken Kaffee und sagten nichts. Ich holte ein paar Aspirin aus dem Bad und mixte sie mit O-Saft. Liddy trank dankbar.

»Mann, hab' ich einen Schädel.«

»Kein Wunder.«

Sie saß da, nippte Kaffee, starrte auf den Tisch. Dann hob sie den Blick, sah mich an, liebevoll, zärtlich. Meine Sonne ging auf. Das Leben fand mich wieder, schlagartig, innerhalb eines Augenblicks. Und innerhalb des nächsten füllten sich ihre Augen mit Wasser, das kurz darauf ihr ganzes Gesicht überflutete.

»Meine Mama ist krank, sehr krank«, sagte sie, nachdem sich der Tränenschub gelegt hatte. *Meine Mama ist krank*, wiederholte ich in Gedanken. Ich mußte ein erleichtertes Aufatmen unterdrücken. Hätte mir jemand mitgeteilt, daß meine verdammte Mutter krank ist, meinetwegen auch *sehr* krank, hätte ich *Ja und?* geantwortet. Dann begriff ich. Liddys Mutter war nicht meine Mutter. Liddy liebte ihre Mutter über alles, vielleicht mehr als mich. Und außerdem wohnte Liddys Mutter Hunderte von Kilometern weit weg, in irgendeinem namenlosen Nest in Bayern. Soweit ich mich erinnerte.

»Scheiße«, sagte ich höflich, legte so viel Bedauern in die Stimme wie nur irgend möglich. »Was hat sie?«

Liddy atmete tief, in Schüben ein, zitterte.

»Sie wird dement, nach und nach. Eine Gehirninfektion. Sie braucht Pflege.«

»Und?« fragte ich vorsichtig. »Gibt es Leute, die so was können?«

Liddy nickte und schüttelte gleichzeitig den Kopf.

»Ich werde mich um sie kümmern.«

»Holst du sie her?«

Jetzt blieb es beim reinen Kopfschütteln.

»Nein, das geht nicht. Ich muß zu ihr.« Sie pausierte kurz,

starrte mich an, aber ihr Blick hing im Nirgendwo, weit hinter mir. »Donny, ich weiß nicht, wie lange das dauern, wieviel Kraft es kosten wird. Es wird besser sein, wenn wir uns trennen.«

Mein Kaffeetopf schepperte zu Boden, mein Herz landete gleich daneben.

Und dann ging alles sehr schnell. Zwei Tage später war Liddy aus meinem Leben verschwunden, weg, einfach so, *einfach weg*. Sie war nicht tot, sondern nur Hunderte Kilometer entfernt, und ich war nicht tot, sondern nur Hunderte Kilometer entfernt, aber das nahm sich nichts. Ich starb. Es gab keine Alternative. Bei ihr hatte ich nichts zu suchen, denn ihr Leben gehörte bis auf weiteres der kranken Mutter, und da wollte sie mich nicht bei haben, wozu auch. Wir schrieben uns Briefe, eine Zeitlang, seitenweise, traurige, schmerzerfüllte, verzweifelte, deprimierende Briefe, und ich kämpfte gegen alle möglichen Gefühle an, vor allem Hilflosigkeit, und maßlose, endlose Traurigkeit. Zwei Monate später beschlossen wir, es zu lassen, keine Briefe mehr, keine tränenerstickten Telefonate.

Danach kamen die Selbstvorwürfe. Wäre das nicht passiert, diese Sache damals, mit der Blonden, vielleicht hätte sie sich für mich entschieden? Hätte ich nicht pausenlos vom Radio gefaselt und auch mal zugehört, *richtig* zugehört, wenn Liddy von ihren Träumen sprach, vielleicht hätte sie uns dann eine Chance gegeben, geglaubt, daß es *bleibt*, lange bleibt. Und ihre Mama geholt, oder in ein Pflegeheim gegeben. Ein, zwei Male deutete sie so was an, am Telefon. Wenn ich nachfragte, blieb sie stumm. Wenn ich zu heulen begann, legte sie auf. Meine Beteuerungen wollte sie nicht hören.

Es half nichts: Liddy war weg. Mein Leben mußte weitergehen, aber das tat es einfach nicht. Ich fiel in ein Koma, einen dämmrigen, halbwachen Zustand, in dem ich nichts wahrnahm. Absolut nichts. Rudi zog mich durch, obwohl es ihm selbst sehr schlecht zu gehen schien, was ich wie durch einen Nebel wahrnahm, er überwachte mich, half mir ein bißchen. Fütterte mich sogar, schleppte Currywürste an und Döner Kebab, weil ich sonst vergessen hätte, etwas zu essen. Ich hörte keine Musik und machte keine Radiopläne mehr. Ich tat überhaupt nichts, kassierte Kunden ab wie ein Roboter, antwortete »Ja, klar« auf jede Frage. Man hätte mir meine Stimme nehmen können, das wäre erträglich gewesen. Aber Liddy? Herz, Lunge, Leber, beide Nieren, sogar das komplette Gehänge. Aber nicht Liddy. Sie war weg, und zu einem Teil trug ich die Schuld daran, glaubte ich. Das machte es nicht einfacher.

Es dauerte fast ein Jahr. Irgendwann gewann das Gute ganz, ganz langsam die Oberhand, die Erinnerung, das Gefühl, etwas gehabt zu haben, das eine Bedeutung besitzt, die sich mit nichts vergleichen läßt. Liddy wurde zu einem positiven Aspekt, zu einem Bestandteil meines Lebens, zu einem Stück Vergangenheit. Ich überwand sie nicht, aber ich schaffte es, manchmal *nicht* an sie zu denken, und wenn, dann mit einem sentimentalen Lächeln im Gesicht.

Es wurde langsam Zeit, wieder Radiopläne zu spinnen.

15. Hello (Turn Your Radio On) 1990

Ich fand Lindsey in Omaha, Nebraska, dreizehn Stunden Hinflug, viermal umsteigen, drei Stunden vor Ort, zwölf Stunden Rückflug. Weil die Zeit so knapp war, trafen wir uns in der Station, KLIX-FM. Sie logierte in einer Art Hütte im Süden der insgesamt belanglos wirkenden Stadt. Ich war ein wenig überrascht: Wegen der phonetischen Ähnlichkeit zu *Alaska* war ich der Meinung gewesen, irgendwo im ganz hohen Norden zu landen, gegen eisigen Schneesturm ankämpfen zu müssen und solche Dinge; Geographie war nie meine Stärke. Aber Nebraska liegt im Nordwesten der Staaten, und jetzt, Ende September, war es dort mild – und eintönig. Omaha habe ein paar über dreihunderttausend Einwohner, erzählte mir ein lustiger besoffener Ami im Flugzeug zwischen seinen Zigarettenpausen, die er heimlich im Klo einlegte, und Nebraska sei 'ne Art Agrarstaat. Auch egal.

Der Sender bestand aus vier Räumen, einer Art Empfang, holzgetäfelt, kleiner Tresen, jede Menge Plakate, Tisch und zwei Stühle. Durch ein Fenster konnte ich in das Studio blicken – mikroskopisch, vergleichsweise armselige Technik, kleiner Mixer, zwei Bandmaschinen, zwei Plattenspieler, zwei Cartmaschinen, nichts, womit irgendein Discjockey in Deutschland ernsthaft würde arbeiten wollen – die Stars brauchen große Bühnen. Eine Endvierzigerin fuhr gerade eine Sendung, sicher ein Hausfrauenprogramm, ach was: Keine Ahnung. In den Staaten weiß man nie, da moderieren auch alte Ladies Hardrock-Shows, da *headbangen* Omas bei Guns 'N Roses. Aus einer Art Redaktionsraum kam eine sommersprossengesprenkelte junge Frau in Shorts und labbrigem T-Shirt, sie trug einen Stapel Platten, rief freundlich »Hi« und ging hinaus. An der verbleibenden Tür hing ein Schild: *Boss*.

Lindsey kam von hinten, also von draußen, schlug mir auf die Schulter, und er sah noch immer so aus wie vor vier Jahren. Irgendwas um die Mitte Dreißig mußte er jetzt sein. Sneakers, T-Shirt, Collegejacke, Collegeboygrinsen. Keine Änderung.

»Hi. Ich werde nicht nach Deutschland gehen.«

»Dann nicht«, erklärte ich, ebenfalls grinsend. »Kannst du mir ein Taxi rufen?«

Er lachte. Wir setzten uns an den etwas wackligen Holztisch, Lindsey holte seine Zigaretten heraus, ich erzählte von *101.1 PowerRock Berlin*, und er nickte, lächelte, wirkte aber alles in allem eher desinteressiert. Ich argumentierte und lamentierte, erzählte von der großen Chance, dem riesigen Publikum, dem seltsamen Flair Berlins kurz nach der Maueröffnung. Lindsey nickte weiter, höflich. *Keine Chance* stand in seinem Gesicht geschrieben.

»Ich kann nicht«, sagte er. »Mein Vertrag hier läuft noch zwei Monate, und ich habe schon einen weiteren unterschrieben – und einen Ruf zu verlieren.«

Ich überlegte kurz. »Kann man dich auskaufen?«

Er überlegte ebenfalls kurz. »Will ich mich auskaufen *lassen*?«

»Du mußt. Du kannst dir nicht vorstellen, wie das in Deutschland läuft. Radio wird von Beamtenseelen gemacht, von Leuten, die Germanistik studiert haben und Publizistik und die deshalb glauben, sie wüßten *irgendwas*, von Großverlagen, die einfach nur die Frequenzen verstopfen mit ihrem üblen, schlechtgemachten Mainstream. Wenn das so weitergeht, haben wir da in zehn Jahren nur noch Top-40-Sender, die ihre Hörer *bestechen* müssen, mit gesichts- und namenlosen Ansagern, zentral eingekauften Beiträgen und nächtlichen Mantelprogrammen aus Holland oder Belgien. Es ist eine Wüste, und keiner weiß, wie man es besser macht.«

»Aber *ihr* wißt es.«

»Na ja.« Ich zwinkerte ihm zu. »Vögler hat ein paar Richtlinien festgelegt, davon abgesehen hätten wir freie

Hand. Ich habe ein paar Ideen, aber alles, was mit dem Musikprogramm zu tun hat, läge bei dir. Ich habe nicht die leiseste Ahnung, wen wir sonst nehmen sollten – wenn du absagst, muß ich die Programmierung übernehmen.«

»Um Gottes willen!« lachte er.

»Ein bißchen was weiß ich schon«, gab ich, übertrieben zickig, zurück. »Aber, Mann, mit dir würden wir der Stadt die Dächer wegblasen.«

»Wie viele Sender gibt es?«

Flackerte da Interesse auf?

»Ein gutes Dutzend, siebzehn terrestrisch, genau gesagt, nur UKW, *FM stereo* – in Deutschland hört niemand Mittelwelle, *AM.* Davon die meisten öffentlich-rechtlich, ein paar Spartenprogramme, viel für alte Leute. Keine ernstzunehmende private Konkurrenz, noch nicht. Kein Witz, kein Esprit, kein Bumm-Bumm, da donnert nichts; Radio ist in Deutschland ein *echtes* Sekundärmedium, leider. Das will ich ändern. Das wollen *wir* ändern. Du doch auch, oder?«

»Was interessiert mich Deutschland? Ich weiß nicht mal genau, wo das ist.«

»Nicht Deutschland, *Berlin*. Berlin hat über sechstausend Kneipen, es gibt das beste Bier der Welt. Keine Sperrstunde.«

Er nickte. Das war also ein Argument.

»Außerdem würdest du gut verdienen. *Richtig* gut.«

Er lehnte sich im Stuhl zurück, zündete sich eine Zigarette an, blies den Rauch nach oben.

»Okay, ich denke darüber nach. Gib mir die Nummer von Voigler.« Es kam dem ›Ö‹ schon ziemlich nahe, wie er das aussprach.

Das war der Zeitpunkt für das Merchandising. *Alle* Radioleute lieben das. Ich zog zwei Basecaps, ein T-Shirt, ein Sweatshirt, einen Stapel der wunderhübschen länglichen Autoaufkleber und noch ein paar andere Gimmicks aus der Reisetasche. Und eine Visitenkarte. Lindseys Name stand darauf. Goldgeprägt auf einer supercoolen Klappkarte, deren Vorderseite der Kontur einer E-Gitarre entsprach.

»Da steht die Nummer drauf.«

Er starrte auf seinen Namen.

»Director, Music and Programming«, las er leise. Wir hatten alle Titel in englisch auf die Karten gedruckt. Lindsey mußte ja nicht wissen, daß es von dieser erst eine einzige gab.

»Cool, oder?«

Er nickte. Sein Gesichtsausdruck veränderte sich, bekam etwas Melancholisches.

»Weißt du, ich war noch nie Mitglied eines Teams. Ich habe immer nur beraten, gecoacht, programmiert. Während der Collegezeit habe ich es mal als Discjockey versucht, aber das ging in die Hose. Ich dachte, es wäre *locker*, ungebunden zu sein. Überall Spuren zu hinterlassen.« Er pausierte kurz. »Berlin ist wirklich okay, sagst du?«

Ich nickte. »Nicht unbedingt schön, aber okay. Laut, aber nicht so laut wie NYC, ein bißchen schmutzig, umtriebig, ziemlich grün teilweise, nicht sehr spektakulär insgesamt. Man kann eine Menge Spaß haben. Eine ganze Menge.«

»Hübsche Frauen?«

»Ja.«

Die wunderbarste von allen, die stammte nicht aus Berlin, fiel mir in diesem Moment ein. Und sie lebte schon lange nicht mehr in der Stadt.

Er nickte langsam. »Es wird etwa fünfzehntausend Dollar kosten, mich auszukaufen.« Er streckte mir seine Hand entgegen. »Ich brauche drei Tage. Montag bin ich da. Sorg dafür, daß mich jemand abholt.«

Ich schüttelte seine Hand, lachend vor Erleichterung. Ich war sicher, daß wir das bestmögliche Team abgeben würden. Die Zeit für Krisensitzungen bei der Konkurrenz war nicht mehr fern.

»Ich faxe dir vorab eine Liste mit Platten, die ihr einkaufen müßt. Wann ist Sendestart?«

Ich zog die Stirn in Falten. »In zwei Wochen. Erster Oktober.«

»Jo, dann müssen wir uns ranhalten. Ich werde versuchen, schon morgen zu fliegen, die kommen hier auch alleine zurecht, ich bin ohnehin fast fertig. Wie spät ist es jetzt in Deutschland?«

Ich sah auf meine Uhr, die war nicht umgestellt, das lohnte sich nicht für die paar Stunden. »Abends, acht.«

»Ist Voigler noch in der Station?«

»Aber sicher.«

»Okay, ich rufe ihn gleich an.«

Auf dem Rückweg kam mir Omaha etwas hübscher vor. Aber ich war froh, wieder auf dem Weg nach Berlin zu sein. Es gab so viel zu tun. *Zwei Wochen.* Was ich Lindsey nicht gesagt hatte: Wir hatten erst drei Discjockeys fest, einen Techniker und einen Menschen, der glaubte, Redakteur sein zu können, was ich ihm nicht ganz abnahm. Plus Vögler wie ficken, und ich. Für ein 24-Stunden-Vollprogramm war das ein bißchen dünne.

Die Sache mit den vierzigtausend Miniradios war meine Idee gewesen: Wir ließen in China kleine, batteriebetriebene Monoempfänger bauen, etwa so groß wie mein kleines, gelbes Radio, das ich natürlich immer noch besaß, mit Lautsprecher und Ohrhöreranschluß. Der Gag war, daß sich die Frequenz an diesen Radios nicht verstellen ließ: *101,1 MHz und nichts anderes*. Wir verteilten die Dinger kostenlos in der Stadt, Einkaufspreis zweifünfundsiebzig je Stück, was zwar gute hundert Riesen kostete, aber einschlug wie eine Bombe. Der Werbeetat betrug über zweihundertfünfzigtausend Mark; wir pflasterten die Stadt mit Plakaten und Aufklebern, heuerten Schüler und Studenten an, die schwarz plakatierten und heimlich Aufkleber an Autos anbrachten. Kern der Aktion waren die kleinen Radios. Plakate verschwinden nach ein paar Tagen, und es ist irre teuer, häufiger zu plakatieren. Hauptwerbeträger waren unsere *One-O-One-One-Minis*, wie die kleinen Radios bald genannt wurden, die Aufkleber. Und natürlich, vor allem, das Programm.

Lindsey kam zwei Tage nachdem ich ihn in Omaha aufgetrieben hatte, sah völlig fertig aus, unrasiert, mit dicken Augenringen, endlich wie jemand, der über dreißig ist. Wir fuhren gleich in die Station, und er pfiff durch die Zähne, als wir die Fabriketage in Charlottenburg betraten. Neunhundert Quadratmeter, zwei Selbstfahrerstudios, ein Produktionsstudio, ein Sprecherraum, ein riesiges Schallarchiv, die Studios nach höchster Akustiknorm, Raum-im-Raum auf ölgelagerten Füßen stehend. Ein Notstromgenerator stand bereit, Stromausfälle konnten uns also kaltlassen, es gab Empfangs- und Konferenzräume, Büros und eine Teeküche. Sogar einen Zigarettenautomaten, gleich neben der Tür. Ich lächelte und zeigte auf eine Glastür, gleich gegenüber. *Lindsey Cunningham* war in das Milchglas gefräst, nobel, aber cool. Er grinste breit. Vögler kam uns entgegen, irgendwo knallte eine schwere Tür, sicher eine von den Studiotüren, und im Hintergrund war recht laut das Gequietsche zu hören, das entsteht, wenn jemand durch Hin- und Herdrehen eine bestimmte Bandstelle zu finden versucht.

»Hi«, sagte er, gab Lindsey die Hand und warf mir einen seltsamen Blick zu. »Du bist der berühmte Lindsey Cunningham?« Er nickte seitlich in Richtung von Lindseys Bürotür. Vögler hatte bisher ausschließlich von mir gehört, welche Bedeutung Lindsey in den Staaten hatte. Aber das machte ja nichts.

Lindsey nickte. »Und du bist der berühmte *Voigler wie ficken?*« Er sagte das in deutsch, die drei Worte – das hatte ich ihm im Taxi beigebracht. Vögler lachte.

Während der nächsten zwei Wochen arbeiteten wir rund um die Uhr. Vormittags war Discjockey-Casting, wir kugelten uns vor Lachen. Meistens. Manchmal war es schlicht tragisch. Ich hockte abwechselnd mit Vögler oder Cunningham im zweiten Selbstfahrer, während junge Menschen, die von sich glaubten, Radiostar werden zu müssen, im Sprecherraum schreiendkomische Versuche ablieferten, richtige Moderationen zu sprechen. Es machte kaum einen Unterschied, ob abgelesen oder frei – das meiste war schlicht gottvoll. Erstaunte, gerötete, gefleckte Gesichter gab es, wenn wir den Leuten ihre Aufnahmen vorspielten, und ganz schlimm wurde es, wenn ich ihnen zeigte, wie es sein *sollte*. Selbst Cunningham, der nur fünf Worte deutsch konnte (Bier, Nutte, Voigler wie ficken), kringelte sich, aber er archivierte die Gehversuche junger Radiogötter akribisch. Spots, Trailer und Jingles wollte er damit produzieren. Einmal rannte er tränenüberströmt aus dem Studio. Ein Physikstudent hatte die Top 10 der aktuellen amerikanischen Charts vorgetragen – in einem Englisch, das selbst einem afrikanischen Buschmann die Feuchte in die

Augen getrieben hätte. Bei seiner Version von *Huey Lewis & The News* war ich dem Zusammenbruch nahe.

»Manfred Hagelmacher, einhunderteinskommaeins Pöhwarock Berlin«, endete er, schob den Kopfhörer in den Nacken und sah erwartungsvoll zu mir herüber. Lindsey kam wieder rein. »Spiel es ihm vor!«

Wir bepißten uns abermals. Hagelmacher, ein dürrer, fragil wirkender Bursche, der zu allem Überfluß auch noch ganz leicht sächselte, nickte langsam, offensichtlich hochzufrieden, während er gebannt lauschte und dabei die Monitorboxen anstarrte. Er sagte etwas, doch das Mikro war nicht mehr offen.

Viele Menschen kennen das, wenn sie erstmals ihre Stimme von Band hören: Erstens kommt sie einem völlig unwirklich vor, viele haben Schwierigkeiten, sich selbst überhaupt zu erkennen. Und zweitens klingt es in den eigenen Ohren immer *irgendwie* gut, hat man erst mal verinnerlicht, daß es die eigene Stimme ist. Die Stimme gehört zum Ich, und die Erkenntnis, keine wirklich schöne Stimme zu haben, ist nicht leicht zu verarbeiten. Eigentlich überhaupt nicht.

Ich zog den Fader für die interne Kommunikation hoch, Hagelmacher konnte jetzt Lindseys Gelächter über die Monitore hören.

»Sorry, das war nichts«, erklärte ich. Diese ›Rufen Sie uns nicht an, wir rufen Sie an‹-Nummer hatte ich noch nie abgekonnt, und ich hielt es für unfair, jemanden in dem Glauben zu lassen, *irgendwas* zu können, sei es schreiben, singen, tanzen oder im Radio sprechen, obwohl die Aussichten objektiv genau null waren. Vielen Möchtegern-Schlagerstars, Möchtegern-Schriftstellern und dergleichen wäre viel erspart geblieben, hätte irgendein Produzent, irgendein Lektor mal die Traute gehabt, zu sagen: »Suchen Sie sich ein anderes Hobby, *bitte!*«

»Ich habe Demobänder von mir, die sind vielleicht besser«, bot Hagelmacher an, erste Zweifel an der Mimik erkennbar. »Ich habe einmal beim Studentenradio Böblingen eine Sendung moderiert. Die war ein großer Erfolg.« Er zog eine Cassette aus der Jackentasche. Die harte Tour. Es reizte mich, seine Sendung zu hören. Wie gemein.

»Manfred, es ist aussichtslos. Du wirst im Leben kein Radiosprecher. Dein Englisch ist miserabel, deine Stimme klingt nicht, deine Modulation ist unter aller Sau, hoffnungslos – du sprichst wie eine elektronische Telefonansage.«

Er starrte mich an, durch die dicke Glasscheibe, ungläubig. Dann sackte er in sich zusammen.

»Hey«, versuchte ich schwach.

Er richtete sich wieder auf, jedenfalls ansatzweise.

»Ich möchte so gerne Radio machen.« Kurze Pause. »*Bitte*.«

Ich seufzte.

»Okay, links von dir ist der Recorder. Hören wir uns mal an, was du mitgebracht hast.«

Ich bereitete mich innerlich auf weitere Schreikrämpfe vor. Lindsey sah mich ungläubig an.

Und es war eigentlich auch zum Schreien, oder zum Weinen. Hagelmachers Stimme war für den Arsch, richtiggehend *widerlich*, ich malte mir aus, eine Frau zu sein, der dieser Typ mit *dieser* Stimme eine Liebeserklärung macht. Aber die Sendung war trotzdem interessant: Er hatte, offensichtlich mit einfachsten Mitteln, ein paar Jingles produziert, einen Trailer für eine Veranstaltung auf dem Campus, und die Beiträge waren zwar grauenhaft anzuhören – wegen der Stimme -, dafür erstklassig geschnitten.

»Der Junge hat Talent, wenn er das alles selber produziert hat«, sagte Lindsey. Ich nickte.

»Hast du das selbst gemacht?«

»Ja. Zu Hause. Ich habe ein kleines Mischpult, einen Plattenspieler und zwei Cassettenrecorder.«

Das erinnerte mich an irgend etwas. Ich mußte lächeln.

»Hast du Ahnung von Technik? Kannst du mit einem Bandgerät umgehen? Mit einer Jinglemaschine?«

Er nickte. »Wenn Sie mir ein paar Tage Zeit geben.«

»Okay. Wir probieren es.«

Hagelmacher starrte mich ungläubig an, sprang dann auf, wurde aber wieder in den Sessel gerissen, weil er vergessen hatte, daß ihm der Kopfhörer um den Hals hing.

Es war genauso problematisch, gute Techniker zu bekommen, wie es schwierig war, talentierte Discjockeys zu finden. Alexander, unser Cheftechniker, benahm sich wie eine alternde Diva, wenn es um *seine* Gerätschaften ging, und rief eine Kohle auf, von der manch ein amerikanischer Spielfilmregisseur träumte. Jetzt hatten wir einen zweiten Techniker, einen, der sogar produzieren konnte. Richtig gut, wie ich hoffte.

Den Rest der Tage verbrachten wir mit Training, Schreibkram, Technikinstallationen, Vorproduktionen und endlosen Telefonaten mit Plattenfirmen, Sponsoren, Leuten von der Post und so (schließlich hatten wir keinen Sendemast auf dem Dach, sondern, wie fast alle, eine nette preiswerte Standleitung zum nächsten Postamt, von wo aus das Signal zum Sendemast im Grunewald transportiert wurde). Vögler akquirierte Werbekunden, führte Gruppen durch die Studios; er war immer in der Station, egal, wann man kam. Er telefonierte zweihändig, während auf dem Schreibtisch vor ihm ein Berg aus Papieren und allem möglichen Krempel wuchs, der sich über die Ränder in Richtung Boden neigte, aber erstaunlicherweise nicht auseinanderfiel.

Es war unglaublich, Lindsey bei der Arbeit zu sehen. Er hörte sich *alle* Platten an, die reinkamen – und das waren viele –, jeden einzelnen Song, wenigstens die Intros von den erkennbar ganz schlechten. Er hatte ein lustiges kleines Computerprogramm aus den Staaten mitgebracht, das eine schwer genervte Zeitarbeitstypistin mit den Daten unseres Archivs fütterte, und er kategorisierte jeden Titel nach einem seltsamen System, das ich erst viel später begriff. Zehntausende Titel, aufgeteilt nach verschiedenen, geheimnisvollen Kriterien, und das Ergebnis waren *Clocksheets* für die einzelnen Sendungen, die *Playlists* für die Moderatoren, und natürlich die vorgefertigten Lizenzlisten. Damit nicht genug: Lindsey korrigierte, setzte ein, tauschte aus, fummelte an dem Programm herum, *baute* unsere Musikfarbe. Ab und zu kam er zu mir, hielt mir eine deutschsprachige Platte entgegen, auf deren Cover er mit kleinen bunten Aufklebern Titel markiert hatte, und sagte: »Mach ein Kreuz auf dem Aufkleber, wenn die Songs *cool* sind. Aber nimm einen Filzstift.« *Take a fucking edding. Fucking* war sein allgemeingültiges Lieblingsadjektiv.

Lindsey ging ganz anders mit Platten um, als die Discjockeys und Musikredakteure das taten. Die Studioplattenspieler arbeiteten mit Auflagegewichten, die weit über dem lagen, was bei den fragilen High-End-Plattenspielern üblich war, was dazu führte, daß eine Platte nach zehn-, zwanzigmaligem Abspielen schlicht für die Tonne war. Der schwere Arm fräste das Vinyl einfach weg, totaler Dynamikverlust, keine Höhen oder Bässe mehr. Lindsey behandelte die Platten trotzdem mit großer Hochachtung und Vorsicht – und er hatte angedroht, jeden Discjockey zu *kastrieren*, der einen Titel nicht spielen könnte, weil er die Platte ruiniert hatte. Lindseys Coaching-Stunden und Briefings waren Highlights der täglichen Arbeit: Wir wußten alle nicht, ich eingeschlossen, wie der agile Collegeboy es meinte, wenn er seine zynisch-ernsten Anweisungen gab, aber es blieb uns oft genug das Lachen im Halse stecken, wenn er uns todernst ansah und sagte: »Vergeßt nicht: Es ist *unsere* Show. Sie wird so gut oder schlecht wie das, was jeder einzelne von euch bringt. Baut Scheiße, und ich stecke eure Köpfe hinein.« Wenn wir uns danach auf eine Zigarette in der Teeküche trafen, sagte er oft: »Fuck, ich muß unbedingt *fucking German* lernen.« Einmal zwinkerte er mich an und fragte: »Was zur Hölle heißt *blow-job* auf deutsch?« Wann immer er mir während der nächsten Tage begegnete, hörte ich, wie er versuchte, ›einen blasen‹ so zu sagen, daß es auch zu verstehen war.

Zwei Tage vor Sendestart fuhr ich eine Probesendung, spielte mit den Geräten, machte ein paar Sprachaufnahmen für

Spots und Trailer. Das meiste davon war pure Beschäftigungstherapie, denn ich wäre durchgedreht, hätte ich nicht alle ein, zwei Stunden im Studio hocken können. Ich konnte es nicht erwarten, wirklich zu senden, und keinem in der Station ging es anders.

»Du hast eine sehr coole Stimme, *Donny*«, kam irgendwann über meine Kopfhörer. Veronika saß im Sprecherraum, ich erschrak: Sie sah schlimm aus, völlig verbraucht, *nuttig*, saß neben Lindsey, der sie seltsam anstarrte.

»Donny«, wiederholte Lindsey. »Donny Radioman. *Don FM.*« Er nickte. »*Don FM*, das ist es. »Donald *Don FM* Kunnße. Das paßt.« Dann drehte er sich zu Veronika. »Bist du eine Nutte?« fragte er auf deutsch, es klang naiv, aber das war es nicht. Collegeboy-Arschloch. Veronika nickte, traurig. Lindsey verpißte sich.

Für den Sendestart hatten wir zehn Minuten vorproduziert. Am Anfang gab es ein Feuerwerk an Jingles, erstklassiges Material, von *JAM Productions* hergestellt, der besten Bude weltweit für so was, die Jingles *fetzten*, wie Hagelmacher leicht sächselnd erklärte. Ich bekam eine irre Gänsehaut, im linken Selbstfahrer sitzend, fast die gesamte restliche Crew im Sprecherraum nebenan, einschließlich Suszanna, der ungarischstämmigen Dame, die unser Mädchen für alles war und innerhalb kürzester Zeit Dinge besorgen konnte, von denen wir nicht einmal wußten, daß man sie in Berlin kaufen konnte.

Dann gab es eine viersekündige Pause, hochdramatisch. Anschließend *We built this city* von *Starship*, fast schon ein bißchen zu alt, aber sehr treffend: *We built this city on rock and roll* – das würden wir alle sehr bald gerne sagen können. Und ich wußte, daß es so kommen würde. Dann meine eigene Stimme, im zweiten Drittel des Songs.

»Guten Morgen, *Berlin.*« Es war sieben Uhr morgens, erster Oktober neunzehnhundertneunzig, zwei Tage vor der formellen Wiedervereinigung Deutschlands. »Mein Name ist

Donald *Don FM* Kunze, und dies hier ist *101.1 PowerRock Berlin*.« Die Stationskennung hatten wir alle zusammen geschrien, Grenzflächenmikros im Sprecherraum offen, es hörte sich geil an. »Ab heute wird nichts anderes mehr gehört. Die Warterei hat ein Ende. *Wir blasen euch die Schädel weg*. Dies hier ist *PowerRock Berlin*. Jetzt wird *Radio*.« Der letzte Satz klang etwas seltsam, aber so, wie ich es sagte, wurde deutlich, was gemeint war, dachte ich. Dann röhrte der erste Titel los, ich kannte die Band nicht, harter, aber melodischer Rock vom Feinsten, brandneu, noch von keiner deutschen Station gespielt, wie Lindsey erklärte, importiert, wie sehr viele Platten, was Vögler fast zum Wahnsinn trieb. *Daraus machen wir einen Hit, die Band ist es wert*. Anschließend gab es eine kurze, prägnante Ansage von Vögler, ein etwas nöliges Grußwort des Bürgermeisters (wir hatten es nicht schneiden dürfen, legten aber einen netten Beat darunter), und dann ging die Post ab. Mike *das Mikro* löste mich ab, der junge und tatsächlich talentierte Mensch, den ich in einer pofigen Disco aufgetrieben hatte und der unser *Morning-Anchor* werden sollte; dicke Schweißperlen standen auf seiner Stirn. Im Sprecherraum brach Jubel aus.

Dann begann umgehend unser Tagewerk, unser 24-Stunden-Tagewerk, sieben Tage die Woche, zwölf Monate im Jahr. Lindsey würde die ersten Stunden im Sprecherraum bleiben, ich ging in mein Büro, um von dort aus mitzuhören – an Arbeit war nicht zu denken, ich war viel zu aufgeregt, hatte Angst, daß irgendwas schiefgehen könnte. Die Station *summte*. An meinem Apparat konnte ich erkennen, daß die Telefonleitungen schon zu glühen anfingen, es blinkte wie wild. Ich lehnte mich zurück, lauschte der wirklich erstklassigen Musikauswahl *meines Senders*, rauchte eine, nahm einen Schluck Kaffee. Und dann kam es. Grenzenloses Glücksgefühl. Wir hatten es geschafft. Doch noch ein paar fähige Köpfe, *Stimmen* gefunden, zwei häßliche, aber extrem engagierte Publizistikstudentinnen, die als Reporter und Redakteure arbeiten würden, und und und. Hagelmacher baute Spots, daß es eine Freude war: Nach zwei Tagen beherrschte er die Technik, als hätte er nie etwas anderes getan. Er *brannte* förmlich vor Begeisterung, was sich nicht zuletzt an riesengroßen roten Flecken in seinem Gesicht zeigte, schlief im Produktionsstudio und verließ die Station nur, wenn ihn mindestens fünf Leute geschlossen dazu aufforderten, und unter Androhung von Gewalt. Sein Studium hatte er natürlich abgebrochen. »Wer einen Traum erfüllt bekommt, muß nie mehr schlafen gehen«, sagte er zu mir, zwei Tage vor Sendestart.

Vögler kam in mein Büro, zwei Gläser mit goldfarbener Flüssigkeit in der einen Hand balancierend, zwei fette Zigarren in der anderen.

»Das hört sich wirklich *gut* an«, sagte er grinsend, was etwas seltsam aussah, da der Rest des Gesichtes nicht mitgrinste. Freute er sich wirklich? Oder verlief es für ihn nur *erwartungsgemäß*? Ich konnte nur nicken, nahm meinen Jack Daniel's und stieß mit ihm an.

»Auf die Nummer eins«, sagte er vieldeutig.

»Auf die Nummer eins.« Ich sah Vögler an und überlegte, ob wir Freunde waren oder nicht. Und ob es wirklich erforderlich war, die Nummer eins zu sein.

Als er gegangen war, saß ich da und lauschte, vor allem in mich selbst. Das Siegesgefühl wurde für einen Moment leicht schal, als mir bewußt wurde, daß es außerhalb der Station niemanden gab, der sich mit mir freuen würde. Ich dachte an Liddy und sehnte mich zum zehntausendsten Mal nach ihr, danach, irgendwas von ihr zu hören. Sie würde verstehen, was dieser Moment, dieser Tag für mich bedeutete. Mir zuhören und mich schwärmen lassen. Und sich tatsächlich mitfreuen. Ich schüttelte den Kopf, trank meinen Jack aus und machte mich wieder an die Arbeit.

17. What's The Frequency, Kenneth? 1994

Alicia hockte vor dem Kühlschrank, ihr dichtes, lockiges, schwarzes Haar fiel nach vorne über die Schultern, während sie sich zum Obstfach beugte, um irgendwas aus den vollen Einkaufstüten da einzusortieren, Mango, Avocado, Obst und Gemüse mit O am Ende, das aß sie am liebsten. Oder mit I: Litschi. Scheißzeug.

Sie hatte mich nicht gehört, ich hatte mich selbst nicht gehört, meine primäre Wahrnehmung war abgeschaltet, ich war völlig erfaßt von dem Schock, in den mich Vögler wie ficken gestoßen hatte. Zu allem Überfluß war der Taxifahrer, der mich nach Hause fuhr, ein Fan gewesen, wie viele, fast alle Taxifahrer: Als ich das Fahrziel nannte, erkannte er meine Stimme, sagte: »Wow, *Don FM* in meiner alten Karre. Cool. Sagen Sie mal was Lustiges.« Aber ich wiederholte nur mürrisch mein Ziel, was nicht *per se* zum Lachen war, obwohl am Marheinekeplatz viele lustige Dinge passieren, und er hielt die Klappe.

Normalerweise hätte ich mich über sie gebeugt, ihren Brustkorb umfaßt, ihren Hals geküßt, diese Dinge – ambulanter Sex vor dem offenen Kühlschrank, Alicia mochte so was, und ich auch, mit ihr; wenigstens beim Sex hörte ich damit auf, sie pausenlos mit Liddy zu vergleichen, zu versuchen, Liddy in ihr zu sehen. Wovon sie nichts ahnte, *natürlich*. Sex mit Alicia war anders als das zaghafte, oft ungewollt lustige Herantasten, damals mit Liddy.

Aber jetzt fühlte ich mich taub, leer wie eine Pfandflasche ohne Etikett, die zum Händler zurückgebracht wird. Die Konsequenzen des Nachmittags hatten mich erschlagen, als ich den Sender verließ, draußen vor der Tür stand und realisierte, daß ich wahrscheinlich nie wieder hindurchgehen würde. Mir war bewußt geworden, daß es ein Abschied war, daß mein Traum ein jähes Ende gefunden hatte, obwohl *101.1 PowerRock Berlin* nicht unbedingt die Erfüllung meiner Wünsche dargestellt hatte. Aber ich war nahe dran gewesen. Und jetzt entfernter als je zuvor. Bei den öffentlich-rechtlichen war ich durch. So durch wie nur irgend möglich. Das Nest hatte ich verlassen, und es gab kein Zurück. War beim erfolgreichsten privaten Sender geflogen. Was blieb mir jetzt? Für etwas Eigenes fehlten mir die Möglichkeiten, es gab keine Frequenzen, und meine Power war in besagter Pfandflasche.

Ich sagte kurz *Hi*, erntete einen fragenden Blick und ging in mein Zimmer. Mein Zimmer. Eine Art Kirche, ein geweihter Ort. Tausende von Aufklebern, Stickern, Buttons, Basecaps, Tassen, Aschenbechern, Feuerzeugen, all dieser Mist. Es kam mir so sinnlos vor in diesem Moment, albern, kindisch. Wozu dieses Zeug? Wem bedeutete es irgendwas, daß ich ein Radiojunkie war, jemand, dem es mehr als alles bedeutete, zwischen ein paar Platten reden zu dürfen, das Gefühl zu haben, gehört zu werden, zu den Menschen zu sprechen, sie an das Medium zu binden, das viele fatalerweise immer noch für ein *Sekundärmedium* hielten? Niemandem. Weg, vergessen. Gerade noch Radiogeschichte, jetzt nur noch Geschichte. In einem Jahr würde niemand mehr wissen, daß es mich einmal gegeben hatte.

Ich saß da und starrte auf die XERF-AM-Aufkleber, die mir Vögler geschenkt hatte und die in einem Rahmen fixiert waren, der inmitten all des anderen Schrotts an der Wand hing, bedeutungslos, reine Psychose, der Versuch, etwas zu fixieren, das sich nicht fixieren ließ: Eine Idee, ein Wunsch, ein Traum, eine Besessenheit, die sich anderen nicht erklären, nicht vermitteln ließ, die für sie nur erahnbar wurde, wenn sie einen hörten, ob in einem kleinen gelben Transistorradio oder über den neuesten High-End-Tuner von *Bang & Olufsen*. Radiomann war man nur, wenn man Radio machte, und wenn man es nicht tat, war man nichts als eine Stimme, die anderen bekannt vorkam. Eine Zeitlang.

Alicia schaute hinein, schob ihr wunderbares, leicht kantiges Gesicht durch den Türspalt, vorsichtig, weil sie ahnte, daß irgendwas nicht stimmte, und weil immer Vorsicht angebracht war, wenn ich mich wortlos in mein Zimmer verzog. Bevor sie etwas sagen konnte, hörten wir beide das Klingeln des Telefons, sie drehte sich um und ging, kam ein paar Sekunden später mit dem Schnurlosen zurück. Lindsey war am Apparat und beschimpfte mich in einem Mix aus Deutsch und Collegeboyenglisch, nannte mich eine durchgefickte *deutsche* Hure, weil ich ihn mit viel Überredungskunst in die Station geholt hatte, die jetzt den Weg alles Irdischen gehen würde. Ich bekam nicht viel mit, und er hörte mir nicht zu; daß er allerdings der Meinung war, die Station würde vor die Hunde gehen, kam bei mir an. Ich legte auf, ohne groß zu antworten, hatte keine Kraft, was sollte ich dem armen Collegeboy auch erzählen? Daß ich genauso *gefickt* worden war wie er?

Alicia sagte etwas von einem Termin, von dem ich sie später abholen sollte. Ich blieb ein paar Minuten sitzen, starrte Aufkleber und T-Shirts an, riß den Rahmen mit den Wolfman-Jack-Aufklebern von der Wand und schmiß ihn in den Papierkorb, und dann ging ich ins *Irish Heaven*.

Der irischstämmige Vater meiner unerklärlicherweise schwarzhaarigen Freundin und Inhaber meiner Stammkneipe begrüßte mich mit einem skeptischen Augenbrauenhochzieher, stellte mir ein *Irish Red* hin, ohne weiter zu fragen, und dann noch vier, bis er vorsichtig zu bohren begann. Ich schüttelte den Kopf, kippte noch ein paar rote Biere, einen Jack Daniel's, den er nur führte, um mir einen Gefallen zu tun, Bourbon in einer *irischen* Kneipe, das ist wie Apollinaris im Weihwasserbehälter; ich ignorierte einen Anruf von Alicia, was Miles in ziemliche Erregung versetzte, und trank einfach weiter. Einfach weitertrinken. Das funktioniert immer. Währenddessen. Klar, am Morgen danach. Am Mittag danach. Katzenjammer, Kater, Ekel, was auch immer.

Aber im Moment des Weitertrinkens ist es, als würde die Erde zur Scheibe werden: Alles wird glatt, gleichmäßig, überschaubar, relativiert sich, die Konturen verwischen, die Probleme werden diskutabel, und die Lösungen schweben an einem vorbei, als säße man mit geöffnetem Schnabel im Schlaraffenland. Ich saß da, saß einfach da, verlor die Beziehung zu mir, verlor den Frust über die Niederlage, die eine Hinrichtung war.

Manchmal jedoch spielt einem die Realität einen üblen Streich. Dann bleibt solch ein Abend haften, verliert nie seine Chronologie, seine Präsenz. Verfolgt einen. Als die Bullen auftauchten, lachte ich noch. Bullen. Meine zweitbesten Hörer, nach Taxifahrern. Sie kamen herein, überblickten den Laden, und ich wußte sofort, daß sie nicht wegen einer Anwohnerbeschwerde hier waren, wegen eines dieser notorischen Nörgler, die in eine Gegend ziehen, in der es viele Kneipen gibt, und sich dann, ein paar Wochen später, alle halbe Stunde bei der Polizei darüber echauffieren, daß da erstaunlicherweise *Kneipen* in ihrer Wohngegend sind. Nein, die beiden Bullen gingen auf Miles zu, nahmen ihn beiseite, gingen mit ihm in die Küche. Ein paar Minuten später kamen sie wieder heraus, verschwanden. Etwas später kam auch Miles aus der Küche, keine Röte mehr im Gesicht, sondern nur noch kranken, zersetzenden Schmerz, und in diesem Moment wurde mir bewußt, daß mich ein zweiter Verlust ereilt hatte an diesem Tag.

18. Running On Empty 1995

Die *Scheune* öffnete um sieben abends, die beiden Erlebnisrestaurants im Erdgeschoß sogar schon mittags, jeden Tag der Woche. Montags bis donnerstags war naturgemäß weniger los, aber erstaunlicherweise nie *wirklich* wenig: Es fanden sich immer genug Touristen, notgeile MX5-Fahrer, tumbe Blondinen, die auf MX5-Fahrer abonniert sind, Proleten aller Art und diese seltsamen, mittelalten Männer, die in den Ecken stehen und den ganzen Abend nur zusehen, wem auch immer bei was auch immer. Meistens tobte der Bär ab kurz vor neun, und um Mitternacht, wenn Neujahr gefeiert wurde in der *Scheune* – täglich –, brummte der Laden eigentlich immer: Über tausend Gäste, an Wochenenden fast zweitausend, auf drei Etagen in insgesamt fünf Diskotheken, zentrale Anlauf- und Baggerstelle aber war die höhlenähnliche Tanzkneipe in der ersten Etage, fünfhundert Menschen um einen riesigen ovalen Tresen herum, in dessen Mitte auf einem Podest der einpeitschende Discjockey mit der tollen Stimme seinen Platz hatte.

Ich.

Der Job in der *Scheune* hatte zwei Vorteile. Erstens durfte ich saufen, soviel ich wollte und konnte – es kam richtig gut beim Publikum an, wenn der DJ sich in einem ganz ähnlichen Zustand befand. Der zweite Vorteil bestand darin, daß ich jeden Abend praktisch genau das gleiche tat, fast genau die gleichen Titel auflegte, an genau den gleichen Stellen zum Mitklatschen aufforderte oder die Fader herunterzog, um das Publikum a cappella grölen zu lassen: *Marmor, Stein und Eisen bricht, Er gehört zu mir, Flieger, grüß mir die Sonne*, solche Sachen, plus aktuelle Charts, was anderes wollten die nicht hören. Mal was von den Ärzten, *Zu spät* oder *Du willst mich küssen*. Der tägliche Neujahrscountdown, das tägliche Abfeiern der Geburtstagskinder, dazu, immer gleich, *Happy Birthday* von Stevie Wonder. Mucke bis um fünf, bis auch die letzten gingen, begleitet von Musik, bei der ich schon kaum mehr wußte, wie ich den CD-Player dazu gebracht hatte, das Stück zu starten. Taxi auf Abo, häufig der gleiche Taxifahrer, Marheinekeplatz, in meine verwüstete Wohnung, schlafen bis zum frühen Abend, dann essen, praktischerweise gleich in der Erlebnisgastronomie: Spareribs mit Ofenkartoffel oder Holzfällersteak mit Pommes. Dazu drei Bier, zum Warmwerden.

Ich tat das ununterbrochen, an sieben Tagen in der Woche, mal soff ich mehr, mal weniger, meistens mehr. Die Leute liebten mich, weil ich genau das tat, was sie wollten. Daß der Laden so erstklassig lief, lag sicher auch an mir: Die *Scheune* befand sich in der Nähe des Ostbahnhofs, im Nirvana zwischen Kreuzberg und Friedrichshain, und bis auf sehr, sehr üble Gardinenkneipen gab es in der Gegend *nichts*. Die Leute fuhren ewig weit, um zu uns zu kommen, ließen sich vollaufen, als gäbe es kein Morgen, feierten wie die Blöden, wie die Ballermänner, fickten auf dem Klo, in den Autos, prügelten sich vor der Tür, in den Waschräumen und ab und zu bei uns am Tresen, das aber nie lange, dafür sorgten die Goliaths der hauseigenen Security. Wenn ich die üble, nachdenkliche Nüchternheit am frühen Abend überwunden hatte, und insbesondere das fade, leere Gefühl zwischen Aufstehen und den ersten vier, fünf Bieren, machte mir der Job sogar Spaß. Seit ein paar Monaten. Fünf oder sechs, vielleicht länger. Mein Zeitgefühl war solide im Eimer, eigentlich war ich insgesamt solide im Eimer, aber das war okay, solange es Biere gab, Jack Daniel's, ab und zu eine Ofenkartoffel und Spareribs, und sonst *gar nichts*. Absolut nichts. Miles hatte seinen Laden dichtgemacht und war abgehauen, ein oder zwei Wochen nach Alicias Unfall; wir hatten uns nicht mehr gesehen, er wollte nicht, ich konnte nicht. Lindsey und ein paar andere von der Station hatten mich noch eine Weile malträtiert, Lindsey war stinkwütend, immer noch, wollte sich mit mir treffen, aber ich wollte nichts von mehr von all dem wissen. Hatte seit Monaten kein Radio mehr gehört, keine Platte mehr gekauft, kein Buch gelesen, keine Zeitung, nur ab und zu ein paar Äpfel geholt, ein neues T-Shirt und eine neue Hose. Die Kohle, die ich in der Scheune verdiente, reichte zum Leben, daß ich etwas auf der hohen Kante hatte, war mir völlig egal, es ging mir nur darum, mich zu betäuben, unter Leuten zu sein, die mir *nichts* bedeuteten und nie im Leben etwas bedeuten würden, mich pausenlos abzulenken von Alicia, Veronika, Liddy, *101.1 PowerRock Berlin*, meinen zerstörten Träumen, meinem zerstörten Leben, an dessen endgültiger Vernichtung ich zielsicher arbeitete. Ich hatte sogar Markmann angerufen, meinen ehemaligen Programmchef, zaghaft, ohne wirklichen Glauben daran, daß etwas passieren würde, und eigentlich ohne wirkliches Interesse daran, daß etwas passieren könnte, und der hatte mich nur freundlich, aber bestimmt in die Wüste geschickt, mir in ein paar Nebensätzen angedeutet, was für eine Frechheit es wäre, ihn *jetzt noch* anzurufen. Doch auch das blieb ein Randereignis. Entscheidend war, daß Vögler mich verkauft hatte. Verraten und verkauft. Ausgelutscht und auf den Mond geschossen, auf den Müll gekippt. *Ich* hatte seine Scheiß-Nummer-eins-Station zu dem gemacht, was es war, und es hatte ihn nie wirklich interessiert. Flachgesichtige Geschäftsmannsau. Es war ihm von Anfang an nicht um Radio gegangen. *Natürlich* nicht. War ich ein Idiot. Und dann das mit Alicia. Wahrscheinlich war's in erster Linie das mit Alicia. Ich wußte es nicht genau, meine Gefühle waren indifferent, diffus, schwer einzuordnen, und irgendwann gab ich mir nicht mehr die Mühe, überließ mich dem tauben Bewußtsein, alles verkackt zu haben. Ich riß die Brücken ein, meldete mein Telefon ab, ließ die Post kompostieren, schmiß die Zettelchen ungelesen weg, die irgendwelche Leute noch eine Zeitlang an meine Tür klebten. Ich begrub mich, denn ohne meinen Traum war ich nichts mehr;

ausgespien vom größten Maul in der Berliner Radioszene, gab es keine Basis mehr, für nichts. Und irgendwie wollte ich auch nicht mehr. Vöglers wie *gefickt werden* waren überall, die sich kleine Träumer suchten wie den radioanarchistischen Collegeboy Lindsey, den quietschenden, dürren Hagelmacher oder mich, die dumme, kleine Radiohure, die nicht mitbekommt, daß sie gegen Kohle gefickt wird. *In den Arsch.*

Immerhin bekam ich mit, daß es kurz vor Weihnachten sein mußte. Nein, nicht an den Auslagen der Geschäfte, die fingen schon im Oktober an, vielleicht wird es in ein paar Jahren zur Dauereinrichtung, pausenlos Weihnachtsdeko. Auch nicht am Wetter. Schmutziggrau war es in fast jedem Oktober. Nein, die Gäste in der *Scheune* begannen, Weihnachtsmannmützen zu tragen, wünschten sich *White Christmas* von Bing Crosby, wenigstens nicht in irgendeiner *neuen Version*, von denen es sicher Dutzende gab, und außerdem hatten die Besitzer einen großen Baum auf dem Parkplatz aufgestellt, das allerdings auch schon Wochen voraus.

Weihnachten hatte mir nie etwas bedeutet. In meiner Familie war das Fest immer sehr tragisch verlaufen, ungemütlich, unfreundlich, gezwungen – meine Mutter dekorierte und stellte einen riesigen Baum auf, möglichst dicht am Fenster, hängte Lichterketten in die Kiefern vor dem Haus, aber sie tat das nur für die Nachbarn. Wir bekamen ein paar armselige Geschenke, teuer, aber armselig: Zeug, das wir nicht brauchten, das nicht uns, sondern die Nachbarskinder beeindrucken würde oder vielleicht diejenigen, die zusahen, während meine Eltern den Krempel kauften – herzlos, geistlos, ohne jede Empathie. Wir sagten jahrelang das gleiche Gedicht auf, meine Eltern hörten sowieso nicht zu, soffen Bier aus Dosen und sahen fern, während wir Würstchen mit Kartoffelsalat von *Pfennig's* aßen, nicht einmal selbstgemachten.

Das eine Weihnachten, das ich mit Alicia gefeiert hatte, war ganz anders gewesen. Es war wirklich mein erstes *richti-*

ges Weihnachten, besinnlich, freundlich, warm, behaglich, rührend *schön*. Sie hatte sich irre große Mühe gegeben, gekocht und gebacken, geschmückt, gesungen und dekoriert, war tagelang völlig aus dem Häuschen, auf sehr nette Art. Ihr mußte das sehr viel bedeutet haben, und ein bißchen davon spürte ich auch, während wir nachts durch Berlin spazierten, aus den Hälsen dampften und ihre Aufregung kaum mehr zu bändigen war. Aber Alicia war tot, und ich legte jetzt für die baggernden Proleten *White Christmas* auf, ließ sie mitsingen, trug selbst eine Weihnachtsmannmütze und kämpfte auf dem Klo gegen Tränen. Es war nicht das Fest selbst, ich erlebte es ja nicht. Es gab meinem Verlustgefühl nur nochmals einen Schub, obwohl ich geglaubt hatte, daß das nicht mehr möglich wäre, war's aber doch. Ich soff noch mehr als sonst und baute auch zum ersten Mal richtige Scheiße, legte die falschen Platten auf, würgte den Ton ab, redete Unsinn, goß Bier in einen CD-Player und solche Sachen. Die Leute an der Bar warfen mir seltsame Blicke zu, während sie schwitzend von einem zum anderen rannten, Biere ausschenkten und Schnäpse, die Troddel an ihren Weihnachtsmannmützen hüpften in einer wilden Orgie vor mir her, als wenn die sieben Zwerge durchgedreht wären. Es war wohl der zweiundzwanzigste Dezember. Ich konnte mir nicht vorstellen, daß es schlimmer kommen könnte – es war schlimm genug. Ausreichend schlimm. Zu allem Überfluß fühlte ich erstmals heftige, massive Selbstverachtung. Ich dachte über Selbstmord nach, während ich total alkoholisiert, aber auf seltsame Art wach im Taxi saß, und fand den Gedanken angenehm.

Der Taxifahrer war ein Türke, das Taxi stank nach Erdbeere und Vanille, dank des pendelnden Wunderbaumes am Rückspiegel. Das Radio war eingeschaltet. Ich hörte erst nicht hin; die Taxifahrer, die mich sonst fuhren und bereits kannten, schalteten die Geräte immer ab. Der Türke machte jetzt sogar ein bißchen lauter, weil irgendein Hit lief, den ich wahrscheinlich sogar in der Nacht aufgelegt hatte, vielleicht mehrmals, die Leute wünschten sich andauernd die gleichen paar Titel. Dann kam ein Jingle, Fünf-Uhr-Nachrichten. *101.1 PowerStation Berlin*. Ich kurbelte das Fenster herunter und kotzte in die kalte Nacht.

Es war ein bißchen schwierig, das Geld für das Taxi zu finden, und die Schlüssel für das Haus, oder das Loch für den Schlüssel; meine Mut- und Lustlosigkeit hatte inzwischen ein Maß erreicht, das über das Alles-egal-Stadium weit hinausging. Ich kämpfte ein paar Sekunden mit der Haustür, hatte innerlich schon beschlossen, gleich aufzugeben und in irgendeine Kneipe zu gehen, einfach weiterzusaufen, so lange, bis mir jede Entscheidung abgenommen war. Der Schlüssel fiel mir herunter, blieb nur knapp am Gitter des Rostes vor der Tür hängen. Ich hatte Mühe, ihn da herauszufuddeln, nahm das als Zeichen, jetzt definitiv umzudrehen, ins *Pandemonia* zu wanken, oder auch an irgendeinen Bahnhofskiosk. Die Haustür öffnete sich, eine Frau Anfang, Mitte Dreißig stand da, verschlafenes Gesicht, das mir irgendwie bekannt vorkam, ich starrte in grüne Augen, und dann war da plötzlich ein Gefühl, als würde mir jemand Backpfeifen hauen, Dutzende davon, mein Gesicht wurde heiß, und ich spürte tatsächlich, daß ich zu zittern begann.

»Hi, Donald«, sagte Liddy. »Ich warte schon seit Stunden auf dich.«

Current

(Zweiter Teil)
1995

Von dieser Nacht bekam ich nichts mehr mit, abgesehen von der Tatsache, daß da tatsächlich *Liddy* aufgetaucht war. Ein Gefühl von Behaglichkeit und Geborgenheit hatte mich erfaßt, in meiner maßlosen Besoffenheit, und ich hatte mich dem einfach hingegeben; Liddy hat zwar noch etwas zu mir gesagt, mich vorsichtig umarmt, ich roch sicher nicht besonders gut, und mich nach oben begleitet, und da war ich dann ins Bett gesunken, mitten in meiner Hölle von Wohnung, den unsauberen Resten der Gemeinsamkeit mit Alicia, und auf der Stelle eingeschlafen, unfähig, nur noch ein einziges Wort zu sagen, etwa: Danke.

Am Nachmittag erwachte ich, hörte fremde Geräusche, auch tief in meinem Kopf: Die Ladung war erheblich, ein paar Stunden Schlaf reichten auch meinem inzwischen massiv alkoholgewöhnten Körper nicht, die Schäden zu beseitigen oder wenigstens zu begrenzen. Die anderen Geräusche kamen von meinem Staubsauger, der Lautstärke nach weiter weg, vielleicht in meinem Radiozimmer, außerdem blubberte meine Kaffeemaschine leise im Hintergrund, zwischendrin, wenn Liddy den Staubsauger rückwärts zog und das Gebläse zu kämpfen hatte.

Liddy war da. Sie war *immer noch* da.

Warum nur?

Ich wollte aus dem Bett hüpfen, beließ es aber bei behäbigem Heraushangeln, abgestützt auf Bettkante und Nachttisch. Irgendwo war ein Bademantel, normalerweise rannte ich nackt in meiner Wohnung herum, oder in meinen Boxershorts. Liddy hantierte mit dem röhrenden Reinigungsgerät, dessen Staubtüte ich wahrscheinlich vor Jahren zuletzt ausgetauscht hatte, sie huschte hin und her, zwischen meinen

Stickern, T-Shirts, Basecaps, Plakaten, Feuerzeugen, Aschenbechern. Sie trug ein langes T-Shirt, ich konnte ihre nackten Beine sehen, betrachtete sie eine Weile. Dann ging ich duschen; sie bemerkte mich nicht, summte irgendeine Melodie. Als ich in die Küche kam, saß sie am Tisch, zwei Kaffeetöpfe darauf, auf dem einen: *Radio people do it with frequency*. Ich griff nach dem anderen.

»Na du«, sagte sie. Liddy sah ein bißchen anders aus als in meiner Erinnerung. Sie mußte Anfang, Mitte Dreißig sein, um ihre immer noch grüngrüngrünen Augen kleine Fältchen, ganz kleine, und in ihren Mundwinkeln auch. Ihr Gesicht wirkte fröhlicher, gleichzeitig war viel darin zu lesen: Erlebtes, Geschichte, Vergangenheit, Schmerz, Hoffnung. Ihre schwarzen Haare waren noch immer kurz. Eine wirklich schöne Frau, deutlich reifer jetzt, doch eigentlich war sie mir auch damals schon reichlich ... weit vorgekommen. Sie umschloß den Radio-Kaffeetopf mit ihren langen, schmalen Fingern, deren Nägel nicht lackiert waren. Ich dachte an Alicias Finger, den kleinen Rest Orangenschale, damals, beim Inder. Ein paar Tränen kündigten sich an, kurz, heiß, aus ganz verschiedenen Gründen.

»Na du«, gab ich zurück, schluckte trocken, überwand den Tränendrang, schlürfte vorsichtig den heißen Kaffee. War gut.

»Ich hab' mir Sorgen um dich gemacht«, sagte sie. Richtete sich ein bißchen auf in ihrem Stuhl, sah mich fest an. »Nicht, daß du glaubst, ich wäre hier, um die alten Zeiten aufleben zu lassen. Das ist es nicht.«

»Nicht«, wiederholte ich leise und schlürfte weiter. Die Gründe, weshalb sie hier saß, waren mir fast völlig egal. Das Gefühl, das sie erzeugte, reichte mir.

»Frank hat mich ausfindig gemacht, vor drei Monaten schon. Er erzählte mir, daß die Radiogeschichte wohl beendet wäre. Und daß er dich nicht mehr erreichen könnte. Kein Telefon, keine Antwort auf Briefe.«

Ich nickte. »Telefon habe ich abgemeldet.«

»Und warum?«

»Warum.« Ich setzte mich hin. »Warum.«

Ich sah sie an. Da saß tatsächlich Liddy. Eine etwas veränderte Liddy, aber sie war's wirklich. Zehn Jahre oder so. Wildkirschtee. Warum zur Hölle mußte ich immerzu an Wildkirschtee denken, wenn es um Liddy ging?

»Hast du ein bißchen Zeit?« fragte ich.

»Soviel du willst.«

Ich erzählte bis zum frühen Abend, es wurde dunkel, *war* dann dunkel, meine Antrittszeit für die *Scheune* verstrich, und ich quatschte immer noch. Als ich schließlich im laufenden, gerade endenden Jahr angelangt war, wurde es ein bißchen schwierig. Ließ sich auf zwei Sätze zusammenfassen. Es tat sehr, sehr gut, einfach davon zu erzählen, von allem. Und Liddy dabei zu betrachten, die mir wie eine Reinkarnation vorkam, unwirklich, wunderbar, ein Segen, eine Wohltat. Die echte, *meine* Liddy, die jetzt ganz real und *in persona* vor mir saß. Die es immer noch gab, die existierte, auch außerhalb meiner versoffenen Erinnerungen.

Sie sah mich an, lange, prüfend. »Nicht sehr schön«, sagte sie dann.

Ich nickte langsam.

»Ich fürchte, du verstehst mich falsch. Ich finde nicht sehr schön, wie *du* dich verhalten hast.«

Ich zuckte die Schultern. Klar doch. Liddy hätte mich mit einer Baseballkeule verdreschen können, Hauptsache, ich konnte sie weiter anstarren.

»Und jetzt?«

Ich wiederholte das Schulterzucken. »Ich habe nicht die geringste Ahnung.« Das war ein Euphemismus.

»Warum bist du nicht aus Berlin weg, als es mit *PowerRock* zu Ende ging? Deutschland ist groß. Du sprichst gut Englisch, könntest sogar im Ausland arbeiten. Nie auf die Idee gekommen?«

Nein, war ich nicht.

»Doch«, log ich. »Aber darum geht's nicht.« Ich holte tief Luft. »Arschlöcher wie Vögler sind überall. *Wenn ich es hier nicht schaffe, schaffe ich es nirgendwo*«, Sinatra ließ grüßen. Das stimmte sogar, irgendwie: Berlin war die Meßlatte, alles darunter war *Pillepalle*. Hamburg? Sinnlos, das hatte eine total verwüstete Radiolandschaft. Ruhrgebiet? Zu häßlich, nur Dosenbiertrinker. München? Zu bayerisch. Spießig. Zu viele hippe Idioten. Stuttgart? Wo zur Hölle *lag* das eigentlich? Hannover? Dann lieber Selbstmord.

»Lange nicht mehr so einen Blödsinn gehört.«

Wieder zuckte ich die Schultern.

»Du *hast* es doch hier geschafft. Ich verstehe dich nicht.«

»Nein, ich habe es nicht wirklich geschafft. Ich bin benutzt worden. Ich war ein guter Radiomann, aber ich war nicht der Chef der Station, das war ein anderer, wahrscheinlich mehrere andere. Die genau wußten, was sie mit mir taten. Genaugenommen war ich ein kleiner Discjockey, wie alle anderen auch. Ich hatte nur ein paar Förmchen mehr im Sandkasten. Das war alles.«

»Scheiße.« Damit meinte sie, was ich gesagt hatte, nicht, was ich gemeint hatte.

Nach einer kleinen Pause sagte sie: »Du siehst ziemlich fertig aus.« Das stimmte. Mein letzter Spiegelcheck lag nur ein paar Minuten zurück. Fahles, eingefallenes Gesicht, Falten, unsauberer Stoppelbart, wäßrige Augen. »Wie wäre es mit Urlaub? Ausspannen? Andere Leute? Mal weg aus der Stadt?«

Später am Abend saßen wir in einem Auto, einem kleinen Mitsuhondabushi oder so, schmutzig-silbern, auf der Rückbank ihre Reisetasche, daneben und im Kofferraum Klamotten von mir. Es war die Nacht auf den dreiundzwanzigsten Dezember, ich hockte auf dem Beifahrersitz, seit zwei oder drei Stunden schon, hatte große Lust auf eine Zigarette, auf ein Bier oder zwei. Lydia schwieg, konzentrierte sich auf die Fahrerei, die Baustellen auf der A9, wir waren auf dem Weg nach Bayern, Franken, irgendein Nest, in dem sie jetzt lebte, viel Überredungskunst hatte sie nicht aufwenden müssen, um mich zum Mitkommen zu bewegen, wenigstens für ein paar Tage. Das Hauptargument war: *Warum nicht?* Ich wußte zwar immer noch nicht, was eigentlich passierte, warum Liddy sich plötzlich um mich kümmerte. Aber sie war da, und das war das zweite Hauptargument. Was es auch zu bedeuten hatte.

Das Radio begann zu knattern, wir verließen den Sendebereich des öffentlich-rechtlichen, unter Brücken wurde der Ton wegen der Reflexion etwas besser, nahm danach aber stetig ab. Ich schraubte an den Knöpfen des ziemlich veralteten Empfängers, landete kurz auf einem Sender, der gerade einen *Megahit* spielte, *das Beste von heute, Blablabla;* Liddy begann sofort, zu summen, und ich drehte am Rad.

»Ach, laß das doch. Finde ich gut.«

»Top-40-Scheiße«, grunzte ich, drehte aber zurück.

Liddy summte sofort wieder.

War es *das*? Liddy konzentrierte sich weiter auf die Fahrerei, freute sich über das Liedchen, würde vielleicht der nächsten Moderation überhaupt nicht zuhören, die Augenbrauen unbewußt hochziehen, wenn dann ein Stück käme, das ihr nicht gefällt, um beim übernächsten wieder zu summen. Sekundärmedium. Radio als reiner Klangteppich, wie Duft in der Luft, wie Grün am Horizont, Sonnenschein. Fahrstuhlmusik. Aufmerksamkeit einmal die Stunde für fünf Minuten Nachrichten, ansonsten unbewußtes Konsumieren. Warum wollte ich unbedingt, daß die Leute ihren Radios *zuhörten*? Weil *ich* es tat, getan hatte, schon immer. Aber ich war ich, und die meisten waren anders.

Warum hörten die Leute Radio? Nur wegen der Musik?

»Warum hörst du Radio?« fragte ich Liddy.

Sie sah kurz zu mir rüber, ich konnte im Halbdunkel ihre Augen kurz sehen, dann zurück auf die Fahrbahn.

»Ich weiß nicht. Wegen der Musik?«

»Aha.«

»Ja, ich glaube schon.«

»Hörst du manchmal richtig hin? Wenn etwas gesagt wird, so zwischen den Songs?«

»Klar. Bei den Nachrichten. Und wenn Gewinnspiele laufen. Aber ich rufe nie an, weil ich Angst habe.« Sie kicherte fröhlich.

»War das schon immer so?«

Sie schwieg einen Moment.

»Nein, natürlich nicht. Früher habe ich richtig zugehört, auch mal das Radio extra eingeschaltet, weil ich wußte, daß irgendwas kommt, das mich interessiert. Zum Beispiel Live-Konzerte und so.«

Sie pausierte kurz, und ich wollte schon antworten, da sagte sie: »Vor ein paar Wochen lief ein Jackson-Browne-Konzert auf *Bayern 3*, das habe ich mir angehört, ganz in Ruhe. Der hat letztes oder vorletztes Jahr eine neue Platte gemacht, wußtest du das?«

Da war was in meiner Erinnerung – oder doch nicht? Singer-Songwriter gehörten nicht zur Musikfarbe von PowerRock. Sollte ich das wirklich verpaßt haben?

»*I'm alive* heißt die«, erklärte Liddy.

»Aha.«

Und plötzlich mußte ich weinen, ziemlich heftig sogar, ohne genau zu wissen, warum in diesem Moment, und sagte eine ganze Weile nichts mehr. Ließ es einfach laufen.

Weil es immer noch stockfinster war, als wir nach Marbrunn hineinfuhren, sah ich nur wenig. Liddy wohnte am Ortsrand, soweit ich das mitbekam, ich sah eine angestrahlte Kuppel, also eine Art Dom oder so was. Es lag dick Schnee, war sehr ruhig, in den Straßen nichts los – kein Wunder um vier Uhr morgens. Liddy hatte eine kleine 2-Zimmer-Neubauwohnung in einem dreistöckigen Haus, behaglich, aber übersichtlich, wir tranken noch einen Tee (*keinen* Wildkirschtee, sondern grünen, der seltsam schmeckte, nicht so richtig nach Tee), und sie baute mir ein Bett im Wohnzimmer, auf dem ausklappbaren Sofa.

»Schlaf dich erst mal rund«, sagte sie. Und: »Morgen ist Weihnachten.« Sie lächelte mich an, hauchte mir einen Kuß auf die Wange. Meine Wahrnehmung hatte sich seit der gestrigen Nacht verbessert, ich *roch* sie, das war wie ein Stoß von der Klippe, wenn einen jemand von hinten schubst, gruselig und gleichzeitig eigentlich genau das, was man sowieso tun wollte. Meine Nackenhaare stellten sich auf, ich grinste blöd, sagte »Gute Nacht«, aber da war sie schon dabei, die Schlafzimmertür hinter sich zuzuziehen.

Dann lag ich da. Ich sah die Leuchtzifferanzeige eines Videorecorders, leicht gelblichgrauen Lichtschimmer von draußen, dicke Schneewolken, ein paar verschwimmende Konturen.

Was tat ich hier? Keine Ahnung. Ich hatte auch nicht mehr gewußt, was ich in Berlin tat, es war also egal, wo ich war, solange ich nicht wußte, *warum*. Aber ich konnte nicht einschlafen. Ich grübelte ein bißchen über den Schlag, den mir *I'm alive* versetzt hatte, und die Tatsache, daß sich Lydia offenbar noch daran erinnerte, welches Album ich ihr empfohlen hatte, damals, in einem ganz anderen Leben, lange vor dem ganzen Radiochaos, Veronikas Tod, Alicias Tod, meinem ... Abgang. Ich stand wieder auf, ging zum Fenster, aber draußen war es uninteressant: eine Straße, ein paar flache Neubauten, dahinter ein Stück Dom, irgendwo. Marbrunn. Hatte ich noch nie von gehört, aber das galt für die meisten deutschen Städte mit unter vier Millionen Einwohnern.

Ich schaltete eine kleine Lampe an. Neben dem Fernseher war eine Stereoanlage. Da lag ein Kopfhörer. Radio hören. Warum nicht Radio hören?

Eine halbe Stunde daddelte ich durch die Frequenzen, ein paar bayernweite Sender fand ich gleich auf mehreren, dann blieb ich hängen, weil ein ganz lustiger, ziemlich schräg produzierter Jingle lief: *FunFun Radio Marbrunn*. E-Gitarre, dröhnendes Schlagzeug, und gesungen von einem Kirchenchor, so hörte es sich jedenfalls an. Es gab also eine Radiostation in diesem Ort. Warum nicht? Bayern hatte die Nase vorn gehabt, was Privatfunk anbetrifft, lokale Sender waren *Konzept* von Anfang an, aber soweit ich wußte, schluckten die landesweiten Sender nach und nach alles, was sich langfristig nicht behaupten konnte. *FunFun Radio*. Ein bescheuerter Name.

Ich hörte eine Weile zu, vielleicht eine Stunde, viel Musik, größtenteils Charts, *Currents*. Ein wackerer Moderator kämpfte damit, offensichtlich angetrunken bis um fünf durchzuhalten, redete ziemlich dusseliges Zeug, was ganz lustig war, teilweise. Ich war versucht, noch bis zur Morgensendung durchzuhalten, klappte aber irgendwann vorher einfach zusammen.

»Ich habe oft an dich gedacht«, sagte Liddy beim Frühstück, gegen zwei oder so. »Sehr oft.«

»Ich auch.«

Sie zog eine Augenbraue hoch. »Ich habe dich nicht wirklich *vermißt*«, sagte sie, und bevor ich antworten konnte: »Wir hatten eine wunderschöne Zeit, meistens. Aber als wir uns getrennt hatten, war es für mich vorbei. Das mußte es sein.«

Ich sah irgendwo hin.

»Du warst meine erste große Liebe. Glaube ich. Es wäre vielleicht noch lange weitergegangen.« Ihre Stimme brach.

Ich nickte, ohne sie anzublicken.

Es wäre weitergegangen, wenn …

Ihre Mama hatte noch sechs Jahre gelebt, und Liddy voll in Anspruch genommen. Dabei hatte sie sich langsam an den Ort gewöhnt, sich mit der Zeit sogar richtig in das Städtchen verliebt. Als dann die Mutter starb, war es keine Frage für sie gewesen, zu bleiben oder zu gehen. Die Brücken nach Berlin waren abgebrochen, von mir hatte sie ewig nichts gehört, und es hatte keinen Sinn, meinetwegen oder wegen der Sache zurückzukehren, die wir mal gehabt hatten – damit hatte sie abgeschlossen. In dieser Hinsicht waren unsere Gedanken ganz ähnlich, glaubte ich: Von der Furcht geprägt, die schöne Erinnerung zu zerstören für eine ungewisse Zukunft in einer Freundschaft, die nur aus Vergangenheit bestand. Genaugenommen war ich zu Gedanken, die sich mit dieser Frage befaßten, überhaupt nicht fähig.

Es hatte sie nicht mehr gehalten, als Frank sie erreicht hatte, Frank, den sie nur aus Erzählungen kannte und der in den alten *Your Sound*-Unterlagen irgendwie einen Hinweis gefunden hatte. Er wäre selbst nach Berlin gekommen, erzählte sie. Aber es ging zur Zeit nicht. Produktion rund um die Uhr.

Wir gingen in die Stadt – das, was man landläufig so *Stadt* nennt. Der Kern von Marbrunn war ewig alt, tausendfünfhundert Jahre oder so, ein hübsches Altstädtchen, um einen Hügel herum, auf dem ein Dom stand und ein Kloster oder etwas in der Art, alles sehr beschaulich an einem ruhigen Winternachmittag, dazu passend eine dichte Schneedecke, wie im Film. Ich war ein bißchen underdressed, wir kauften mir eine dicke, gefütterte Wildlederjacke, wobei mir einfiel, daß es wahrscheinlich passend wäre, Liddy ein Weihnachtsgeschenk zu besorgen. Sie hatte zu tun, wollte noch irgendwo hin, gab mir einen Wohnungsschlüssel. Also wanderte ich alleine durch die kleine Stadt, fand auf Anhieb die Fußgängerzone. Gleich an der ersten Straßenecke stolperte ich über das gläserne Studio von *FunFun Radio*.

Keine Ahnung, wie lange ich da stand oder was ich dachte, es war sicher eine Menge Zeug, frustrierte Erinnerungen, gelebte Melancholie, Träumerei. Der Traum war noch da. Aber gleichzeitig kam mir alles, was mit Radio zu tun hat, so irre weit weg vor; *ich* hatte nichts mehr damit zu tun. War jetzt nur noch ein Hörer. Nicht einmal das. Ich war ein Hörer auf Urlaub. Und kein *Radiomann* mehr.

»Mann, du mußt doch frieren. Stehst jetzt schon fast eine halbe Stunde hier«, sagte plötzlich jemand zu mir. Ein etwas wirr aussehender Typ, auch Mitte Dreißig oder so, ein Wuschelkopf mit einer schmalen, lustigen Brille, blitzenden Augen, der sich in seine Arme eingewickelt hatte, weil er nur ein T-Shirt trug, mit dem etwas unglücklich geratenen *FunFun*-Logo: Ein pinkfarbenes Dreieck, der Stationsname in der Miami-Vice-Schriftart, darunter in einer anderen Typo die Frequenz, und: *Fun Radio für Marbrunn*, dritte Schriftart. Alles ziemlich amateurmäßig, aber herzig. Das hatte mit dem Berliner Radiodschungel nicht viel zu tun, eher mit Jamaica-Feeling, alles aus Spaß, *cool, man*, machen wir halt Radio.

Statt den ganzen Tag zu kiffen.

»Nein, ich friere nicht«, sagte ich höflich, aber es stimmte nicht, wie mir jetzt bewußt wurde: Ich fror wie ein Schneider, trotz der neuen Wildlederjacke. »Doch, scheiße, es ist verdammt kalt. Ist hier irgendwo ein Café oder so was?«

»Du bist nicht von hier«, stellte der Wuschelkopf fest.

»Berlin.«

»Du kannst bei uns einen Kaffee trinken. Wenn du eine Mark klein hast.«

Er ging wieder hinein, in das gläserne Studio, für ihn war klar, daß ich nachkommen würde. Also tat ich es. Kleiner Empfangsraum, ein paar Tische, eine Wendeltreppe in den ersten Stock, das Studio. Keine großartige Technik, aber cool. Eine junge Frau moderierte, zur Zeit lief Musik, natürlich Charts, leise über die Lautsprecher im Empfangsraum. Die junge Moderatorin nickte ganz leicht im Takt, während sie sich offenbar Notizen machte, völlig dem Job ergeben – ach, wie ich das kannte. Der Wuschelkopf kam mir vom Tresen aus wieder entgegen, hatte kurz telefoniert, hielt mir seine ausgestreckte Hand entgegen, Handfläche nach oben.

»Ach ja, die Mark.« Ich wühlte eine Münze aus der Tasche, der Wuschelkopf holte mir einen Becher dampfenden Instantkaffee.

»Und, was treibt einen Berliner nach Marbrunn?«

»Urlaub«, antwortete ich wahrheitsgetreu.

»Wir haben viele Berliner hier«, erklärte er. »Und Japaner. Jede Menge. *Europe in five days*, unser Dom ist über fünfhundert Jahre alt.« Er grinste. Ein freundlicher Typ, sehr sympathisch.

Weil ich nichts sagte und mich ein wenig umguckte, quatschte er einfach weiter.

»*FunFun* ist im dritten Jahr. Wir haben eine Reichweite von etwa hunderttausend Hörern, wenn man alles mitrechnet. Wir kämpfen gerade um die zweite Frequenz im Landkreis. Interessierst du dich für Radio?«

Ich nickte, tatsächlich. Unbewußt. Reine Reaktion.

»Privat oder beruflich?«

Darauf wußte ich erst mal keine Antwort.

»Ich habe in Berlin Radio gemacht. Bis vor einem Jahr«, sagte ich schließlich.

»Und wo?«

»*PowerRock Berlin*.« Ich hatte wirklich große Schwierigkeiten, das zu sagen, verzog wahrscheinlich das Gesicht, spürte ein leichtes Würgen, plötzlich schmeckte der Kaffee nicht. Es war nicht mehr *meine* Station; der Freier ging jetzt zu einer anderen Hure.

»*Coo-ell*«, tönte er, sichtlich begeistert, strahlte. »Wow. So was würden wir auch gerne hinkriegen. Warum die damit aufgehört haben, werde ich nie verstehen.« Er schüttelte den Kopf. »Eine Kacke, was die jetzt machen. Kennst du Kunze? *Don FM*? Natürlich mußt du den kennen. Das ist mein *Held*. Kennst du. Oder?«

Ich glotzte ihn einfach nur an. Bekam eine Gänsehaut.

»Das kann man wohl sagen«, brachte ich zögernd raus. »Bin ich schließlich selbst.«

Nun war es an ihm, zu glotzen. Das »*Coo-ell*« kam erst ein paar Sekunden später. Er nickte: »Deine Stimme kam mir gleich bekannt vor. Mannometer.«

Mir wurde die Situation unangenehm, obwohl sie gleichzeitig natürlich tierisch angenehm war. *Mein Held.* Ich trank den Becher rasch aus, viel zu schnell, und reichte ihn meinem Gegenüber. Mir war nicht nach Heldentum.

»Ich muß.«

Wuschel glotzte immer noch, aber hinter seiner Stirn tikkerte es.

»Wie lange bleibst du in Marbrunn?«

»Weiß noch nicht. Ein paar Tage.«

»Mann, würdest du eine Sendung machen? Irgendwann? Wir zahlen auch.«

»Ich weiß nicht«, antwortete ich. Oder ein Teil von mir.

Er gab mir seine Karte, drückte mir die Hand, schüttelte den Kopf. »*Coo-ell.* Donald Kunze. Wahnsinn. Mann, du bist der beste Radio-DJ in Deutschland. Ehrlich. Ich bin manchmal deinetwegen nachts nach Berlin gefahren. Oder in die Richtung. So weit, bis ich *PowerRock* empfangen konnte.«

»Ach, Quatsch.«

»Doch.«

Die Frau kam aus dem Studio, unterbrach uns, und ich nutzte die Gelegenheit, um mich grußlos aus dem Staub zu machen.

In einem Geschenkeladen kaufte ich so ein hutzliges Teeservice aus Ton, dazu eine Großpackung Wildkirschtee, ließ es gleich weihnachtsmäßig verpacken. Dann hockte ich mich in ein kleines Restaurant, blätterte im *Marbrunner Anzeiger*, futterte Schweinebraten mit Knödeln, trank Mineralwasser. Michael Kranitz hieß der Wuschelkopf, kein Titel. Die Visitenkarte hatte den gleichen amateurhaften Touch wie das T-Shirt. Vermutlich hatte ein Kumpel von einem Kumpel diese Sachen entwickelt. Jedenfalls keine Werbeagentur. Als ich zahlte, steckte ich die Visitenkarte in mein Portemonnaie. Dann stapfte ich in Liddys Wohnung zurück. Weil sie noch nicht da war, kochte ich mir grünen Tee und lauschte *FunFun Radio.* Das war lustig, aber auch schrecklich. Gutwillig hätte man von Lokalkolorit reden können. Der Moderator kämpfte mit der deutschen Sprache, hatte darüber hinaus technische Schwierigkeiten. Das Musikprogramm war übelster Mainstream. Es paßte überhaupt nicht zum Geschwätz zwischen den Titeln, und es war nicht sehr stimmig, vorsichtig gesagt. Musikfarbe? Buntschillernd. Gestreift und kariert. Dazwischen Amateurfunker. *FunFun Radio* war wirklich funny, aber ich konnte mir kaum vorstellen, wie die gegen die heftige Konkurrenz ankamen.

Das erfuhr ich am Abend von Liddy. Kranitz und zwei Kumpels waren die kulturellen Fixpunkte Marbrunns: Ihnen gehörte die einzig funktionierende Disco am Ort, und außerdem die beiden Kneipen, in denen das Leben tobte – seit fast zehn Jahren. Aus einer Bierlaune heraus hatten sich die drei für eine lokale Frequenz beworben – und sie bekommen, wie die Jungfrau undsoweiter. Ein örtlicher Bauunternehmer steuerte etwas Kapital bei, saß auf einem Drittel der Anteile, den Rest besicherten die Jungs über ihre Kneipen. Die *FunFun*-Crew bestand zu neunundneunzig Prozent aus Amateuren, einen Münchener Discjockey hatten sie eingekauft, immerhin für das Morgenprogramm. Der Sender stand kurz vor der Pleite, und von der zweiten Frequenz hing das Überleben ab. Oder sie hofften zumindest, überleben zu können, wenn sie die Frequenz bekämen. Selbst der Hauptsponsor, *Marbrunner Domhof Bräu*, dachte öffentlich darüber nach, die Werbung zu reduzieren – daß der Sender überhaupt noch existierte, war der Tatsache zu verdanken, daß einfach jeder im Ort die drei Jungs kannte und daß sie unglaublich beliebt waren. Aber die Hörerzahlen waren rückläufig; die Loyalität brökkelte. Da der Bauunternehmer momentan auch noch den Fiskus am Hacken hatte, schätzte man die Überlebenschancen gemeinhin gering ein. Liddy meinte, der Kollaps stünde unmittelbar bevor.

Sie erzählte das und beobachtete mich dabei, erwähnte ganz nebenbei, daß sie mal für ein paar Wochen mit Kranitz, dem

Wuschelkopf, zusammengewesen war, was mich nicht störte, wie ich zu erkennen meinte, nur ein bißchen verwunderte. Das allerdings lag an der Fehleinschätzung, der viele erliegen: Man ist geneigt, zu glauben, daß Leute immer den gleichen Typ Partner wählen, und das ist ein dramatischer Trugschluß. Daß es bei *einem selbst* ja auch nicht so ist, scheinen die wenigsten zu merken.

Während ich Liddy ansah, grübelte ich über meine Gefühle. Eigentlich fühlte ich überhaupt nichts, war innerlich noch immer fast völlig leer. Aber der Ort, der Ortswechsel hatte eine angenehme Distanz geschaffen. Schon am ersten Abend kam es mir vor, als sei ich bereits eine ganze Weile hier. Und ansonsten freute ich mich einfach, daß da jemand war, der an mich dachte, dem ich wichtig war oder wenigstens irgendwann mal so wichtig gewesen war, daß es jetzt noch etwas bedeutete. Jedenfalls hielt ich das für einen guten Standpunkt.

Liddy teilte mit, daß wir am späteren Abend in den *Brückenkopf* gehen würden, die Szenekneipe, die Kranitz und seinen Kumpels gehörte, direkt an der Brücke über die Mar.

Der Laden war klein, laut, supergemütlich und brechend voll. Ein Eckgebäude, Altstadt, die Kneipe im Erdgeschoß und im ersten Stock, Schwermetall als Hintergrundmusik, obwohl man von *Hintergrund* kaum reden konnte, jedenfalls lief glücklicherweise nicht das aktuelle *FunFun*-Programm. Liddy zog mich durch die dichte Menge zum Tresen, begrüßte einfach jede und jeden, umarmte, küßte, winkte. Der Wuschelkopf saß am Tresen und redete mit einem dicken Typen etwa in seinem Alter, Glatze, Schweißperlen auf der Kopfhaut, der Dicke nickte die ganze Zeit über, während er offensichtlich angestrengt auf das lauschte, was Kranitz zu erzählen hatte, und hielt sich ein Weißbierglas schräggeneigt vor das Gesicht: Er wollte eigentlich trinken, kam aber vor lauter Nickerei nicht dazu.

»Das ist Charlie«, brüllte Liddy. »Michael kennst du ja schon.«

Der Wuschelkopf sprang vom Hocker, schüttelte mir beidhändig Arm und Ellenbogen, beugte sich dann zu dem Dicken und sagte etwas in dessen Ohr. Charlie rutschte ebenfalls vom Hocker und drückte mir die Hand, sein Gesicht glühte. Liddy winkte zu dem jungen Mann hinter dem Tresen, ein kurzer Mensch mit fröhlichem Gesicht, blonden Stoppelhaaren, etwas jünger als die beiden anderen, schätzte ich. »Das ist Hansi, der dritte im Bunde«, erklärte sie mir, gegen den Lärm ankämpfend.

»Und? Hast du's dir überlegt?« schrie Kranitz.

»Nee. Aber ich denke drüber nach.«

Dachte ich wirklich darüber nach, Radio zu machen? Nee, oder?

Ich dachte darüber nach, ob ich darüber nachdachte, während ich dunkles *Marbrunner Domhof Bräu* trank, eine Spezialität mit fast schwarzem Schaum, für die Marbrunn angeblich ziemlich bekannt war – immerhin schmeckte es. Liddy schwatzte mit dem dicken Charlie und dem agilen Wuschelkopf, ich beobachtete die Leute, Anfang Zwanzig bis Ende Dreißig, freundliches Publikum. Aus Heavy Metal wurde jetzt Clubmusic, etwas ruhiger, etwas netter. Ich dachte an das *Irish Heaven*, an die Kneipen in Berlin. Trotz der enormen Lautstärke war hier so etwas wie Wohnzimmeratmosphäre. Die Leute fühlten sich wohl, sie kannten sich allesamt, es gab keinen Baggerstreß und kein pfauenmäßiges Radschlagen, nur Leute, vor denen so was lächerlich gewirkt hätte.

»Wärst du schon wieder soweit, eine Sendung zu machen?« fragte Liddy irgendwann, sie hatte mich zur Seite genommen.

»Ich weiß nicht.« Ich wußte es wirklich nicht. Ich hatte keine Ahnung, wie ich mich fühlen würde, auf dem Ledersessel im gläsernen Studio, mit den *AKG*-Headphones, die *Penny & Giles*-Fader bedienend, in ein *Schoeps*-Mikro schwatzend. Wie gut ich mich an die Details erinnerte, dabei hatte ich mir das Studio überhaupt nicht genau angesehen. Oder doch?

»Vielleicht solltest du es einfach tun. Oder willst du nie wieder Radio machen?«

»Ich habe echt nicht die leiseste Ahnung.«

Der Wahrheitsgehalt dieser Behauptung war nicht meßbar.

Charlie stand neben uns, ganz plötzlich.

»Wir wissen noch nicht, was morgen nachmittag passieren soll. Unser Jockel ist ausgefallen, grippaler Infekt. Keiner will die Heiligabendschicht übernehmen. Notfalls muß ich das selbst machen.« Er verzog das Gesicht.

»Wie lange?« fragte ich, gegen meinen Willen, vielleicht.

»Na ja.« Er druckste herum. »Ab vier, nachmittags.«

»Bis?«

»Open End. Mitternacht, vier Uhr morgens. Wir wollten eigentlich um zwölf auf ein Mantelprogramm umschalten. Aber das muß nicht sein.«

Eigentlich wollte ich sagen: Wer sollte auch so was Bescheuertes tun, auf ein Mantelprogramm umzuschalten, wenn man einen eigenen Sender hat? Statt dessen bemerkte ich, daß ich fiebrig wurde. Zu zittern begann. *Radio machen*. In ein paar Stunden. Freie Hand. Ich kippte mein *Marbrunner Dunkel*, versuchte, meine Erregung zu überspielen, aber Liddy spürte es, nahm meine linke Hand, so daß kein anderer das sehen konnte, und drückte sie. Die Geste machte mich schlicht und einfach glücklich – und gab mir die Sicherheit, die ich brauchte, um mich zu entscheiden.

»Warum eigentlich nicht?« fragte ich in die Runde, eine rhetorische Frage, während sich Schweißperlen auf meiner Stirn bildeten. Kranitz, der Wuschelkopf, wurde dunkelrot im Gesicht und grinste breit.

»Coo-ell. *Don FM* Kunze bei *FunFun Radio*. Das wird ein denkwürdiger Tag.«

Erst mal wurde es eine denkwürdige Nacht, in der ich ein halbes Dutzend *Marbrunner Dunkel* kippte, ohne besoffen zu werden, und ganz nebenbei das örtliche Who-is-who studierte. Selbst Sedler, der Bauunternehmer, tauchte später auf, gutgelaunt, ein Endfünfziger, dem es nicht allzuviel auszumachen schien, daß ein erfolgloser Sender seine Kohle verpulverte, während das Finanzamt versuchte, sich den Rest zu holen. Der Typ war ein bißchen schmierig, aber auf den ersten Blick nicht gänzlich unsympathisch, und er ging höflich auf die Euphorie ein, mit der mich Kranitz vorstellte, während er offensichtlich – und verständlicherweise – nicht die leiseste Ahnung hatte, was so besonders an mir war. Kurz nach Mitternacht wechselten wir ins *Cellar*, die Disco des FunFun-Trios, die ebenso brechend voll war. Liddy tanzte, während ich in einer ruhigen Ecke mit Charlie und dem Wuschelkopf am Tresen saß und wir unsere unähnlichen Radioerfahrungen austauschten. In einer Gesprächspause sah ich Liddy beim Tanzen zu, und da gab es doch einen kleinen Stich ins Herzlein, als mir der letzte Abend mit ihr einfiel, damals, vor Äonen, die Nacht, in der sie sich besoffen hatte und nach der wir uns trennten – da hatte ich ihr auch beim Tanzen zugesehen. Ich schüttelte den Kopf und unterdrückte eine merkwürdige Aufwallung, dann konzentrierte ich mich wieder auf mein Gegenüber.

»Du kannst morgen machen, was du willst«, sagte Charlie, der für das Musikprogramm von *FunFun* verantwortlich zeichnete – ich sparte mir die Kommentare. Kranitz war ein Mix aus Programmchef, Personalchef und ganz nebenbei noch für die Werbeakquise zuständig, der blonde Hansi fuhr eine Wochenendshow und kümmerte sich hauptsächlich um die Gastronomie, führte außerdem die Bücher, produzierte ein bißchen. Sie hatten mit dem Projekt angefangen, ohne die leiseste Ahnung zu haben, waren von einem Studioausstatter abgezockt worden, von mehreren Produktionsstudios und fast von einer landesweiten Kette, die sie recht bald billig einzukaufen versucht hatte. Wenn man das alles berücksichtigte, war der Erfolg des Senders grandios, es war erstaunlich, daß sie das *erste Halbjahr* überstanden hatten. Sie wußten, daß sie das in erster Linie ihrer Beliebtheit zu verdanken hatten, und der Brauerei, und auch Sedler, der sogar die örtliche CSU auf *FunFun*-Kurs getrimmt hatte.

Bevor wir uns trennten, weil die beiden in die dritte Kneipe wechselten, ich aber mit Liddy langsam nach Hause wollte, sagte ich zu Charlie: »Wir treffen uns um halb zehn in der Station.« Er sah auf die Uhr, es war kurz vor fünf, nickte dann. Ich würde sowieso nicht schlafen können, warum sollten sich da die anderen ausruhen?

FunFun hatte im Keller ein kleines Musikproduktionsstudio. Hansi hatte mal in einer Band gespielt, er produzierte Spots und Jingles für die Station und alles, was an Werbung gebraucht wurde, über die Spots hinaus, die von den Agenturen geliefert wurden. Wir gingen zuerst in den Keller, bastelten einen Trailer für die Weihnachtsshow, einzweifix, nur das Nötigste – ich hörte zum ersten Mal seit Monaten meine eigene Stimme *pur* über Lautsprecher, und es klang gut, nur anfangs etwas zaghaft. Wir kündigten mich nicht an, nur eben eine Heiligabendsendung, die alles Dagewesene in den Schatten stellen würde. Das Band wurde sofort ins Studio gebracht, um halb zwölf lief der Trailer zum erstenmal. Dann tobte ich mit Charlie durch die Archive. Also, Archive. Na ja. Das meiste war aktueller Krempel und nicht mehr ganz aktueller Krempel. Ein Haufen Standards, was man so hat. Oldies, alles, was im Rockbereich bekannt war, irgendwann einmal, viele Singles, wenig Alben. Ausschließlich CDs. Es gab nicht einen einzigen Plattenspieler bei *FunFun*. Ich schnappte mir eine grüne Plastikbox und sammelte alles ein, das mir halbwegs passend schien. Vier oder fünf Sampler mit rockigen, wenigstens poppigen Weihnachtsliedern, hauptsächlich aber andere Sachen. Als Charlie sah, welche Art von Musik ich auswählte, half er mir. Singer-Songwriter, ruhigerer Rock, ein paar Popclassics, solide, hochqualitative Mucke, die keinen stören würde am Heiligabend, aber genug Dynamik hatte, um es ein wenig brummen zu lassen. Ich hatte nicht die leiseste Idee, wie das Programm genau aussehen sollte. Ein paar Reporter mit Mobiltelefonen wären mir recht gewesen. Eine Live-Schaltung ins *Cellar*, das geöffnet hätte. »Nächstes Mal«, sagte Charlie grinsend. Er war aufgeregt, aber lange nicht so wie ich.

Um zwei machte ich einen Abstecher zu Liddy, wir tranken Kaffee, aßen leckeren selbstgebackenen Kuchen, und sie hatte Tränen in den Augen, als sie ihr Geschenk auspackte. Ich bekam *I'm Alive* von Jackson Browne, und ich starrte das Albumcover an, auf dem der gute alte Jackson in Schwarzweiß aus dem Wasser auftaucht, und wußte nicht, was ich sagen sollte.

Dann stapfte ich zurück in die Station, und hatte Bammel, irrsinniges Lampenfieber, wie nie zuvor während meiner Karriere. Was tat ich hier? Ich wollte entspannen, ausspannen, ein wenig Abstand gewinnen. Wollte ich das? Hatte ich nicht eigentlich genug Abstand zu allem, was radiomäßig in Berlin passiert war? Ich wußte es nicht. Egal, zu spät. Kneifen ging nicht, außerdem wollte ich senden. Unbedingt. Eigentlich wollte ich nichts anderes, nie. Meine Hände zitterten, ich rauchte sieben Zigaretten auf dem kurzen Weg, und sie schmeckten scheiße, draußen rauchen in der Kälte schmeckt eben einfach scheiße, immer, aber das war mir Wurst.

Kranitz hatte einen Techniker aufgetrieben, für Notfälle, ansonsten wären wir alleine in der Station, bis kurz vor Mitternacht, da wollte der Wuschelkopf vorbeikommen und nach dem Rechten sehen.

Noch zwanzig Minuten. Der Trailer lief wieder, ich zitterte, als ich meine Stimme hörte. Der Unterschied, hier zu senden, war, daß die Anonymität fehlte, in Marbrunn gab es so was nicht. Wahrscheinlich wußte jetzt schon jeder in der Stadt, wer ich war und was ich tat. Und morgen würden sie mich freundlich grüßen, oder die Augenbrauen hochziehen. Dachte ich mir. Ich dachte vieles, und nicht alles hatte mit Radio zu tun.

Der Techniker erklärte mir die Telefonanlage. Mein Vorgänger gab das Pult frei, kurz vor vier, ich startete das Band mit den Nachrichten, die letzten für heute. Keine Nachrichten während meiner Sendung. Noch zwei Minuten. Ich sprang auf, rannte noch mal aufs Klo, pinkelte in Rekordzeit, sprintete zurück ins Studio, cuete den erstbesten Titel – *Do they know it's Christmas*, diesen Schmachtfetzen, den der notorische Helfer Bob Geldof und ein paar britische Popmusiker unter dem Namen *Band Aid* mal für ein Charity-Projekt aufgenommen hatten, fand in der Kürze der Zeit einfach nichts Besseres, und dieser Titel lief tausendfach heute. Aber das machte nichts. Ich zog mein Mikro hoch, wünschte frohe Weihnachten.

»Heute gibt es Mitmachradio in Marbrunn.« Ich warf einen Blick auf den Techniker, fröstelte ein bißchen dabei, mich über Kopfhörer zu hören. Er zwinkerte mir zu. »Mein Name ist Donald Kunze, ich bin euer Weihnachtsmann, und dies hier ist *FunFun Radio* Marbrunn. Wenn ihr alleine seid oder zu mehreren, wenn euch mulmig ist oder ihr fröhlich seid, wenn ihr was zu sagen habt oder einfach quatschen wollt – ruft mich an. Unsere Nummer ist … äh.« Der Techniker war aufgesprungen und deutete auf die Studiowand hinter mir, da hing ein Poster der Station, mit dem ekligen Logo. Und der Telefonnumer. Ich sagte sie an und startete den ersten Song, irgendwas von *Aztec Camera*. Atmete durch.

Der Rest lief von selbst. Während der ersten Stunde blieb es ruhig, ich erzählte, daß mir Weihnachten früher nichts bedeutet hatte, dafür heute aber um so mehr (obwohl ich nicht genau wußte, *was*), las Tickernachrichten vor, die der Techniker reinreichte, aber nur positive, pendelte mich mit der Musik ein, redete ein paar Minuten mit einem abgefahrenen, aber freundlichen Typen, den seine Freundin verlassen hatte, gestern. Ab der zweiten Stunde hatte ich praktisch ununterbrochen Anrufer auf Sendung. In der dritten Stunde kamen die ersten Besucher, brachten Kekse, setzten sich in den Vorraum, hörten zu, quatschten, rauchten, es wurden immer mehr, einer, der Typ, den seine Freundin verlassen hatte, brachte tatsächlich einen Weihnachtsbaum mit, so ein kleines Plastikding mit fitzelkleinen elektrischen Kerzen. In der vierten Stunde rief der Chef der Brauerei an, erzählte mir, daß er und seine Familie zum ersten Mal den Weihnachtsabend mit Radiohören verbrachten. Fünfhundert Leute könnten sich ab sofort beim Pförtner der Brauerei je eine Kiste *Marbrunner Dunkel* abholen. Zwanzig Minuten später rief der Pförtner an und teilte mit, daß die Kisten weg seien, eigentlich schon seit ein paar Minuten, aber er war vorher einfach nicht durchgekommen. In der fünften Stunde sammelten sich die ersten Besucher draußen, weil der Vorraum voll war. Das Telefon glühte. Ich spielte vielleicht fünf, sechs Titel, den Rest der Zeit verquatschte ich mit den Leuten, ließ es einfach laufen. Es war kurz vor zehn, als die drei Inhaber auftauchten, mit Liddy im Schlepptau. Kranitz stand grinsend vor dem Studiofenster, war überglücklich, Liddy kam rein, als ich den nächsten Titel spielte, und sagte: »Das ist das erste Mal, daß ich dich im Radio höre, weißt du das?«

Ich nickte, war aber von der Stimmung, die ich selbst erzeugt hatte, von der Situation, von einfach *allem* in diesem Moment so gerührt, daß ich nicht sprechen konnte, dafür kullerten mir ein paar dicke Tränen die Backen herunter.

»Du machst das richtig gut«, sagte sie, streichelte meine Schulter. »Richtig gut«, wiederholte sie, nickte dabei. Ich startete den nächsten Titel, seit Stunden zum ersten Mal, ohne zwischendrin was zu sagen. Ich hatte mich lange nicht mehr so gut gefühlt. Ich dachte an die kleine Station in Omaha, in der Lindsey gearbeitet hatte, bevor ich ihn an Vögler verschachert hatte, ich dachte an die Hausfrau im Studio, die bescheidene Ausstattung. Irgendwie war das hier ähnlich. Die Großstadteindrücke waren so fern, radiomäßig war Marbrunn tiefste Provinz. Und das hatte zur Folge, daß dem Ganzen hier eine völlig andere Bedeutung zukam. Es gab zwar keine Anonymität. Zum Austausch steckte man in Null Komma nix in einer ziemlich persönlichen Sache. Davon abgesehen ging es hier, jetzt lange nicht nur um Radio.

Ich sendete bis um fünf Uhr morgens, dreizehn Stunden am Stück, war jedoch kein bißchen müde, als der Morgenmann eintraf und mich ablöste. Der Anruferstrom war nicht abgerissen. Ein paar Leute saßen noch immer im Studio. Kranitz kam mit seiner Freundin, die auch einen Wuschelkopf und eine eckige Brille hatte. Liddy kam ebenfalls, wirkte verschlafen, und wir gingen alle zwei Querstraßen weiter ins *Cellar*, um ein bißchen Weihnachten zu feiern.

Die Resonanz auf die Weihnachtssendung war ziemlich gut, vorsichtig gesagt. Es gab zwar keine Quoten zum Durchsehen am nächsten Tag – die Marktanteilserhebungen kamen Wochen, Monate später und beim Radio niemals für einzelne Sendungen, das konnte sich keine Sau leisten, lohnte sich auch nicht, hatte überhaupt keinen Sinn – das höchste der Gefühle waren Tageszeiterhebungen über die Woche.

Aber es gab Reaktionen. Der Morgenmann aus München kämpfte noch bis zum Ende seiner Sendung mit Anrufen, die eigentlich für mich bestimmt waren.

Ich genoß das Gefühl, das der Job bei mir hinterlassen hatte, die Stimmung, in die ich mich hatte hineinreißen lassen, ganz untypisch; die Hörer waren mir wirklich und nah vorgekommen, so wie niemals zuvor. Selbst wenn ich gerade mit niemandem sprach, sondern einfach ins Mikro quatschte, fühlte ich etwas wie einen neuen Sinn. Ich kommunizierte mit den Hörern. So hatte ich mir das immer gewünscht, aber es war nicht immer gelungen.

Außerdem tat die fast schon klischeehaft freundschaftliche Stimmung im Ort ihr übriges. Bei allen orkanartigen Erfolgen, die *PowerRock* gefeiert hatte, war das hier eine ganz andere Nummer und auf seltsame Art besser. Mir war allerdings gleichzeitig bewußt, daß die Situation in mehrerlei Hinsicht singulär gewesen war, ich hatte Glück gehabt, auch. Ach, scheiße, außerdem war Weihnachten.

In den nächsten Tagen spazierte ich viel durch die Gegend, hockte mich in Cafés und Kneipen, las, beobachtete, hörte zu, wurde von Leuten gegrüßt und grüßte zurück. Abends, wenn Liddy von ihrem Job beim *Anzeiger* kam, aßen wir zusammen, redeten ein bißchen, umschifften heikle Themen.

Wir näherten uns langsam an, auf rein platonische Art, wie ich meinte, was okay war, wie ich zu meinen meinte. Ich rätselte, was aus der Situation werden würde, was in Liddy vorging, hatte aber nicht die Traute, einfach zu fragen – mich selbst auch nicht. Sie kam mir so groß vor, so sicher, und die Situation, in der sie sich hier befand, schien mir unantastbar.

Nachts hockten wir im *Brückenkopf*, gingen ab und zu ins *Cellar*, trafen pausenlos die gleichen Leute und natürlich die Jungs von *FunFun*. Silvester wurde selbstverständlich in der Disco gefeiert, die Karten waren seit Wochen ausverkauft. Es war eine coole, ziemlich lustige Party. Danach kehrte Normalität ein, was hieß, daß wir nur jeden zweiten Tag abends einen trinken gingen und ich ein bißchen mehr Zeit alleine verbrachte, weil sich Liddy häufiger mit Freundinnen traf, zu Auswärtsterminen fuhr undsoweiter. Das neue Jahr hatte angefangen. Noch nie in meinem Leben hatte ich Vorsätze gefaßt für ein kommendes Jahr, aber ich begann tatsächlich damit, über mich nachzudenken und darüber, wie es weitergehen sollte. Darüber, was mich in Berlin erwartete, in ein, zwei, drei Wochen. Irgendwann. Demnächst.

An einem Nachmittag saß ich in dem kleinen Café in der Fußgängerzone. Ich hockte da öfters, las, blätterte durch amerikanische Magazine, durch die Radio-Fachzeitschriften, die mir Kranitz gab, der Wuschelkopf, legte sie aber wieder weg, als ich auf ein Interview mit Vögler wie ficken stieß. Das Zeug war, davon abgesehen, sowieso nicht lesbar. Die Redakteure waren nicht einmal die berühmten Einäugigen unter den Blinden. Sinnloses Geseire über Werbeanteile, Musikanteile, Zusammenlegungen, Mantelprogramme, all diesen unwichtigen, zweitrangigen Schrott. *Formatradio – die Serie, Teil IV*. Hauptsache, eine Fachzeitschrift machen. Daß von denen keiner wirklich *vom Fach* war, schien niemanden zu interessieren. Gibt es eigentlich eine Fachzeitschrift für Redakteure von Fachzeitschriften? Vermutlich.

Zwei Typen saßen am Nebentisch, und ich war hellhörig geworden, weil die beiden erstens ständig lachten und außerdem nicht den örtlichen Dialekt sprachen, *bayerisch-light*. Immerhin, ich war in Franken, was zwar einige Eingeborene als nicht zu Bayern gehörig betrachteten, aber ich hatte schon meine Schwierigkeiten, schnell Gesagtes zu verstehen; alle bemühten sich – in meiner Gegenwart –, deutlich und langsam zu sprechen, machten sich auf diese Weise nett über mich lustig. Die beiden allerdings sprachen hochdeutsch und außerdem so laut, daß ich zuhören *mußte*. Ich unterdrückte den Impuls, mich zu beschweren. Es dauerte nicht lange, da lachte ich mit. Sie sprachen über kein spezielles Thema, sondern warfen sich gegenseitig die Bälle zu, Stichworte, Bonmots, Schlagzeilen, und der jeweils andere kommentierte dann. Einer von beiden hatte ein Yellow-Press-Magazin vor sich, *Das Goldene Blatt* oder so was, eines dieser Blättchen, von dem ich nicht verstand, wer es kaufte oder warum. Jedenfalls las er vor, daß irgendeine Prinzessin ihren Zukünftigen beim Seitensprung erwischt hatte. Der andere sah kurz auf seinen Teller und sagte dann: »Seitensprünge sind wie Hackepeterbrötchen. Erst hat man Heißhunger, aber beim zweiten Bissen schmeckt's schon nicht mehr so, wie man es sich vorgestellt hat. Dafür stinkt man lange aus dem Hals und hat ewig kleine Fleischfetzen zwischen den Zähnen.«

So ging das pausenlos. Ich beömmelte mich. Leider waren die beiden verschwunden, als ich vom Klo kam.

Am gleichen Abend klingelte das Telefon, während ich mit Liddy zu Abend aß. Es war Sedler, der Bauunternehmer, dreißigprozentiger Anteilseigner von *FunFun Radio Marbrunn*. Er wollte sich mit mir treffen. Da nichts anderes anstand und Lydia zu tun hatte – Recherche am Computer, sie hatte da etwas wunderbar Neues, Schweineteures, das sich *Internet* nannte –, verabredete ich mich sofort mit ihm. Eine halbe Stunde später hupte es.

»Das ist Sedler«, sagte Liddy. »Der käme nie auf die Idee, zu klingeln.«

Ich schlüpfte in meine neue Wildlederjacke, von der ich mir überhaupt nicht vorstellen konnte, sie jemals in Berlin zu tragen, küßte Liddy auf die Wange, atmete ihren Duft ein, was sich gut anfühlte. Sie saß bereits vor ihrem PC und hackte so schnell auf der Tastatur herum, daß ich kaum glauben konnte, daß dabei etwas Sinnvolles zustande kam.

»Was machst du?« fragte ich noch, während es zum zweiten Mal hupte.

»Ich suche Daten über jemanden. Eine kleine Affäre.«

»Von hier aus?«

»Klar. Mit dem Computer kann ich weltweit Verbindung mit anderen Computern, Datenbanken aufnehmen.«

»Cool.« Ich drehte mich um, wollte schon gehen. Plötzlich hatte ich einen Gedanken, eine Idee. »Sag mal, du kannst da nach Informationen über Leute suchen?«

Sie nickte. »Und wenn man Glück hat, findet man auch was. Es ist nicht so, daß ich an die Datenbanken des BKA komme oder so. Aber es *kann* ergiebig sein.«

»Könntest du mir einen Gefallen tun?«

»Jeden.«

»Vögler wie ficken. Helmut. Schau doch bei Gelegenheit mal, ob du über den was findest.«

Sie zog die Stirn kraus. Machte sich dann aber eine Notiz. »Vögler *wie ficken*. Helmut. Ich seh' mal nach.«

Sedler saß in seinem blauen Porsche und telefonierte. Ich stapfte zur Beifahrertür und hatte einen Kommentar auf den Lippen, weil das Auto zur Jahreszeit und insbesondere zur Straßensituation so was von überhaupt nicht paßte, daß es fast lächerlich war. Was heißt *fast*. Er hätte mich besser auf Langlaufskiern abgeholt. Ich wußte nicht viel von Autos, aber in dieser Zighundert-PS-Beule mit Breitreifen würde ich mich in etwa so sicher fühlen wie in einem usbekischen Knast. Die Straßen waren spiegelglatt, vor drei Tagen hatte es Eisregen gegeben. Ein Spähpanzer wäre angemessener gewesen. Mit dicken Ketten.

»Hallo«, sagte ich, als ich einstieg, und wollte weiterreden, aber Sedler hatte den Finger zum Mund gehoben.

Er nickte, sagte zweimal »*Joa*« und dann noch irgendwas Bayerisches, das ich absolut nicht verstand. Oachkatzlschwoaf. Die wenigen echten Bayern, denen ich bisher begegnet war, hatten es lustig gefunden, daß wir Preußen sie nicht verstanden. Sedler nickte und legte auf. Er grinste mich breit an.

»I hob grod de zwoate Frequens füras FunFunRadio kloagmacht.« – »Ich habe gerade die zweite Frequenz für *FunFun Radio* klargemacht.« Sedler war der einzige hier, der richtig heftigen Dialekt sprach. Er kam sicher nicht aus der Gegend.

»Schön. Da werden sich die Jungs aber freun.«

Er zwinkerte mir zu, antwortete aber nichts, sondern legte den Gang ein und fuhr vorsichtig los. Natürlich war der Motor die ganze Zeit über gelaufen. Der Sportwagen rutschte ein bißchen hin und her, dann gab Sedler Gas. Das Wetter schien ihn nicht zu interessieren – nach ein paar Minuten hatten wir Marbrunn verlassen und schossen mit zwei Millionen Stundenkilometern über eine stockdunkle, kurvenreiche und eisglatte Landstraße. Offensichtlich konnte der gute Mann mit dem Auto umgehen. Hoffte ich zumindest.

»Wo fahren wir hin?« fragte ich irgendwann.

»In eine Bar, in der du noch nicht warst«, erklärte er, setzte ein Glucksen hintenan.

»Oha.«

Wir fuhren ein paar Minuten, plötzlich sagte Sedler: »Du kannst Loisl zu mir sagen.«

Loisl. Alois. War mir neu.

»Klasse.«

Dann schwiegen wir weiter, ich hatte keine Lust, ein Gespräch zu beginnen. Wir fuhren durch finsteren Wald, draußen gab es nichts zu sehen, aber den Tacho wollte ich auch nicht anstarren, also schloß ich die Augen, dachte ein bißchen nach. »Ehemaliger Erfolgssender kämpft mit den Quoten. *PowerStation Berlin* nach Restrukturierung von eins auf vier. *Wir rollen das Feld von hinten auf*. Ein Gespräch mit Geschäftsführer Helmut Vögler.« Ohne *wie ficken*. Es hinterließ einen sehr, sehr faden Nachgeschmack, damit in der Jetztzeit konfrontiert zu werden. Und ich war traurig, ganz plötzlich. Schade drum. Schade um Lindsey, Hagelmacher, Suszanna, Alexander, die Technikdiva. Was aus denen wohl geworden war?

»Mia san do«, bayerte Sedler. Wir waren also da, so viel verstand ich.

Es war nicht viel zu sehen, ein paar Häuser, wir parkten direkt vor einem. *Abdullah-Bar*. Eines dieser Standard-Neonschilder, wie sie von den Brauereien geliefert werden. Eine Villa, ein großes Wohnhaus.

Abdullah-Bar. Ich mußte an einen Aufenthalt in Kopenhagen denken, eine seltsame Nacht mit ein paar Leuten von einem kleinen dänischen Sender, die mich eingeladen hatten, aus Roskilde, meinte ich zu erinnern. Wir waren in einer Kneipe namens *Tannhäuser* gelandet – offensichtlich ein berühmter Schuppen. Ein sehr schräger Wirt im speckigen Anzug und mit einem Fez auf dem Kopf hatte uns begrüßt. In dem Laden durfte man nicht selbst entscheiden, was man trinken wollte. Schließlich war man *Gast*. Der Wirt entschied, brachte einen Whisky, der am Tag der eigenen Geburt abgefüllt worden war, solche Sachen. Das war frühe Erlebnisgastronomie, *the Danish way*. Zur Freude der anderen Gäste wurden einzelne erwählt, eine Prüfung abzulegen für das offensichtlich heißbegehrte *Abdullah-Diplom* – warum das so hieß, wußte niemand. Früher hatte diese Prüfung darin bestanden, daß man einen Chinaböller in den Arsch gesteckt bekam, den der Wirt im letzten Moment löschte, manchmal aber auch nicht. Außerdem gab es Peitschenhiebe; Fotos von diesen Geschehnissen hingen an der Wand. Diese Art Prüfung war verboten worden, statt dessen gab es jetzt einen *Abdullah-Cocktail* zu trinken (fünfundneunzigprozentiger Alkohol, aufgefüllt mit Tabasco, ein Typ mit offenem Magengeschwür hatte *heftig* zu kämpfen im Anschluß), danach mußte man sich auf ein Nagelbrett legen, bekam den schwersten Gast auf die Brust gestellt, für zehn Sekunden, die der Wirt abzählte. Je nach Laune konnten da schon ein paar Minuten zusammenkommen. Dänen sind wirklich Säue. Was das alles mit *Abdullah* zu tun hatte, war mir verborgen geblieben. Vermutlich nichts. Gastronomischer Dadaismus.

Ich grinste also, als wir die *Abdullah-Bar* betraten, nahm sonst nichts großartig wahr. Sedler sah mich an, grinste ebenfalls aus mir nicht transparenten Gründen.

»Ja, *solche* Bars gibt's in Marbrunn nicht.«

Wir betraten den dunkelrot-plüschigen Laden, mir wurde ein bißchen unbehaglich, aber ich dachte noch immer an das *Tannhäuser*, versuchte, mich an den Namen des Wirtes zu erinnern, trottete hinter Sedler her. Irgendeine Jahreszeit. Winter. Sommer. *Sommer.* Jørgen Sommer. Natürlich. Sedler begrüßte ein paar Leute, einen Türsteher, einen monströsen Türken, der ebenfalls bayerisch sprach, und hauptsächlich Frauen, die alle spärlich gekleidet waren, lingeriemäßig.

Scheiße, wir waren in einem Puff.

Loisl Sedler zog mich zu einem Tisch, Plüschsitzbank im Halbrund, elektrische Kerzen. Es hockten sieben oder acht Gäste in der *Abdullah-Bar*, kaum erkennbar im trübroten Halbdunkel. Gerade als wir uns setzten, begann Musik, und eine Frau betrat die Bühne. Striptease. Scheiße, wir waren wirklich in einem Puff.

»Bier?« fragte Sedler, ich nickte schwach, starrte auf die Bühne. Mir wurde ein bißchen schwindlig, das war die doppelte Vergangenheitskiepe, zu viel an einem Tag. Ich stand auf, ging zum Ausgang, fragte nach dem Klo, schaffte es bis hin, bevor mir die Beine einknickten, schloß mich ein. Dann brach es aus mir heraus, ich heulte, minutenlang, ohne dabei an etwas Spezielles zu denken, das war nicht nötig, es kam in kräftigen Schüben, schüttelte mich. Und dann war es einfach vorbei. Als wäre noch etwas in mir gewesen, etwas, das sich aufgestaut hatte.

Ich blieb noch ein paar Minuten auf dem schwarzgefliesten Klo, dann fühlte ich mich besser. Sedler sah mich seltsam an, als ich zurückkam.

»Was tun wir hier?« fragte ich schließlich.

»Geschäfte«, antwortete Sedler vieldeutig. Er nahm einen Schluck Bier. Meines hatte keine Krone mehr, aber ich kippte es trotzdem. Eigentlich trank man Sekt in Puffs, oder Champagner. Aber mit den Mädels. Glücklicherweise saßen keine an unserem Tisch. Noch nicht?

Sedler deutete auf die Bühne. »Das mußt du sehen.«

Mußte ich nicht. Die Flaschennummer. Hatte ich mal in Amsterdam erlebt. Erst ein Striptease. Dann eine Piccolo, eine halbe Flasche (0,375), eine ganze und eine Magnumflasche Champagner, anderthalb Liter. Eingeführt bis zu der Stelle, an der der Hals in den Bauch übergeht – von der Flasche, natürlich. Nicht sehr lustig, vor allem aber nicht erotisch. In Amsterdam war die Magnumflasche steckengeblieben. Vakuum-Effekt. Ein sich vor Lachen kringelnder Feuerwehrmann hatte den Behälter mit einem kleinen Hämmerchen zerschlagen. Die Tänzerin fand das nicht so riesig komisch.

Ich saß da und kam mir redlich fehl am Platze vor. Nach dem dritten Bier und einer ebenfalls nicht sehr erotischen Lesben-Nummer wandte Sedler sich mir zu.

»Die Burschen verstehen *nichts* vom Rundfunk«, erklärte er. »*FunFun Radio* steht kurz vor dem Konkurs. Selbst mit der zweiten Frequenz wird der Sender nicht überleben können.«

Ich sah ihn an und nickte langsam. Das wußte ich auch schon. Um mir das zu erklären, hätte mich der schmierige Bauunternehmer nicht in diesen ekelhaften Schuppen schleppen müssen.

»Ich habe ein ziemlich gutes Übernahmeangebot. Wir könnten an *Bavaria-Eins* verkaufen und mit einem blauen

Auge aus der Sache kommen. Mit der zweiten Frequenz bliebe sogar noch etwas übrig.«

»Läßt das denn die Landesmedienanstalt einfach so mit sich machen? Kurz nach dem Zuschlag Verkauf an die fast landesweite Kette?«

Sedler lachte laut und unmelodisch.

»Gottchen. Dies ist *Bayern*. Hier wird Politik nicht in den Gremien gemacht, oder in den Landratsämtern.«

Er ließ offen, *wo* die Politik seiner Meinung nach gemacht wurde, aber er nahm wahrscheinlich an, daß die *Abdullah-Bar* zu diesen Orten zählte.

»Warum erzählst du mir das?« fragte ich, hatte inzwischen Schwierigkeiten damit, den Mann zu duzen. Ich erfreute mich an der Vorstellung, *ihn* bei der Flaschennummer auf der Bühne zu sehen.

Der riesige Türke brachte mir ein neues Bier, flüsterte mit Sedler, Sedler schüttelte den Kopf, machte eine Geste, die ich als ›*Später vielleicht*‹ deutete.

»Wir könnten den Marktwert noch erhöhen«, sagte er. Er nickte dabei, grinste mich an. »Ich würde mich das auch ein bißchen was kosten lassen.«

Ich starrte ihn an, sagte nichts, war fassungslos, aber nicht mehr überrascht. Immerhin, im Gegensatz zu Vögler gab es hier kein Spielchen, kein Vortäuschen, keine hinterfotzige Kumpeltour. Sedler sagte frei heraus, was er wollte, wie er es wollte und von wem.

»Deine Sendung war gut. Ein himmelweiter Unterschied zu dem, was die Burschen sonst produzieren. Wenn du das jeden Tag machen könntest, nur für ein paar Wochen, ginge der Kurs nach oben.«

Ich winkte dem Türken.

»Können Sie mir ein Taxi rufen, bitte?«

Liddy saß noch immer vor ihrem Computer, winkte mir zu, ohne sich zu mir umzudrehen. Ich war auf hundertneunzig, stinkwütend, fühlte mich plötzlich um Wochen zurückgeworfen – und unwohl in diesem Ort, der mir bis zum Nachmittag noch so behaglich vorgekommen war.

»Dieser Sedler ist das allerletzte Arschloch«, donnerte ich.

Sie nickte nur.

»Er will den Sender verkaufen, aber vorher soll ich ihm noch dabei helfen, den Marktwert zu steigern.«

Lydia drehte sich zu mir um. »Was hast du denn gedacht? Daß Sedler nur einen mit dir trinken will? Der macht nichts einfach so.«

»So ein Arschloch«, wiederholte ich. Mir taten die Jungs leid, die *Burschen*, diese drei blauäugigen Glücksgastronomen, für die die Welt nur aus Leuten bestand, mit denen man befreundet ist – oder feiert. Oder beides.

»Mach dir nicht zu viele Gedanken.«

»Nicht?«

»Ich habe hier was für dich«, erklärte sie, hob ein paar Blätter vom Schreibtisch. »Dein Vögler hat nicht immer Vögler geheißen.«

Sedler hatte eigentlich recht. Die Burschen verstanden nichts, null, nada, niente von Radio. Wer einen Pinsel und eine Leinwand hat, ist damit noch lange kein affengeiler Maler. Ein Paar komische Schuhe und ein Tutu machen noch keine Ballerina. Zwei Plattenspieler und ein Mixer sind noch keine Radiostation. Leute wie Lindsey Cunningham gab es nicht ohne Grund auf dem Planeten. *FunFun Radio* Marbrunn war *Offener Kanal* auf leicht erhöhtem Niveau. Selbst wenn ich ein paar Sendungen fuhr. Vielleicht dann erst recht – es hätte den gleichen Effekt, wie auf meine Grundschulklasse gehabt: Das allgemeine Niveau sinkt, wenn Exponenten auftauchen.

Es war wahrscheinlich eine gute Idee, die Station zu verkaufen. Wenn Sedler dreißig Prozent besaß, gehörten die restlichen siebzig den Burschen. Eine solide Pleite, und sie wären ihre Kneipen los, den *Brückenkopf*, das *Cellar*, den *Dompfaff*. Wenn *FunFun Radio* tatsächlich kurz vor dem Konkurs stand, dann müßten sie sich schnell entscheiden.

Außerdem waren das alles nicht meine Probleme. Kranitz, Charlie und Hansi waren mir supersympathisch, aber nicht meine Freunde – sondern Bekannte in einem Ort, in dem ich Urlaub machte. Ich beschloß, diesen Krempel aus meinem Kopf zu verdrängen und mir langsam, aber sicher Gedanken über meine Rückkehr zu machen. *101,1 MHz PowerRock Berlin* verschwand im Quotenkeller. Und hieß nicht mal mehr so. Vielleicht gab es eine Möglichkeit, daran etwas zu ändern. Vielleicht war irgendwas zu retten.

Was Liddy anging, meinte ich, herausgefunden zu haben, daß sie *nichts* von mir wollte. Sie hatte mir einen Freundschaftsdienst erwiesen, als Reminiszenz an die vergangenen Zeiten, eben weil ich ihr mal sehr viel bedeutet hatte. Wir näherten uns nicht an, und wir entfernten uns nicht, gingen freundschaftlich miteinander um, und es war keine Vermeidung des Themas Liebe, wie ich erst vermutet hatte: Das Thema existierte einfach nicht, nicht mehr. Ich fühlte mich unendlich wohl in ihrer Gegenwart, aber ich starrte ihre Beine nicht mehr an und verlor mich nicht in ihren grünen Augen; um ehrlich zu sein – ich mied sie sogar, die Augen. Mir fehlte das Recht. Irgendwie. Glaubte ich.

Freundschaft nennt man das wohl, sagte ich mir. Geht eigentlich nicht zwischen Mann und Frau, höchstens, wenn einer von beiden über hundert ist, behaupten viele. Geht doch, behaupte ich. Wenn man will. Wenn man nichts anderes will. Ich wollte *nichts*, befand mich ohnehin zu tief im Gedankenwirrwarr, und ich schätzte, Liddy ging es ebenso. War eigentlich sicher. Wenigstens in einer Sache wollte ich mir ein bißchen sicher sein ... Liddy hatte doch gesagt, daß sie mich nicht vermißt hatte.

Außerdem wollte ich auf jeden Fall nach Berlin zurück.

»Ich will nach Berlin zurück«, verkündete ich, als wir uns gerade einkleideten, um in den *Brückenkopf* zu gehen.

Liddy zog eine Augenbraue hoch, das dazugehörige Auge strahlte skeptisch-grün.

»Echt? Wann?«

»So bald wie möglich.«

»Warum?«

»Das ist meine Stadt, da gehöre ich hin. Hier bin ich doch nur Gast.« Ich spuckte das Wort regelrecht aus. Gast. *Kunde*. Sedler hatte mir das gute Gefühl, in Marbrunn zu sein, ziemlich vermiest.

»Und was willst du machen?« fragte sie mürrisch.

Ich schob mich in die gefütterte Jacke, das Gefühl war immer noch ungewohnt. Betrachtete mich im Spiegel, um Liddy nicht ansehen zu müssen.

»Mal sehen. Lindsey auftreiben, falls er überhaupt noch in Deutschland ist. Ein paar von den anderen Leuten. Vielleicht sogar mit Vögler reden.«

»Fick«, korrigierte sie. Ich nickte, grinste vor mich hin. Fick. Hieß das Arschloch doch tatsächlich *Fick*. Nicht Vögler wie ficken, sondern Fick *wie vögeln*. Ursprünglich jedenfalls.

Liddy griff meine Schulter und drehte mich zu sich.

»Kannst du eigentlich an nichts anderes denken? Gibt es wirklich nichts außer Radio für dich? Ist dir bewußt, daß man auch fasziniert von einer Sache sein kann, ohne *alles* andere zu ignorieren? Ein paar Leute schaffen das.«

Ich zog die Stirn kraus. »Was meinst du?«

»Das weißt du nicht? Hast du nicht einmal eine Ahnung?«

Nach einer kurzen Pause antwortete ich: »Nö.« Ich wußte wirklich nicht, worauf sie hinauswollte. Wahrscheinlich. Vielleicht wollte ich es nicht wissen. Es war der falsche Zeitpunkt, mein Lebensparadigma in Frage zu stellen.

»Dir ist nicht zu helfen«, sagte sie, recht leise, schob mich aus der Tür. Im Spiegel sah ich noch kurz ihr Gesicht. Es sah traurig aus. Glaubte ich. War aber vielleicht nur eine Täuschung.

Liddy verschwand nach einem gesprächslosen Bier, verabschiedete sich mit einem kaum spürbaren Wangenkuß; etwas später saß ich mit Charlie an einem Tisch. Er hatte noch ein paarmal versucht, mich dazu zu überreden, eine Sendung zu machen, und irgendwann aufgegeben. Wir redeten über die neue Frequenz, widerwillig, was mich anbetraf. Charlie war euphorisch.

»Mann, doppelt so viele Hörer. Fast der gesamte Landkreis. Damit müßte es klappen.« Er strahlte. Ich kämpfte einen Moment lang mit mir selbst – es war nur fair, nicht die Schnauze zu halten.

»Sedler will euch verkaufen.«

Sein Gesicht fiel zusammen.

»Er dealt schon mit *Bavaria-Eins*. Mit der zweiten Frequenz hat er eine bessere Basis. Irgendwie hat er da getrickst, aber frag mich nicht, wie genau.«

Charlie japste, Schweißperlen bildeten sich auf seiner Glatze. »Woher weißt du das?«

»Er hat es mir selbst erzählt.« Ich berichtete von dem Abend in der *Abdullah-Bar*.

»Verflucht. Das kann er nicht.«

»Bist du da sicher?«

Er sah mich an, der dicke, gemütliche Junge, *Bursche*. Dann schüttelte er langsam den Kopf.

»Wir sind ohnehin verschuldet. Mit Sedler stehen und fallen die Kredite, vielleicht fällt Sedler selbst bald. Er kann uns ziemlich unter Druck setzen. Wir verlieren alles, wenn er den Hahn abdreht. Alles. Es gibt keine andere Lösung, die Brauerei hat abgewinkt – wir haben es versucht. Ihnen die Hälfte geboten.«

»Verkauft«, sagte ich. »Das ist das beste, was ihr tun könnt. Sonst verliert ihr die Läden, die Disco. Ihr könnt sogar im Knast landen – als Geschäftsführer, Sedler hält schließlich nur Anteile. Schon mal was von Konkursverschleppung gehört?«

Charlie schüttelte traurig den Kopf. Ich war selbst kein Geschäftsmann, bin nie einer gewesen, Gott sei's getrommelt, aber so viel wußte ich schon.

Der Abend verlief weiter in diesem Stil. Kranitz kam an, zum Schluß der blonde Hansi. Ich verabschiedete mich, ohne zu sagen, daß ich ganz weggehen würde, trank noch ein paar ungemütliche Runden im *Cellar*.

Als ich am nächsten Morgen erwachte, war Liddy schon weg. Ich packte meinen Krempel, schrieb einen Zettel und stapfte zum Bahnhof. Sieben Stunden später stand ich vor meiner Wohnungstür. Da hing ein Briefumschlag, verkehrt herum, an meine Tür gepinnt. »Ruf mich an, Arschloch. DRINGEND. Ich bin in Berlin. Frank.« Und eine Telefonnummer.

Der Berg Post hinter meiner Tür war nicht so hoch, wie er vor einem Jahr noch gewesen wäre. Ich schob ihn beiseite. Es war kühl, roch ungemütlich. Ich schraubte die Heizungsthermostate hoch. Dann ging ich einkaufen, den Zettel von Frank in meiner Tasche. Aus einer naßkalten Telefonzelle rief ich ihn an.

»Mann, du hättest dich auch *richtig* von Liddy verabschieden können«, brüllte er.

»Woher weißt du?« fragte ich konsterniert.

»Ich bin heute morgen in Berlin angekommen. Habe mit ihr telefoniert. Ich war die ganze Zeit in Japan.«

»Japan«, wiederholte ich, leicht verwirrt. Dortmund lag doch ... im Ruhrgebiet. Oder? Jedenfalls in dieser Ecke. Nicht in Japan.

»Natürlich Scheiß-Japan. *Limited Frustrations* sind da seit vier Monaten Nummer eins. Wußtest du das nicht?»

Ich schüttelte den Kopf, sagte aber nichts. Was interessierte mich das schon?

»Herzlichen Glückwunsch«, brachte ich heraus, in der Annahme, daß er etwas damit zu tun hatte, was hätte er sonst in Japan zu suchen gehabt? Dann klingelte es bei mir. Stimmt ja. Die Band, die *ich* finanziert hatte.

»Nummer eins?« fragte ich unsicher nach. »In Japan?«

»Japan, Südkorea, Taiwan. In den Charts in Australien. Nummer zwei in Neuseeland. Aber am meisten fahren die Japse darauf ab, die *lieben* es. Ich war zum Tourneestart hier.«

»Cool.«

»Das kannst du laut sagen, Alter. Wo treffen wir uns?«

»Äh. Keine Ahnung.« Ich blickte quer über den Platz, das *Irish Heaven* war noch immer dicht. Natürlich.

»Komm zu mir, ich wohne im *Kempi*.«

Ich starrte auf meine Plastiktüten und sagte »Okay«.

Frank war schwer gealtert, hatte mächtig graue Haare, jede Menge Fältchen im Gesicht, sah tierisch übermüdet aus, was den Eindruck wahrscheinlich verstärkte, und ich fragte mich, wie ich wohl auf ihn wirkte – wie ich aussah, für ihn. Das sind diese Momente, in denen einem bewußt wird, daß der Fortgang des Lebens nicht nur durch den Kauf der nächsten Schachtel Zigaretten markiert wird.

Er strahlte, grinste breit, riß mich an sich, klopfte mir auf den Rücken, der in der dicken Wildlederjacke steckte. Mit dem leicht lächerlichen *Popper*, der in meinem Laden gestanden und von einer Mischung aus *Culture Club* und *Camouflage* geträumt hatte, gab es keine Gemeinsamkeiten mehr. Bis auf das Grinsen. Wie auf dem Weg zur Tanzfläche, im *V.I.P.-Club*. Den es glücklicherweise seit Jahren nicht mehr gab.

»Kempinski«, kommentierte ich, ein Kopfnicken in Richtung Rezeption.

»Japan«, antwortete er. »Scheiß-*Nummer-eins*. Seit vier Monaten. Hast du eine Ahnung, wieviel verkaufte Platten das sind?«

»Nee.«

Er wußte es auch nicht genau. »Jede Menge«, antwortete er sich selbst. »Komm, wir trinken einen.«

Das war eine gute Idee, außerdem war es ja schon dunkel.

Wir tranken nicht einen, sondern eine Menge. Alte Zeiten sind manchmal wunderschön, und wir hatten einen guten Anteil davon gemeinsam verbracht, im *Your Sound*, in den Kneipen, im Anschluß an meine erste Sendung beim *Offenen Kanal*, und auch danach noch, allerdings mit rasch abnehmender Tendenz. Frank war aus Berlin abgehauen, bevor wir uns entscheiden mußten, wie sich das Verhältnis entwickeln würde, und hatte uns damit die Entscheidung abgenommen.

Erst erzählte ich, anfangs etwas unlocker, dann er: Das Studio, lauter Durchgeknallte, Produktionen für lau, Wasser und Brot sozusagen, ambitionierte Bands mit Potential, die aber keiner kaufen wollte. Bis die kleine Geldspritze von mir kam, die ich längst vergessen hatte. Veronikas Geld – *Nicas* Geld. Das eigene Label. *Your Sound Records*.

Ich erzählte ihm, wer *Limited Frustrations* tatsächlich finanziert hatte – und wie. Er nickte stumm, hob sein Glas auf Veronika. Ich tat es ihm gleich, Tränen kullerten, dann umarmte er mich.

»Was willst du mit dem Geld machen? Eine Radiostation?«

»Wie? Was für Geld?«

»Bist du völlig bescheuert? Mann, du bist *reich*. Hast jetzt richtig dicke Kohle. Ich kann dir noch nicht genau sagen, wieviel. Aber es ist *viel*.«

Ich war vor den Kopf geschlagen. Natürlich. War ja nur logisch. Wenn eine Band Erfolg hat, verdient man damit viel Geld.

»Du kannst ja das Geld von Veronika zurückzahlen«, schlug ich zaghaft vor. Ich wußte mit der Situation nichts anzufangen, überhaupt nichts. Geld. Hatte mir nie etwas bedeutet. Eine Sache, die ich meinen Eltern zu verdanken hatte: Bewältigung durch Negation. Ihnen hatten Geld und Besitz *alles* bedeutet, am liebsten hätten sie sich die Kontostände auf die Stirn tätowiert, leicht beschönigt. Mir bedeutete Radio machen alles. Geld war etwas, das man in der Tasche hatte, zum Zigarettenziehen – natürlich nie die richtigen Münzen. Geld kam aus Geldautomaten, meistens. Deshalb heißen die so.

Was Frank dann brüllte, war nicht zu verstehen. Er bekam eine Art Tobsuchtsanfall. Rannte auf Klo, kam ein paar Minuten später wieder, sah etwas frischer aus, sogar jünger. Er blieb vor mir stehen, immer noch luxseifenrot im Gesicht.

»Du bist nur doof, weißt du das? Reißt dir den Arsch auf, um *nichts* zu erreichen, außer kurzzeitig berühmt zu werden, Radio zu machen für diese ...« – er machte eine Handbewegung, die interessanterweise die anderen Gäste in der Bar des Kempinski einschloß – »... Arschlöcher.« Er sagte das so laut, daß sich ein paar der Anwesenden peinlich berührt abwendeten, ein dicker Glatzkopf mit riesiger Zigarre in der Hand lachte. Der Rezeptionist zog die Augenbrauen hoch.

»Du bekommst die Hälfte von dem, was ich verdient habe. Plus Rückzahlung des Anteils. Wenn du es nicht nimmst, schmeiße ich die Kohle eben weg.«

Er setzte sich wieder. Ich dachte nach, ohne genau zu wissen, worüber. Was würde Liddy sagen?

»Andererseits«, begann er und lächelte.

»Nein!« Ich hob die Hände. »Du hast ja recht. Es ist nur ein wenig ... überraschend.«

Natürlich war das auch mein Erfolg, ich hatte ihn ja finanziert – indirekt zumindest, nach meinem Gefühl. Es war üblich, den Gewinn unter denjenigen aufzuteilen, die ihn möglich gemacht hatten. Und Veronika war tot.

»Wow«, sagte ich. Dann tranken wir weiter.

Zwei Tage später besaß ich wieder ein Telefon, erstaunlicherweise, so ein kleines Funkding, mit dem man von überall telefonieren konnte, Frank hatte es mir geschenkt; ich rief Liddy an und entschuldigte mich bei ihr für die rasche Abreise. Sie sagte: »Ist schon okay. Meld dich halt mal.« Bevor ich etwas antworten konnte, kam: »Du, ich bin in Eile.« Und sie legte auf.

Frank blieb einige Tage in Berlin, sein Label hatte zwar *Limited Frustrations* verlegt, aber es gab noch keine Plattenfirma für Deutschland. Das Album war nicht zu haben, bei uns. Kein Wunder also, daß ich nichts davon gehört hatte. Davon abgesehen hatte ich mich seit einem Dreivierteljahr nicht mehr für so was interessiert. Seine Verhandlungsposition war natürlich, vorsichtig ausgedrückt, erstklassig. Ich brachte ihn im Taxi zum Flughafen, von wo aus er nach Dortmund zurückflog. Drei brauchbare Angebote hatte er im Sack. Er wollte sich in den nächsten Tagen wieder melden. Mir einen ersten Scheck schicken. Einen *dicken*.

»Was ist mit Liddy?« fragte er mich, während er in der Schlange stand, um einzuchecken. Ich trug noch immer die Wildlederjacke, war ein bißchen geistesabwesend: Wir hatten *PowerStation* im Taxi gehört, ich mußte den Taxifahrer zwingen, den Sender reinzudrehen. »Ist doch Scheiße«, hatte er gemurmelt. »Nicht mehr gut.«

»Was soll mit Liddy sein?«

»Du bist wirklich total doof«, erklärte Frank grinsend, dann war er an der Reihe, klopfte mir abermals auf die Jacke, verschwand. Ich blieb eine ganze Weile stehen, hörte die Ansage, daß die Maschine gestartet war, sah sie davonfliegen, und ich freute mir die Arschbacken ab. Für Frank.

Auf dem Heimweg nötigte ich den nächsten Taxifahrer, *PowerStation* einzuschalten. Geist- und gesichtsloser Mainstreamdreck, Hit auf Hit, davon ein gut Teil Coverversionen älterer Hits und inhaltsleere Moderationen, Jingles zum Fürchten, genau das, was alle machten. Aber keine Spots von Coke oder Nike. Statt dessen relativ üble Provinzwerbung. Die Garage an der Ecke. Der Makler von zwei Straßen weiter. Und jede Menge Eigenwerbung. Gewinnspiele und Ankündigungen für Gewinnspiele.

War die Zeit für Rock vorbei, oder hatten die Sender einfach nur den Rock begraben? Beides stimmte nicht. Natürlich wäre das Konzept früher oder später überarbeitungswürdig geworden, natürlich veränderte sich die Musik. Eine Hörerschar, die mit dem Sender altert, bringt wirklich nichts, niemandem, und keiner will wirklich auf ewig *Smoke On The Water* hören. Aber Idiotentechno und gelangweilt verpoppte Coverversionen waren auch keine Antwort, vor allem nicht garniert mit gezwungen-jugendlichen Moderationen, denen man anmerkte, daß die DJs dabei gegen den Würgereiz ankämpften. Oder immer noch dämlichere Gewinnspiele. Bestechung der Hörer. Welcher Idiot hatte das erfunden? Was hatte ein Radiosender davon, wenn er gehört wurde, nur weil die Leute auf eine Chance hofften, ein paar Tausender abzuzocken? Das ist doch widersinnig. Radio als Sekundärprostitution. Nur, daß hier die Nutte bezahlte.

Kannst du eigentlich an nichts anderes denken? hatte Liddy gefragt. Nein, sagte ich mir. Kann ich nicht.

Ich ließ mich an einem Restaurant in der Nähe des Marheinekeplatzes absetzen, bestellte was und versuchte danach, Cunningham ausfindig zu machen. Das war nicht schwer. Er wohnte noch da, wo er vor über einem Jahr gewohnt hatte. Gleich bei mir um die Ecke. Sagte mir die nette Frau von *Mannesmann Mobilfunk*, während ich mein Steak kaute. Moderne Zeiten. Cool. Ich hielt den Apparillo in der Hand und starrte ihn an. Zauberei.

Lindsey sah wüst aus. Völlig heruntergekommen. Stoppelbart, irgendwie *unsauberes* Gesicht, trübrote Augen, dicke Ränder drum herum. Er erkannte mich nicht, stand in speckigen Boxershorts in der Tür, schien zu zittern; er hielt mich für den Postboten, einen Werbefritzen, den Gaszählerableser. Das Aussehen des Collegeboys entsprach zum ersten Mal seinem Alter. Ich verkniff mir, das *Endlich* zu denken. Das war kein Fortschritt, nur Verlust.

»Was wollen Sie?« fragte er, schwerer Akzent, irgendeine Droge hatte ihn fest im Griff, zumindest die Nachwehen irgendeiner Droge. Ich fühlte mich *sehr* übel. Das hier war meine Schuld. Ich hatte ihn überredet, zwar in gutem Glauben, aber das war egal.

»*Einen blasen*«, sagte ich.

»What?« Er glotzte mich an, dabei weiteten sich seine Augen ein wenig. »Fuck. *Kunnße*. Du Arschloch.«

Er drehte sich um und ging weg, ließ aber die Tür offen. Das war schon der zweite, der mich innerhalb eines Tages »Arschloch« genannt hatte.

Seine Wohnung glich einem Trümmerfeld, und es stank, wie damals in der WG, in der Veronika gewohnt hatte. Überall lag Müll, dazwischen jede Menge Papiere, in der Ecke ein blauer Plastiksack, aus dem ein verkehrt herum aufgerolltes *PowerRock Berlin*-Poster herausragte.

Er stand vor einem wackligen Tisch und kramte herum. Dann drehte er sich zu mir.

»Das kannst du wiederhaben«, sagte er.

Die Visitenkarte. *Director, Music and Programming*. Mit der ich ihn nach Berlin gelockt hatte. Auf Vögler-Art.

Lindsey ging in ein angrenzendes Zimmer und schlug die Tür hinter sich zu, in einer Weise, die keine Fragen offenließ. Laß dich hier nie wieder sehen, hieß das. *Friß Scheiße und verrecke*. Egal was, egal wie, aber verschwinde aus meinem Leben.

Ich hielt das Stück Pappe in den Händen, starrte auf die Goldprägung. Was wollte ich hier? Mich entschuldigen? Entschuldigen? Scheiße, nicht ich war das Arschloch – das Arschloch hieß Vögler. Lindsey war auf dem falschen Dampfer. Teilweise jedenfalls.

Ich setzte mich vorsichtig auf eine Art Stuhl, genau war das nicht zu erkennen, und beschloß, zu warten.

Zehn Minuten später kam Lindsey zurück. Er hatte geduscht und sich angezogen. Sah noch immer schrecklich aus, aber nicht mehr mitleiderregend. Eher *penner*schrecklich. Sieht halt so aus. Berufskleidung. Hätte er mir gesagt, er müßte jetzt runter zum U-Bahnhof, um dort zu betteln, dann hätte mich das nicht erstaunt.

»Du bist ja immer noch da.«

»Es war nicht meine Schuld, Lindsey. Nicht wirklich. Vögler hat mich genauso abgezockt.«

Er blinzelte, wurde langsam wacher. Die Rötung seiner Augen gab sich langsam. Koks? Crack? Heroin? Oder doch nur ganz simpler Alk, in hoher Dosierung?

»Und warum bist du einfach verschwunden?«

Ich seufzte.

Lindsey hatte einen Monat nach mir die rote Karte bekommen. Nachdem er sich beharrlich geweigert hatte, die neue

Programmierung nach Vöglers Vorgaben umzusetzen, war er gebeten worden, das *Team* zu verlassen. Als er versucht hatte, sein kleines Computerprogramm und die vielen Archivdaten mitzunehmen, hatte es richtig großen Ärger gegeben, Abmahnungen, Einstweilige Verfügungen, solche Sachen. Seitdem hockte er in der Bude, arbeitete zwei Tage in der Woche in einem ziemlich abgefuckten Plattenladen, lebte ansonsten vom Rest seiner Kohle. Welche Droge er nahm, verriet er mir nicht.

»Warum bist du nicht zurückgegangen? In die Staaten?«

»Zurück? Nachdem ich in *fucking Deutschland* auf die Schnauze gefallen bin?«

»Wer weiß das schon drüben?«

»Alle wissen das. Ich habe ja schließlich selbst dafür gesorgt. Als *PowerRock* auf eins war, habe ich Briefe geschrieben. Ein paar Leute angerufen. Mich selbst gefeiert, als den größten Programmer von allen.«

»Aha.«

»Außerdem konnte ich nicht weg. Eine kleine Nutte hat versucht, mir ein Kind anzuhängen.«

Ich lachte, gegen meinen Willen.

»Das war *nicht* lustig.« Dann lachte er auch. Der Bann war gebrochen.

Was er mir dann erzählte, war hochinteressant.

»Vögler braucht dringend Geld. Sein Konzept ist nicht aufgegangen. Er wandelt *PowerStation* in eine Aktiengesellschaft um und sucht händeringend nach Investoren. Irgendwelche Verhandlungen sind gescheitert, aber ich weiß nichts Genaues.«

»Ach was«, sagte ich und grinste so breit, daß es fast weh tat. »Dann kann ich mit dem Gespräch ja noch ein bißchen warten.«

Es war kein Problem, Lindsey zu überreden, und es war nicht das allergeringste Problem, mich selbst zu überreden. Ein paar Telefonate, ein paar Gespräche, mein Steuer- und Anlageberater, Frank, Gewerbeamt, ein Broker, die Bank, solche Leute. Zwei Tage später schlugen wir in Marbrunn auf. Kranitz, der Wuschelkopf, holte uns vom Bahnhof ab.

»Du *mußt* das nicht tun«, sagte er zur Begrüßung. Wir hatten stundenlang telefoniert, ich schleppte einen Sack voll Ersatzakkus mit mir herum. Ganz so toll waren die Zeiten doch nicht. Nach zwanzig Minuten machte das knochenförmige Mistding die Beine breit, energietechnisch.

»Ich weiß«, antwortete ich. »Aber ich *will*.«

Ich wollte Liddy nicht zur Last fallen, vor allem nicht mit einem zweiten Gast, und bezog mit Lindsey eine Suite im Domhotel. Und ich mußte ihn im Blick haben, möglichst rund um die Uhr: Irgendwas stimmte nicht mit dem Collegeboy, obwohl er schon deutlich besser aussah, jetzt, wo es etwas zu tun gab, aber er zitterte, konnte die Augen nicht gerade halten, wich Blicken aus.

Ein Münchener Anwalt regelte das Geschäftliche. Ich übernahm die Bürgschaften, zahlte einen Teil der Schulden zurück, wir kauften Sedler aus, der viel dringender Bargeld nötig hatte, als alle ahnten. Trotzdem war es nicht leicht, ihn zu überzeugen, vorsichtig gesagt. Er wehrte sich mit Händen und Füßen, bis ich anbot, die aktuelle Vertragssituation und alle Verstrickungen von meinen Anwälten prüfen zu lassen. Da sagte er dann zähneknirschend zu.

Dreißig Prozent von *FunFun Radio* gehörten mir.

Ich besaß zum ersten Mal eine Radiostation.

Eine Woche später war es soweit, daß wir das Team einweihen konnten. Auch in die Tatsache, daß die meisten von ihnen ihren Job verlieren würden. Es gab Tränen, aber ein paar Leute waren auch froh, erleichtert. Sie wußten, daß sie nicht gerade dazu beigetragen hatten, aus *FunFun* einen erfolgreichen Sender zu machen. Einige wenige hielten wir für ausbaufähig. Lindsey kaufte Platten, schrieb Programmschemata, fütterte die Computer. Er liebte den Ort, die Kneipen, fühlte sich wie in Omaha, Boise, Manchester/New Hampshire. Hier konnte er zum Helden werden.

Kranitz, Charlie und Hansi wurden vollständig abgemeldet. Wir hatten ihnen Stationsverbot erteilt, freundlich und einvernehmlich. *FunFun Radio* nahm sich eine zweiwöchige Sendepause. Zwei Wochen. In Berlin hatten wir das geschafft, warum nicht in Marbrunn? Wir sendeten ein paar Bänder, hundertachtzig Minuten, in ständiger Wiederholung, mit Musik und der Ankündigung, daß es bald wieder Radio gäbe für Marbrunn. *Neues* Radio für Marbrunn. Wie das heißen würde, sollten die Hörer entscheiden. Nicht mehr *FunFun Radio*, die Amateurzeiten waren vorbei. Einmal pro Stunde lief ein Trailer, in der ersten Woche, mit der Bitte um Vorschläge. Ein Gewinnspiel. Eine Kiste *Marbrunner Dunkel*. Eine ganze Kiste. Wir bekamen kistenweise Post.

Liddy wahrte Distanz. Sie war zwar herzlich, begrüßte mich, umarmte, küßte mich auf die Wange, wenn wir uns trafen, ging dann aber sofort wieder ihrer Wege. Ich sah sie selten im *Brückenkopf* oder im *Cellar*, und das kam mir ein bißchen komisch vor: Ich hatte nicht den Eindruck gehabt, sie wäre meinetwegen in die Läden gegangen, als ich Urlaub in Marbrunn machte. Aber mein Kopf war voll mit anderen Dingen. Ich hatte eine Radiostation aufzubauen. Meine eigene. Gut, sie gehörte mir nicht alleine. Aber wenigstens nicht mir und irgendeinem *Ficker*.

Am Ende der ersten Woche sortierten wir die Vorschläge. Da waren obskure Sachen dabei, seltsame, abartige, lustige, interessante, aber meistenteils Mist in der Richtung *Landfunk Marbrunn* oder so, aber wir planten kein Radio für katholische Bauernwitwen. Immerhin: Viertausend Ideen. Zwei blieben, zwar nicht die originellsten, aber diejenigen, mit denen man arbeiten konnte: *M.B.R. – MarBrunn Radio*. Und *Neues Radio Marbrunn*. Weil sich *NRM* nicht so gut aussprach wie *MBR*, vor allem in englisch, entschieden wir uns für letzteres. Hansi durfte die Station wieder betreten, ging mit Lindsey in den Keller und produzierte Jingles. Wir hatten keine Zeit für *JAM Productions*, und auch nicht genug Geld. Hagelmacher reiste an, löste Hansi im Studio ab, redete kein Wort mit mir, kam nur, weil Lindsey ihn gebeten hatte. Am Tag vor Sendestart standen die Spots, die Jingles, die Trailer. Marbrunner Kinderchor. Eine Gesangsgruppe, die normalerweise Choräle intonierte. Ein paar Musiker, die sich für die Punker von Marbrunn hielten, aber eigentlich schrecklich nette, mittelmäßig gute Mainstreamer waren. Ein Typ, der Schlager nachsang. Hausfrauen. Studentinnen.

Viel schwerer als die technische und logistische Vorbereitung war es wieder, Moderatoren zu finden, Discjockeys. Bis auf den Münchener Morgenmann, den wir auf den frühen Abend verlegt hatten, und mich selbst für die Nacht, *natürlich*, gab es nur zweite Wahl. Leute, die zwar halbwegs sprechen konnten, aber nichts zu sagen hatten. Leute, die halbwegs frei reden konnten, aber nichtssagende Stimmen hatten. Natürlich hätte ich ein, zwei Wochen lang zehn, vierzehn Stunden pro Tag senden können. Aber das wäre nicht einmal die zweitbeste Lösung gewesen. Scheiße, am liebsten hätte ich natürlich twentyfour-seven gemacht, vierundzwanzig Stunden-Sieben Tage, aber selbst ich kapierte, daß meine Ressourcen begrenzt waren. Und außerdem sollte es kein Kunze-Personality-Radio werden.

Wir fanden schließlich einen Typen für das Mittagsprogramm, einen Kellner aus dem *Brückenkopf*. Coole Stimme, und was er sagte, war okay, wenn man ihm alle halbe Stunde das Mikro gewaltsam wegnahm. Hansi blieb auf der Notfalliste. Ich erwischte den dicken Charlie, wie er trotz Verbots im Studio saß und einen auf Radio machte. Gekauft. Charlie im Abendprogramm. Wenigstens für die erste Zeit. Fortan ward er nicht gesehen, saß gerüchteweise zu Hause und redete in Radiomanier mit sich selbst.

Dann fielen mir die beiden Typen aus dem Café wieder ein. Natürlich. Die Lösung. Denen könnte man guten Gewissens den gesamten Nachmittag geben, von zwei bis sechs. Wenn man sie finden würde. Denn vielleicht waren das nur Touristen gewesen – mit hoher Wahrscheinlichkeit sogar, denn in dieser Gegend sagte man Mettsemmel zu Hackepeterbrötchen. Jedenfalls wußte keiner, den ich darauf ansprach, mit meiner Beschreibung etwas anzufangen. Wir sendeten einen Aufruf. *Seitensprünge sind wie Hackepeterbrötchen*. Wer damit etwas anzufangen wüßte, solle sich melden. Aber es meldete sich niemand. Nur ein paar Damen, die erklärten, daß der Vergleich ziemlich daneben sei. Und daß man in dieser Gegend *Mettsemmeln* sagte.

Frank hatte *Limited Frustrations* in Rekordzeit auf den deutschen Markt gebracht. Das Album war bereits gemastert, es gab ein Cover – japanische Schriftzeichen gegen lateinische auszutauschen, das kostete keine Zeit –, und drei Tage vor dem Sendestart von *MBR* erschien *Unsafer Sex* in Deutschland. Frank kam nach Marbrunn, brachte das frische Album mit, und außerdem die Band im Schlepptau. »Ein Geschenk zum Sendestart. Von wo aus können wir live senden?« Er drehte auf dem Hacken um und fuhr nach München, um die Technik zu besorgen, die wir bräuchten, um aus dem *Cellar* zu übertragen.

Lindsey ging inzwischen am Stock, hing zwar nur noch in der Station herum, fiel aber quasi auseinander. Er war fahrig, unkonzentriert, erbrachte eine enorme Leistung, hatte alles im Blick, und mehr als das, lief aber definitiv auf Notstrom. Es war inzwischen eine Frage von Stunden, bis er durchdrehen und irgendwelchen Unsinn anstellen würde. Das Weiß seiner Augen war völlig verschwunden, knallrot mit ungesund gelblichen Anteilen, und seine Pupillen ... gottogott. Wahrscheinlich holte er sich irgendwelchen Koffeinkrempel aus der Apotheke, die Quellen für *was auch immer er brauchte* waren in Marbrunn sicher schwer zu finden. Ein einziges Mal hatte ich einen Deal im *Cellar* beobachtet, und der Typ war achtzigkantig rausgeflogen; Charlie hatte in die gleiche Richtung gesehen.

Zwei Tage vor dem *D-Day* nahm ich mir Lindsey zur Brust.

»Okay, Cunningham. Ich kann solches Zeug nicht ausstehen, aber was immer es ist – ich besorge es dir. Wenn du mir versprichst, nach dem Senderstart auszusteigen. Geh meinetwegen ein paar Monate in Therapie. Aber bis übermorgen mußt du durchhalten, vielleicht noch ein paar Tage länger.«

Er glotzte mich an.

»Woher weißt du das?«

»Es steht auf deiner Stirn. Feuerrote Buchstaben. Du solltest häufiger in den Spiegel gucken.«

Ich rief Frank an, der in München herumgurkte und nach Technik suchte – mich in Marbrunn nach dem Stoff umzusehen, hielt ich für keine sonderlich gute Idee, ich hätte nur die Jungs ansprechen können, und nach Charlies Reaktion im *Cellar* ließ ich das lieber. Als ich ihm sagte, was ich wollte, legte er auf. Zwei Minuten später rief er zurück.

»Bist du total verrückt? Das ist ein verkacktes *Mobiltelefon*. Zehntausend Leute können da zuhören.«

»Ach Quatsch. Ist alles digital. Verschlüsselt.«

»Am Arsch hängt der Hammer.«

Ich schwieg. Erklärte dann kurz, worum es ging.

»Andererseits ... wieviel Gramm brauchst du?«

»Keine Ahnung. Was braucht ein Junkie für eine Woche? Ein *Kilo*?«

»Eher zwanzig, dreißig Gramm. Hast du ein Glück, daß ich in München bin. Hier kann man den Dreck am Kiosk kaufen. Alle Münchener sind *drauf*. Anders ist das hier auch kaum auszuhalten. Ich habe immer gedacht, Kölsch ist das lächerlichste, was es auf dem Biermarkt gibt. Aber bayerisches Bier ist ja noch schlimmer. Kein Wunder, daß die Leute eine Nase voll dazunehmen.«

Am Tag vor Sendebeginn bekam ich einen Anruf. Plan B sah inzwischen vor, daß ich nachmittags und nachts senden würde. Für den frühen Morgen gab es noch nicht die leiseste Idee.

»Kommando Hackepeter«, sagte jemand. Ich stutzte kurz, atmete dann auf, war erleichtert, erfreut, überrascht.

»Was willst du von uns?«

»Wir brauchen euch. Morgen.«

»Für was?«

»Radio.«

Schallendes, überaus fröhliches Gelächter.

»Mannometer. Wir sind Kabarettisten, keine Radioleute. Wir haben Auftritte, vier, fünf Tage die Woche. Es ist ein absoluter Zufall, daß wir wieder in der Gegend waren. Karl hat den Spot gehört und erinnerte sich an das Hackepeterbrötchen.«

»Wo seid ihr gebucht?«

»Bayern, Hessen, Ba-Wü. Kleine Theater, Clubs. Warum?«

»Wart mal einen Moment.«

Zehn Minuten später hatte ich eine Zusage vom Marbrunner Fliegerclub. Zufälligerweise war der Vorsitzende auch Inhaber des *Marbrunner Domhof Bräu*.

»Mögt ihr Hubschrauber?«

»Gekocht oder fritiert?«

»Wo auch immer ihr seid, ihr werdet in einer Stunde abgeholt.«

Harmann und Grieberg gaben *MBR* den Zauber, der noch gefehlt hatte. Aus der Notgeburt wurde ein Wunschkind.

Von vierundzwanzig Stunden pro Tag war mehr als die Hälfte in Händen, in die ich meinen Säugling guten Gewissens legen konnte. Der Rest war ... na ja. Kein pures Vabanque, aber mit Risiken behaftet. Charlie strotzte vor Nervosität, stand aber um acht Uhr morgens auf der Matte, dafür war Lindsey plötzlich so was von obenauf, daß ihn alle skeptisch ansahen. Frank arbeitete mit Kranitz im *Cellar* für die Eröffnungsshow. Der Sendestart war auf zwanzig Uhr angesetzt, zwei Stunden live mit *Limited Frustrations* und der Vorstellung des Sendekonzeptes. Dann zwei Stunden Harmann und Grieberg, als Vorgeschmack, eingeflogen aus Bayreuth oder so. Im Anschluß *Don FM Kunze*. Der Morgen stand noch auf der Kippe. Ich pendelte zwischen Hansi, der aber eigentlich zu langweilig war, und dem kurzfristigen Einkauf eines beschissenen Mantelprogrammes. Hagelmacher fand mich auf dem Weg zwischen dem *Cellar* und dem Studio.

»Was ist mit dem Morgen? Wir haben noch niemand zwischen fünf und zehn.«

Seine Stimme klang anders; es war das erste Mal, daß er mit mir sprach, seit er in Marbrunn war.

»Hast du eine Idee?«

»Ich habe Sprachunterricht genommen. Gesang. Ein bißchen Schauspiel.«

Ich lachte. Hagelmacher lachte nicht, sah mich ernst an, schmallippig. Er scherzte nicht.

»Okay«, sagte ich. »Warum nicht? Zu verlieren gibt es im Moment nichts. Wenn du durchfällst, können wir übermorgen noch auf den Mantel von *Syndication Germany* umschalten.«

Der Rest ist Geschichte. Und zwar folgende. Das *Cellar* war zum Überlaufen voll. Wir hatten bis auf die Bänder, die bis kurz vor Start liefen, kaum Werbung gemacht. Zwar den Landkreis plakatiert und ein paar Aufkleber verteilt. Aber damit hatte es sich auch. Es gab T-Shirts mit dem neuen

Logo, einem sehr coolen Logo, jeder *Cellar*-Besucher bekam eins, vorausgesetzt, er zog es sofort an. Ein paar Ganzseitige im *Marbrunner Anzeiger.* Eine Sonderkollektion des *Marbrunner Dunkel* mit *MBR*-Logo. Das war alles. Sedler erwischte mich an der Garderobe der Disco und zog mich beiseite, eine Viertelstunde vor Take-Off.

»*Sehr* geschickt«, erklärte er. Sein Gesicht war so dunkel wie der Schaum der örtlichen Bierspezialität. »Ich bin beeindruckt. *Domit hob i ehrli' net g'rechnet.*«

»*I aa net*, um genauso ehrlich zu sein«, gab ich zurück und feixte. Frank stellte sich neben mich und machte ein nervöses Gesicht. Scheiße, warum war der nervös? *Limited Frustrations* hatten in Tokio vor über vierzigtausend Leuten gespielt.

»Es wird Zeit«, brummte er.

Sedler sah ihn böse an, strahlte eine Art stämmige Macht aus.

»*Andererseits*«, erklärte Frank und verschwand.

»Was immer auch passiert«, sagte Sedler. »Vergiß nicht, daß ich den Sender ermöglicht habe.«

»*Diesen* nicht«, antwortete ich, drehte mich auf dem Absatz um und folgte Frank zur Bühne.

Wir standen zu fünft auf dem Podest, die drei Burschen, Lindsey und ich, hinter uns der Bühnenaufbau, zwölf Quadratmeter Platz insgesamt, in Tokio hatten sie wahrscheinlich ein, zwei mehr gehabt. Wir lauschten dem Countdown vom Band, das Publikum zählte laut mit, dann schaltete Hagelmacher, der als einziger im Studio saß, zu uns rüber. Es war totenstill.

»Ich weiß nicht, was *euch* das bedeutet«, sagte ich. »Aber mir bedeutet dieser Moment *alles*.« Ich erwischte genau in diesem Augenblick zwei grüne Augen im Publikum, brach in Tränen aus, während ich vor Freude lachen mußte. »Ich hoffe, daß wir euch das geben können, von dem wir uns erhoffen, es euch geben zu können. Wir schlagen ein neues

Kapitel auf in der fränkischen Radiogeschichte. *MarBrunn Radio … go*!« Im Hintergrund der Bühne entrollte sich das Riesenposter mit dem Logo der Station. Das Publikum applaudierte freundlich, wir verneigten uns, während *Limited Frustrations* die Bühne betrat und sich an die Instrumente begab. Scheiße, ich hatte noch nicht ein einziges Stück von der Band gehört, nur ein Fitzelchen der Single im Trailer für die Ankündigung (Nummer eins in Japan, jetzt endlich auf großer Marbrunn-Tour!).

Aber das war okay. Ich stolperte von der Bühne, berauscht und verwirrt, während die Single aus *Unsafer Sex* erklang. Ich nahm zwei Biere, ignorierte den Eindruck, den der erste Teil des Abends und die grünen Augen im Publikum hinterlassen hatten, das war alles zu schnell, zu früh, zu unwirklich. Ich lauschte der Band, die ich produziert hatte, und, *wow*, die waren wirklich klasse. Eine gute Stunde saß ich da, winkte jeden weg, der mich anquatschen wollte – und das waren viele -, hörte einfach zu, wurde ruhig, ließ wirken. Dann ging ich ein paar Häuser weiter, um ein Schnitzel zu futtern, schließlich hatte ich eine lange Nacht vor mir und den ganzen Tag noch nichts gegessen. Im Wirtshaus lief *MBR*, natürlich, das war ein *Event*, von völlig anderer Bedeutung, als es in Berlin, München, selbst *Hannover* gewesen wäre. Ich war der einzige Gast. Der Rest von Marbrunn tanzte im *Cellar* oder saß zu Hause vor dem Radio. Die Vorstellung hinterließ ein sehr warmes Gefühl bei mir.

Mein Radiosender hatte den Sendebetrieb aufgenommen. Es war immer noch nicht die Art von Radio, von der ich träumte, dafür war dies der falsche Ort, außerdem gab es keinen Freiraum für Experimente, nicht in der Situation, in der sich der Sender befand. Aber es war ein guter Anfang – ein besserer, als es *PowerRock Berlin* gewesen war.

Hagelmacher stand zappelnd hinter dem Empfangstresen und hielt zwei Telefonhörer, nickte und hörte zu, begann

Sätze, unterbrach sich selbst, nickte wieder. Er war aufgeregt; natürlich. Allen ging es so. Ich zog meine Hand am Hals vorbei, er sollte auflegen. Kurz vor halb elf, seine Sendung begann um fünf, eine halbe Stunde Vorbesprechung mit den beiden Redakteuren, Check der Beiträge, der vorgesehenen Live-Gesprächspartner, solche Dinge. Spätestens um vier wäre seine Nacht zu Ende, und was immer er auch tun würde: Einschlafen durfte er während der Sendung nicht. Die Röte in seinem Gesicht und seine Bewegungen zeigten allerdings ziemlich deutlich, daß er so oder so Probleme mit dem Schlaf haben würde: Sein Adrenalinspiegel endete irgendwo im ersten Stock. Ich war skeptisch, sehr skeptisch. Aber einen Morgen könnten wir verkacken. Hoffte ich.

Am Tisch neben dem Studio saß Wuschelkopf Kranitz und hatte Tränen in den Augen. Lachtränen. Harmann und Grieberg hielten sich ebenfalls die Bäuche. Sie redeten mit einem Anrufer, verdrehten ihm das Wort im Mund, auf nette Art, fragten ihn total wirre Sachen, veralberten sich gegenseitig. Zwischendrin Musik, ab und zu, ein feiner Mix aus Pop und Rock, subtil, hochklassig, ein ganzer Hit alle sechzig Minuten, höchstens. Das Musikprogramm von *MBR* hatte mit *PowerRock* wenig gemein, es *sollte* nicht bummern und krachen, nur ab und zu. Eine Art Klangkunstwerk, feine Melodien und gut produzierte Songs, viel Unbekanntes: Es erschienen so viele tolle Platten, täglich, aber der Chartradio-Einheitsbrei machte die Leute glauben, es wären höchstens vier oder fünf pro Monat, davon drei Cover alter Hits. Lindseys Job war nicht leicht, daß er Musik überhaupt noch mochte, grenzte an ein Wunder.

Ich saß eine Stunde da und hörte einfach zu, bekam Lachanfälle und vergaß dabei fast, mich auf meine eigene Sendung vorzubereiten. Hagelmacher telefonierte immer noch mit Hörern, und es klingelten pausenlos die Telefone, überall im Haus, man hörte sie sogar von oben, obwohl da Apparate standen, deren Durchwahlnummern eigentlich nur wenige Leute kennen sollten.

»Mann, du mußt um vier aus den Federn.«

Er schüttelte den Kopf. »Schlafen kann ich sowieso nicht.« Er zog die Stirn kraus. Sprach dann in den Hörer: »Nein. Das habe ich zu jemand anderes gesagt.« Er grinste mich verkrampft an.

Als ich um zehn vor zwölf ins Studio ging, waren die beiden Kabarettisten noch in voller Fahrt. Ich zeigte auf die Uhr. »Oh«, sagte Grieberg. »Mami schimpft. Wir müssen ins Bettchen. Bis morgen denne, Leute. Zweiundzwanzig Uhr. Ihr könnt die *Tagesthemen* ja aufzeichnen.« Er zog die Platte hoch, kurz danach sein Mikro runter. Schnellkurs bei Hagelmacher. Wann hatte der überhaupt zuletzt geschlafen?

»Kunze, das macht ja einen *irren* Spaß«, sagte Harmann.

Ich grinste.

»Ich hoffe, wir schaffen es«, ergänzte Grieberg. Ich schluckte, kämpfte gegen meine Tränendrüsen, diese Weicheier. Cool. Er hatte *wir* gesagt.

Meine Plattenkiste stand bereit, daneben mein Clocksheet, handredigiert von Lindsey. *Keine Ausnahmen*. Zwischen den Songs konnte ich machen, was ich wollte, aber die Programmierung mußte eingehalten werden. Ein Titel plusminus, die Plus-Titel säuberlich auf einer Extraliste. Wunschmusik gab es bei *MBR* nicht. Nachrichten, in Kurzform, das meiste einfach vom Videotext abgeschrieben. Dann ich. Donald *Don FM* Kunze für *Marbrunn Radio*. Ich schaltete ins *Cellar*, sprach noch ein paar Minuten mit Charlie, live, er redete wirres Zeug, trotzdem war pausenlos Geklatsche im Hintergrund und »Hoch! Hoch!«-Rufe, und dann fuhr ich meine allererste Sendung bei einem Sender, der mir gehörte.

Nicht alleine.

Aber das war okay. Hoffte ich.

Harmann und Grieberg blieben draußen sitzen, tranken *Marbrunn Dunkel*, während Hagelmacher immer weiter telefonierte, ab und zu Kaffee holte. Um drei kamen die beiden Redakteure für die Morgensendung, liefen mit erhobenen Daumen die Wendeltreppe hoch. Hagelmacher blieb.

Kurz vor fünf kam er mit einem Stapel Papier und zwei Plattenkisten ins Studio. Er sah fürchterlich aus, zittrig, übernächtigt, aufgedreht, rotfleckig. Starrte mich mit glasigen Augen an.

»Scheiße. Meinst du, du schaffst das?«

Er nickte heftig, fast fiel ihm eine Plattenkiste runter.

»Na. Meinetwegen.«

Er schaffte es. Seine Stimme klang immer noch höchst seltsam, aber er modulierte sauber, hatte Betonung gelernt, sagte nur das Nötigste, aber das prägnant, gekonnt. Die Gesprächspartner hatte er gut im Griff, was einfach war – fast ausschließlich Promis, die uns gratulierten. Smalltalk mit dem Bürgermeister, die einzige Stelle, an der er ein bißchen schüchtern wirkte – und offensichtlich gegen den Schlaf ankämpfen mußte. Nach fünf Stunden kam er aus dem Studio und brach im Vorraum zusammen. Unter dem Applaus der ganzen Leute, die inzwischen aus dem *Cellar* gekommen waren: Charlie, Frank, Hansi, *Limited Frustrations* und noch ein oder zwei Dutzend andere.

Nur Liddy nicht.

Daß es von Anfang an bombig laufen würde, hatten wir nicht erwartet. *FunFun Radio* rief zum Schluß lächerliche Werbetarife auf, Spots wurden umsonst produziert, Schaltungen bis anno Tobak zugesagt, für ein paar Mark fuffzich, Hauptsache Vorkasse, *cash flow*. Gut zwanzig Prozent der wenigen Werbezeit, die wir dem Gesetz nach auch noch in Blöcken belegen mußten, brachte keinen müden Heller. Da es kein wirklicher Neustart war, keine Firmengründung, mußten wir die Verträge einhalten. Glücklicherweise nicht die Tarife, jedenfalls für die Zukunft. Während der ersten Woche rotierten wir, Charlie, Hansi, Kranitz und ich, um neue Werbung zu verkaufen.

Ab dem dritten Tag lief es wie von selbst. *Marbrunner*

Domhof Bräu hob seinen laufenden Vertrag mit uns einvernehmlich auf, um einen neuen zu den aktualisierten Bedingungen abzuschließen. Hansi und Hagelmacher legten Doppelschichten ein, um neue Spots zu produzieren, jeder örtliche Gewerbetreibende, der etwas auf sich hielt, wollte auf *Marbrunn Radio* vertreten sein. Mit Ausnahme von Sedler, der dafür inzwischen regelmäßig auf der Titelseite des *Marbrunner Anzeigers* vertreten war – allerdings nicht mit Werbung: Von hohen sechsstelligen Summen war die Rede, Haftstrafen auf Bewährung.

Am Ende der ersten Woche kamen die ersten überregionalen Spots. Zwei Wochen nach Sendestart konnten wir damit anfangen, Zeit in der ferneren Zukunft zu verkaufen, vier, fünf Monate im voraus.

Und das Programm kam an. Natürlich. Als wenn das eine Frage gewesen wäre. Hagelmacher steigerte sich von Tag zu Tag, wurde richtig sicher, kam um drei Uhr morgens in die Station, um gemeinsam mit den Redakteuren die Sendung vorzubereiten, absolut professionell, gewissenhaft, machte selbst Vorschläge. Seine Stimme veränderte sich zwar nicht, wurde aber charakteristisch für unser Morgenprogramm.

Und auch der Rest lief bestens. Ich war rund um die Uhr mit dem Sender beschäftigt, fast zwei Monate lang, ging kaum mehr in die Kneipen, höchstens am Samstag ins *Cellar* oder vor der Sendung auf ein schnelles Bier in den *Brückenkopf*, wohnte weiter im Hotel, weil das einfach praktisch war – und ich es mir leisten konnte. Ich sah Liddy zwei, drei Mal in dieser Zeit, irgendwo, einmal auf der Straße, da hielt ich sie an, wollte einen Kaffee mit ihr trinken gehen, aber sie winkte ab, hatte angeblich keine Zeit, war auf dem Weg zu einem Termin. Da ich selbst eigentlich auch keine Zeit hatte in diesem Augenblick, ließ ich sie gehen. Sie wäre da, wenn ich sie bräuchte. Dachte ich.

Nach drei Wochen konnte ich mich endlich um Lindsey kümmern, das Programm stand und lief, er wurde zwar nicht überflüssig, wahrlich nicht, aber für eine Zeit entbehrlich. Als ich mich endlich daranmachte, mit ihm zu reden, schob sich mein verdrängtes schlechtes Gewissen, das ich wegen dieser *Sache* hatte, wieder in den Vordergrund. Ich hatte dem Collegeboy Stoff besorgt, um den Sender auf die Reihe zu bekommen, sogar noch Frank in die Sache hineingezogen. Gut, ich hatte ihn nicht dazu gebracht, den Krempel zu nehmen. Aber ich hatte es geduldet, sogar unterstützt, einfach damit er funktionierte. Das war nicht gut.

»Baby, ich habe keine Ahnung, wie man so was macht«, sagte ich. »Da der Sender läuft, müssen wir dein Problem in den Griff kriegen.«

Er sah zu Boden, saß auf dem Sofa im Wohnzimmer unserer Suite, die Beine ausgestreckt und übereinandergeschlagen. Zuckte jetzt mit den Schultern. MTV lief, obwohl er MTV haßte, mit jeder Faser seines Körpers. Die trugen seiner Meinung zumindest einen Teil der Verantwortung für den grassierenden Verfall der Musikkultur während der letzten fünfzehn Jahre – »Videos sind aufgemotzte Werbespots«, schimpfte er irgendwann mal, »und meistens genauso blöd wie die für Waschmittel.«

»Ich denke, es gibt zwei Möglichkeiten«, fuhr ich fort. »Die erste ist, wir schicken dich in Therapie.«

Er hob den Kopf an und sah mich an. Sein Gesichtsausdruck verriet, daß er von dieser Variante nicht sonderlich viel hielt.

»Die zweite ist: Du hörst einfach auf. Ich schließe dich hier ein, du bleibst zwei Wochen auf dem Zimmer, kämpfst das selbst mit dir aus. Keinen Schimmer, was das für Kraft kostet; ich würde dir helfen, wo es geht.«

Lindsey blinzelte und sagte leise: »Okay. Ich schaffe das.«

»Na dann, *Collegeboy*. Wenn es nicht klappt, schicken wir dich eben danach in die Klinik.«

Er saß da, starrte wieder auf den Boden, ein Häufchen Elend, aber nur, was das Drogending betraf. Gleichzeitig strahlte er Zufriedenheit aus, und das war kein Wunder. Er war wie ein kleiner Junge, der gerade das teure Porzellan zerdeppert hat, jedoch eine Eins in Mathe nach Hause bringt.

Lange war er sicher noch nicht drauf, und daß er die ersten Tage ohne Stoff ausgekommen war, bewies, daß er nicht voll drauf war. Aber was hieß das? Ich selbst schaffte es nicht einmal, mit dem Scheiß-Rauchen aufzuhören, hatte es allerdings auch noch nie ernsthaft versucht, höchstens mal einen halben Tag lang, nach so einer Nacht, in der man sich drei Schachteln reinzieht, dazu zwei Dutzend Biere, und sich morgens denkt, daß es gesünder, angenehmer sein *könnte*, dieses Gefühl nicht zu haben, diesen Geschmack im Mund, diesen trockenen Husten, zu glauben, sich nie wieder richtig gut zu fühlen. Wie bei einer Krankheit, wenn man sich schon am Ende des ersten Tages kaum mehr vorstellen kann, je wieder so richtig auf den Beinen zu stehen.

Andererseits, um den guten Frank zu zitieren – Rauchen kostet einen zwar ein paar Jahre des Lebens, aber es sind ja die schlechten, die am Ende. So hat es Denis Leary formuliert, sehr treffend, in seiner phantastischen Show *Now Cure For Cancer. I'm An Asshole* war auf unserer Playlist, gerade in dieser Woche.

Ich traf mich oft mit den drei Burschen, wir hatten viel Geschäftliches zu klären, redeten aber die meiste Zeit über den Sender: Es machte einfach zu viel Spaß, darüber zu reden. War zu verlockend. Uns lagen zwar keine Zahlen vor, die kämen erst in ein paar Wochen, aber das Programm hatte sich etabliert, zum Nummer-eins-Kulturobjekt der Region entwickelt, wurde angenommen, interessanterweise von einer weit größeren Zielgruppe, als wir erwartet hatten, wie die Ad-hoc-Umfragen ergaben. Ich fühlte mich an die Rockkonzerte erinnert, die ich in Amerika besucht hatte: Jung und alt saß da nebeneinander und feierte Mellencamp, Jackson Browne, sogar Guns 'N Roses gemeinsam, und etwas Ähnliches geschah im Landkreis. *MarBrunn Radio* war *ihr* Radio, und das war das größte, was wir erreichen konnten. Wir hoben uns auf eine Art vom Privatradio-Matsch ab, die *Marbrunn Radio* mehrere Aspekte gleichzeitig erfüllen ließ: Unterhaltung, Information, Kommunikation, Kunst und Person in einem. Insbesondere letzteres. Nichts, das wir taten, wirkte – oder war – aufgesetzt oder gezwungen. Es hatte eine Leichtigkeit und Lebendigkeit, die es bei anderen Sendern nicht, nicht mehr gab, unsere Moderatoren waren gelegentlich entwaffnend inkompetent, aber ehrlich und außerdem versiert, technisch obenauf, dafür sorgten permanente Nachschulungen und Manöverkritiken. Schwer zu sagen, worin exakt der Charme von *MBR* bestand, aber es machte unglaublichen Spaß, darüber zu spekulieren. Tatsächlich lag unsere Zielgruppe bei den unter Vierzigjährigen, im weitesten Sinne, doch sogar die katholischen Bauernwitwen hörten uns. Auch, wenn sie wahrscheinlich bei Garbage oder den Smashing Pumpkins die Ohren anklappten. Von den kleinen, feinen, manchmal etwas punkigen Bands, deren Alben Lindsey wo auch immer auftrieb, ganz zu schweigen.

Ich saß in der Redaktion und besprach mit Hagelmacher die kleinen Änderungen, die wir am Morgenprogramm vornehmen wollten, nur geringfügige Sachen – Hagelmacher war unser *Anchor*.

Mein Telefon klingelte.

»Hier ist Charlie.« Charlie kümmerte sich inzwischen hauptsächlich um die Kneipen, was mir ein bißchen leid tat, aber die Sandkastenzeiten von *FunFun Radio* waren eben einfach vorbei.

»Hi.«

»Ich habe eine schlechte Nachricht.«

Er sagte das so, als hätte er eine *wirklich* schlechte Nachricht. Sofort mußte ich an Sedler denken, daran, daß der alte Puffpolitiker irgendwas Fieses ausgeheckt hätte, weg mit der zweiten Frequenz, in der Art. Ich wußte, daß er durch die

Gegend rannte und allen erzählte, wir hätten ihm den Sender weggenommen, allerdings waren wir so beliebt und Sedlers Glaubwürdigkeit derart angeschlagen, daß niemand etwas darauf gab. Dann dachte ich kurz an Vögler.

»Was ist?«

»Liddy ist verschwunden.«

5. One Bourbon, One Scotch, One Beer

Lieber Donny,

es gibt keinen Grund, sich Sorgen zu machen; ich weiß nicht, ob Du überhaupt auf diese Idee gekommen bist. Mir geht es gut, wirklich. Ich bin unterwegs, auf der Suche nach einem neuen Zuhause, vielleicht weiter südlich, vielleicht auch ganz woanders. Ich bin in einer komischen Stimmung, ein wenig nostalgisch, könnte man sagen.

Es freut mich, daß Du es geschafft hast, daß Du wieder auf die Beine gekommen bist, daß Du sogar mit Deinem eigenen Sender Erfolge feiern kannst. Das ist sicher ein sehr schönes Gefühl, ich wollte, ich könnte das nachempfinden, aber mir ist meine Empathie anscheinend abhanden gekommen. Denn ich fühle überhaupt nichts mehr, ich weiß nicht, was ich fühlen sollte, ich bin leer, ausgelaugt. Auch durch unerfüllte Erwartungen. Das ist kein Vorwurf, bitte versteh mich nicht falsch! Erwartungen werden zwar geweckt, von anderen, von einem selbst, aber man muß sich ja auch darauf einlassen.

Möglicherweise lag Deine letzte – mir fällt kein vernünftiges, passendes Wort ein – »Beziehung« noch nicht lange genug zurück, möglicherweise bedeutet Dir Radio einfach so viel mehr, daß für richtige Freunde oder gar Liebe kein Platz in Deinem Leben ist. Der Gedanke tut mir weh. Vielleicht, und der Gedanke wieder ist tröstlich, hast Du so viel verloren, daß einfach noch mehr Zeit nötig ist, viel mehr Zeit, bis Du Dich wieder auf jemanden »einlassen« kannst. Ich habe den Eindruck, daß Du solche Gedanken einfach verdrängst.

Ich weiß nicht, was ich tun soll, und ich kann nicht in Deiner Nähe leben, ohne etwas in mir pausenlos unterdrücken zu müssen. Ich habe Dich beobachtet, Deine mitreißende Art, dieses selbstbewußte Steuern und Anleiten von Leuten, die Dich bewundern, an Deinen Lippen hängen, Dich lieben –

der kleine Hagelmacher, zum Beispiel, Kranitz und die Jungs, und Lindsey, natürlich. Denen gibst Du so viel, machst Deinen Erfolg zu ihrem, ohne etwas einzufordern. Das ist schön und bewundernswert, ich liebe Dich dafür, und nicht nur dafür.

Ich erinnere mich, daß ich zu Dir gesagt habe, es ginge mir nicht darum, die alten Zeiten aufleben zu lassen. Erinnerst Du *Dich? Das war, als ich Dich in Berlin abgeholt habe. Nein, ich wollte die alten Zeiten nicht wieder aufleben lassen. Höchstens etwas völlig Neues beginnen, das wurde mir später klar, als ich merkte, wie viel von dem Gefühl für Dich noch immer in mir war und wieder wuchs. Du hast mir deutlich gezeigt, daß Du daran kein Interesse hast. Ich will mir den Schmerz ersparen; ich bin eine recht gute Journalistin und werde sicherlich irgendwo etwas finden, und vielleicht mache ich erst mal etwas ganz anderes.*

Dir und Deinen Leuten wünsche ich viel, viel Glück; ich drücke Euch ganz fest die Daumen.

In Liebe,
Lydia

Ich hielt diesen merkwürdigen Brief in den Händen; Liddy hatte ihn an der Hotelrezeption für mich hinterlegt. Meine erste Reaktion war Wut. Zorn. Verdammt, warum hatte sie nichts gesagt? Einfach abhauen, einen blöden Brief schreiben und mich mit dem Ding in Händen dastehen lassen.

Dann wurde ich traurig.

Und dann nachdenklich.

Ich war ganz sicher, daß ich Liddy liebte, aber ich war völlig unsicher, auf welche *Art*, hatte diese Gedanken nie zu Ende gedacht. Mir war die Möglichkeit genommen worden, mich von Alicia zu verabschieden, das Gefühl, wenn ich an sie dachte, war noch immer eine Art tauber Schmerz, maßloser Verlust – und Liddy war über die Jahre hinweg so präsent, ein so plastischer Bestandteil meines Lebens, meiner Vergangenheit gewesen, daß es mir schwerfiel, sie als lebendige, veränderte Figur wieder in mein Jetztleben einzubauen. Und außerdem hatte ich schlicht nicht die leiseste Ahnung gehabt.

Oder doch?

Ich war verwirrt, bekam diesen Brief und die Tatsache, daß sie abermals aus meinem Leben verschwunden war, nicht auf die Reihe. Das Problem, darüber weiter nachzudenken und irgendwie eine Lösung zu finden, wenigstens für mich selbst, stellte sich allerdings nur für ein paar Minuten. Ich ging kurz auf mein Zimmer, duschte, las beim Haarefönen noch ein paarmal den seltsamen, spröden, irgendwie hakeligen Brief und machte mich auf den Weg in den Sender.

Ich kam nur zwei Ecken weiter. In Marbrunn war nachts auf den Straßen nicht allzu viel los, euphemistisch gesagt, wochentags schlicht und ergreifend tote Hose, mit Ausnahme der drei Kneipen, da tobte immer der Bär. Oder die Kuh; ich war ja auf dem Land.

Das gab mir normalerweise Zeit, den kleinen Spaziergang zur Station zum Nachdenken zu nutzen, in Ruhe noch ein paar Zigaretten zu rauchen – inzwischen war Frühling, fast Frühsommer, und da schmeckte das Draußenrauchen halbwegs – und mir ein paar Sprüche für die Sendung auszudenken.

Plötzlich knallte etwas gegen meinen Kopf, und es knallte *in* meinem Kopf. Nichts schmerzte, jedenfalls nicht sofort – jemand oder irgendein *Ding* hatte mich umgehauen. Ich lag auf dem Boden, blinzelte, meine Stirn und meine rechte Wange brannten, und mein Schädel zeigte erste Anzeichen einer Art Migräne. Vor mir standen zwei Kerle. Ich hätte gegrinst, wenn mein Kopf nicht so gedröhnt hätte, blinzelte wieder, meine Augen reagierten sehr merkwürdig.

Einer war sehr groß und stämmig, der andere etwas kleiner und ziemlich dick. Sie trugen Skimasken, diese Dinger, die man im November auf den Gletschern braucht, Augen frei, die Nase – das war die Komponente, die mich eigentlich zum

Schmunzeln gebracht hätte – und der Mund. Warum die Nase? Der Rotz friert doch als erstes ein.

Der Große machte einen Schritt auf mich zu und trat mir in die Eier.

Das tat richtig weh. Und außerdem traten mir danach beide in den Bauch, in die Seite – ich hörte ein Knacken zwischen den Knallgeräuschen von außen und innen –, bückten sich zu mir herunter, um mir ins Gesicht zu schlagen, mit den Fäusten, immer wieder, es machte *pang, pang, pang*. Das ging eine ganze Weile, zwei, drei Minuten lang, und bei all dem Scheißschmerz blieb ich seltsam klar. Sah jeden Schlag kommen, beobachtete die beiden Gesellen richtiggehend, während sie, ziemlich konzentriert, abwechselnd auf mich einschlugen; ich wehrte mich nicht, das hatte keinen Sinn. Dann hörten sie irgendwann auf und gingen ziemlich gemütlich davon. Sagten kein Wort, nix. Gingen einfach. Als sie zehn, zwölf Meter weit weg waren, zogen sie in aller Seelenruhe die Skimasken von ihren Köpfen. Es war viel zu dunkel, um irgendwas zu erkennen.

Ich atmete tief ein, es tat höllisch weh, vor allem im Brustbereich, natürlich; Tränen kamen, meine Nase lief, mein Gesicht war irre heiß.

»Scheiße«, stöhnte ich und versuchte, mich aufzusetzen. Das war nicht drin, definitiv. Mein Kopf blieb einfach liegen.

Erst Liddy und jetzt das. Und in fünfzehn Minuten begann meine Sendung.

Ich versuchte, zu rufen, aber statt eines volltönenden, wohlmodulierten »Hiiiiilfe!« brachte ich nur ein leise gekreischtes *Hirks* heraus. Glücklicherweise hörte ich kurz danach hinter mir Schritte, ich drückte meinen Kopf in den Nacken und sah einen alten Mann mit einem Hund kommen. Also, erst kam der Hund, dann wohl so eine lange, lange Schnappleine mit Aufrollmechanismus (bei den Dingern stellte ich mir immer vor, wie das Viech aus Versehen in die kleine Plastikbox gesaugt wird) und ein paar Meter weiter der Mann. Der kleine Pinscherpudelschnauzer erreichte mich und schnüffelte interessiert an mir herum, aber wenigstens hob er nicht das Bein.

»Ja, hol's der Teufel, was machen Sie denn hier?« wurde ich gefragt, ein wenig vorwurfsvoll sogar.

»Ich bin überfallen worden«, brachte ich mühevoll heraus.

Er stellte sich neben mir auf. Grauer Filzhut, eine Art Lodenjacke. Mehr war nicht zu erkennen. Aber er erkannte mich, immerhin lag ich im Schein einer Straßenlaterne.

»Sie sind der Mann vom Radio. *MarBrunn Radio*. Stimmt's?«

Langsam nahmen die Schmerzen überhand. Ich deutete ein Nicken an, was sicherlich seltsam aussah.

»Könnten Sie etwas weniger moderne Musik spielen, ab und zu?«

Es war eindeutig der falsche Zeitpunkt für Programmdiskussionen. Trotzdem nuschelte ich ein *Nein*.

»Können Sie mir bitte helfen? Oder Hilfe holen? Ich habe Schmerzen. Man hat mich zusammengeschlagen.«

Mir ging die Kraft aus. Der Mann nickte, machte glücklicherweise keine weiteren Programmvorschläge. Er holte die Leine ein, zerrte den Hund an sich heran und verschwand in die Richtung, aus der er gekommen war. Ein paar Sekunden später hätte ich ihm ein *Patrick-Lindner-Special* zugesagt.

Aus der Sendung wurde nichts, natürlich. Im Marbrunner Krankenhaus, das teilweise in den Räumen des ehemaligen Klosters untergebracht war, stellte man zwei eher harmlose Rippenbrüche, Prellungen, Schürfungen und solche Sachen fest, *Hämatome* (dieses Wort hatte ich schon immer lustig gefunden), außerdem hatte ich eine Platzwunde am Hinterkopf, die genäht werden konnte, ohne meine wunderschönen Haare, *meine Liddy-Frisur* gänzlich abzurasieren. Schon zwei Stunden nach dem Überfall ging es mir deutlich besser, meine Eier hatten es überlebt, mein Gesicht fühlte sich aufgeblasen an, glühte, die Augen schmerzten, und natürlich der gesamte Brustkorb. Irgendwer hatte sich über mich geärgert. Nur wer? Wahrscheinlich Sedler.

Wer sonst?

Und warum mußte ich hauptsächlich an den Brief von Liddy denken, statt mir wegen des Verprügeltwordenseins Sorgen zu machen?

Ich bestand darauf, ins Hotel zurückzukehren; der erste Krankenhausaufenthalt meines Lebens sollte nur so lange dauern, wie wirklich nötig war. Es war auch das erste Mal, daß mich jemand verprügelt hatte. Die Statistiken kannte ich nicht, aber ich hoffte, mein Soll erfüllt zu haben. Toll war die Erfahrung nicht.

Lindsey holte mich vom Taxi ab, wir gaben ein schönes Paar: Er blaß, ein bißchen zittrig, mit sehr hektischen Augen, verschwitzten Haaren, und ich – ja, wie sah ich eigentlich aus? Keine Ahnung. Ich wußte, daß sich das volle Ausmaß der Katastrophe erst am nächsten Tag zeigen würde.

»Wer hat meine Sendung übernommen?« fragte ich als erstes.

Lindsey zwinkerte nervös mit einem Auge. »Charlie. Es war niemand sonst da.«

»Wie spät ist es?«

»Drei.«

»Wie ist er?«

»Ein bißchen neben der Spur. Aber okay.«

Dann waren wir ja schon zu dritt.

Ich schlief lange nicht ein, und dann einfach beschissen. Als ich erwachte, war es allerdings taghell; mein Gesicht bummerte und pochte, mein Oberkörper variierte alle bekannten Formen des Schmerzes, und beim Pinkeln tat das Untergeschoß schrecklich weh. Ich zweifelte einen Moment an der Diagnose, daß da nichts verletzt sei.

Dann sah ich mein Gesicht im Spiegel. Heilige Scheiße. Alle Farben des Regenbogens, Augenbrauen wie *Lippen*, die

Augen selbst hinter Schlitzen, verzerrter Mund. Aber die Nase war gerade. Wenigstens etwas.

Eines amüsierte mich an dieser Sache. Also, ich fand es nicht wirklich lustig, *haha, kommt doch morgen noch mal wieder, das hat Spaß gemacht!* Doch die Tatsache, daß ich nicht beraubt worden war, daß die Jungs offensichtlich auf mich gewartet hatten, wies darauf hin – mehr als deutlich –, daß jemand glaubte, mich auf diese Art einschüchtern zu können. Hinzu kam, daß die Prügel anscheinend als Botschaft ausreichen sollte; derjenige oder diejenigen gingen also davon aus, daß mir von selbst einfallen würde, worum es ging. Was die Auswahl erheblich einschränkte.

Es klopfte. Zwei Polizisten standen in der Tür, den einen kannte ich, weil er bei uns vorgesprochen hatte. Ich nickte vorsichtig, dann kamen die beiden rein und interviewten mich zur Sache.

»Haben Sie eine Vermutung, wer dahinterstecken könnte?« fragte der jüngere, der Probeaufnahmen gemacht hatte und mich bei der Gelegenheit noch geduzt hatte, wie ich ihn natürlich auch.

Ich zuckte die Schultern. »Vielleicht Sedler. Der ist ziemlich sauer auf mich, läuft herum und behauptet, wir hätten ihn ausgebootet.«

Die beiden Polizisten sahen sich an.

»Alois Sedler liegt in Bayreuth im Krankenhaus.«

»Echt? Wie lange schon?«

»Zwei Wochen.«

»Kann er reden? Was hat er?«

Der ältere zuckte die Schultern, wobei er Lindsey beobachtete, der mit zitternder Hand Kaffee einschenkte.

»Geht es Ihnen nicht gut?« fragte er besorgt.

Lindsey grinste, was in Anbetracht seines hektischen, gleichzeitig maskenhaften Gesichts ein bißchen seltsam aussah: »Fuck. Mir geht es *klasse*. Warum fragst du?«

Der Probesprecher sagte: »Soweit ich weiß, kann Sedler sprechen. Was er hat, weiß ich auch nicht.«

»Wenn er reden kann, kann er hinter dem Überfall stekken. Prüfen Sie doch mal, was der Türsteher aus der *Abdullah-Bar* gestern abend gemacht hat. Der eine hatte seine Größe.«

»Wollen Sie Anzeige erstatten?« fragte der ältere, er hatte beide Augenbrauen gehoben, als ich die Bar erwähnte.

Ich nickte.

»Dann müssen wir uns noch mal auf dem Revier treffen. Wir benötigen eine unterschriebene Aussage.«

Ich nickte wieder, Lindsey brachte die beiden zur Tür. In diesem Moment klingelte das Telefon.

»Kunze.«

»Laß dir das eine Lehre sein. Und hör auf, dich in meine Angelegenheiten zu mischen. *Umgehend.*«

Der Anrufer legte sofort wieder auf. Aber ich hatte die Stimme natürlich erkannt, kein bayerisches Gehurze, sondern jemand, dessen einzige Verbindung zum Land darin bestand, daß er beim Bumsen muhte.

Vögler.

Lindsey kam an.

»Was ist?« fragte er, nachdem er mich einen Moment lang prüfend angesehen hatte. Keine Ahnung, was ich für einen Gesichtsausdruck hatte; ich war konsterniert, überrascht, ein bißchen schockiert, hauptsächlich aber auf seltsame Art amüsiert. Was für ein *lustiger* Morgen.

»Du errätst nie, wer das war.«

Er musterte mich.

»Voigler wie ficken, oder?«

Ich nickte langsam. »Wie kommst du da drauf?«

»Dem Bauarbeiter hätte ich das nicht zugetraut. Irgendwann mußte Vögler dahinterkommen, daß du Anteile kaufst. Habe ich mir gestern nacht schon gedacht. Ist ja kein Geheimnis, wo wir sind.«

Ich lächelte. Das Wort *wir* tat mir gut. Ich hörte es sowieso gerne, in letzter Zeit. Eine leise Stimme im Hinterkopf erklärte, daß ich es in einem anderen Zusammenhang wohl auch gerne gehört hätte. Aber ich lauschte nicht.

Am Abend gingen *wir* einen trinken, zum ersten Mal zusammen, seitdem Lindsey seine Eigentherapie durchführte; ich war eigentlich unsicher, ob man ihn schon unter Leute lassen konnte. Der *Brückenkopf* war natürlich voll, jeder Gast, an dem ich mich vorbeidrängen mußte, jagte mir einen Schmerzstich durch den Körper, während Lindsey leicht irre aussah, wie er seine Augen durch den Laden fliegen ließ, sofort in Schweiß ausbrach, gleichzeitig jedoch sehr zielstrebig auf die Bar zuhielt. Das Pärchen, das dem Zapfhahn am nächsten saß, räumte sofort die Barhocker. Ich lächelte dankbar.

Auf dem Weg hatten wir uns über Liddy unterhalten. Ich war unschlüssig, ob Liddys Brief tatsächlich ein Abschiedsbrief, eine Botschaft oder ein Hilferuf war, oder alles auf einmal. Und was ich dabei zu tun hätte.

Lindsey schüttelte den Kopf.

»Ich weiß nicht, was ihr früher hattet.« Er grinste dabei anzüglich, sah für einen Moment lang wieder wie der Collegeboy aus, der sich mit einem Kumpel über den tierischen Sex letzte Nacht im Autokino unterhält. »Aber Liddy ist eine tolle Frau. Sehr sexy. Und sie hat einen coolen Namen. Ich kannte auch mal eine Liddy. Das war irgendwo in Kansas. Nein, in Virginia. Fuck, na ja, jedenfalls kannte ich mal eine.«

»Du bist eine große Hilfe, Cunningham.«

Er kicherte kurz. Dann wurde er wieder ernster.

»*Dir* helfen? Bei Sachen, die nichts mit Radio zu tun haben? Gibt es überhaupt jemanden, der *das* kann?«

Ich blieb stehen, so überrascht war ich.

»Wie meinst du das?«

»Wie viele Freunde hattest du im Leben? *Echte* Freunde?«

Sein Tonfall hatte sich verändert.

Ich glotzte ihn an: Noch ein Schlag vor den Kopf. Wie meinte er das? Doch, hatte ich doch, oder? Frank, Rudi damals, Miles, der Wirt, der sich wahrscheinlich gerade irgendwo in Irland die Leber aus dem Leib soff, Lindsey selbst, ein paar andere. Ein oder zwei. Mmh. *Echte* Freunde? Wie merkt man das?

»Ich dachte, *du* bist mein Freund«, sagte ich schwach.

Cunningham lächelte. »Ich *wäre* dein Freund, wenn du mich lassen würdest.« Er pausierte, und ich dachte mir das ›Trotz allem‹. »Aber du läßt mich nicht, läßt niemanden. *Don FM* hat keine Probleme, außer Werbezeiten verkaufen und Nachtsendungen fahren. Er hilft nur anderen – und zwar ausschließlich bei Sachen, die irgendwie mit Radio zu tun haben. Du bist ein ziemlich einseitiger Mensch, Donny Eff-Emm Kunsse. Ich kann mir gut vorstellen, daß so was eine Frau zur Verzweiflung bringen kann. Vor allem, wenn sie dich liebhat.«

Das hörte sich richtig süß an, wie er das sagte. *Was* er sagte, fand ich allerdings nicht so süß. Ich fühlte, daß er recht hatte. Irgendwie.

»Ich war immer ein Einzelgänger. Außer meiner Schwester hatte ich niemanden. Ich habe nicht gelernt, Freundschaften aufzubauen.« Fast hätte ich noch *Ich weiß nicht, wie das geht* hinzugefügt, doch das war mir dann doch zu dicke – obwohl, oder gerade weil es stimmte.

»Das kann man nicht *lernen* und ist nicht so schwer«, erklärte er, strahlte mich an, so ein Belohnungs-Blick. »Es ist ja schon ein Anfang, daß du mit mir über Liddy redest. Ich fühle mich geehrt. Hast du überhaupt mal mit irgendwem darüber gesprochen?«

»Nee.« Ich dachte an Frank, der ein paar Andeutungen gemacht hatte.

Wir waren langsam weitergegangen, der *Brückenkopf* kam in Sichtweite.

»Magst du sie?«

Ich lachte. »Natürlich.«

»Blödmann. Beantworte meine Frage, wenn ich dein Freund sein soll.«

Das hatte er ernst gesagt und vermutlich auch gemeint.

»Gott, Lindsey, sie war meine große Liebe, meine erste richtige große Liebe. Ich habe sie jahrelang vermißt, und ich habe immerzu an sie gedacht. Niemand hat mir je so gefehlt, nicht einmal Veronika, Alicia auf ganz andere Art. Aber als ich hierher kam, war alles anders.«

»Du warst im Arsch«, stellte der Ami fest.

Ich zuckte die Schultern. »Auch das, ja, jedenfalls am Anfang. Als es mir besserging, haben wir uns umtänzelt, wie Cassius Clay damals George Foreman.«

»Du magst Boxen?« fragte Lindsey überrascht.

Ich zeigte auf mein Gesicht. »Sieht man das nicht?«

Wir lachten beide. Mir tat dabei die Fresse weh, und der Oberkörper pikste.

Ich dachte nach. »Vielleicht lag es genau daran. Erst war ich im Arsch, und dann war der Moment einfach vorbei. Wir haben beide geglaubt, daß wir nichts voneinander wollen.«

»Du hast meine Frage nicht beantwortet. Denk an Liddy, stell sie dir vor, und dann sag mir, ob du sie magst. Liebst.«

Wir blieben vor der Tür des *Brückenkopf* stehen. Ich dachte an den ersten Abend, als mich Liddy hier hereingeschleppt hatte, an ihren Enthusiasmus, die Freude, den Moment, als sie mir die Hand gedrückt hatte, während Charlie mir anbot, die Scheiß-Weihnachtssendung zu fahren. An ihr Gesicht, als sie in die Sendung gekommen war. Wildkirschtee.

Ich nickte langsam. »Ja, klar. Natürlich. Ich liebe sie. Sehr sogar.«

»Cool«, sagte Lindsey. »Dann werden wir sie wohl suchen müssen.«

Seine Hände zitterten, als er die Tür zur Kneipe aufzog.

Hansi stand hinter dem Tresen, kam zu uns, betrachtete mich skeptisch.

»Du solltest im Bett liegen.«

»Mache ich später.«

»Der arme Charlie.«

Der arme Charlie hatte mich angerufen und gefragt, ob er eine weitere Nacht machen müsse. Er war offensichtlich nicht sehr glücklich bei dem Gedanken; die Sendung war zwar kein Desaster gewesen, aber es hatte heftige Proteste gegeben. Zwanzig Sätze auf fünf Stunden, davon fünf ohne sinnvolles Ende.

»Sag den Hörern, daß ich morgen wieder da bin«, hatte ich erklärt und dabei ein bißchen hämisch gegrinst. »Und wenn du diese Nacht überstehst, arbeiten wir an deinem Problem und machen doch noch einen Radiomenschen aus dir.«

Ich konnte mir einfach nicht vorstellen, daß jemand *kein* Radiomensch sein wollte.

Hansi fragte, ob er ein Kommando nach Bayreuth schicken sollte. Sedler hatte Prostatakrebs, war vor zwei Tagen operiert worden, Schläge in die Fresse würde er also überleben. Ich winkte ab, war aber gerührt wegen des ernst vorgetragenen Vorschlags.

»Sedler war es nicht.«

»Woher weißt du das?«

»Derjenige welcher hat mich angerufen, heute morgen.«

Hansi nickte Lindsey zu, der den Zapfhahn anstarrte, als könnte er ihn per Telekinese dazu bringen, zwei *Dunkel* für uns auszuspucken. Hansi ging zapfen, behielt mich dabei im Auge, und kam sofort zurück.

»Und?«

»Na ja, *MarBrunn Radio* ist nicht der einzige Sender, der mir mitgehört.«

Hansi riß die Augen auf.

»Welcher noch?«

»*PowerRock Berlin*«, sagten Lindsey und ich gleichzeitig.

Die Musik im *Brückenkopf* wurde ruhiger, ein Teil des Publikums verließ den Laden, um ins *Cellar* zu gehen, in den *Dompfaff* oder nach Hause, mehr Alternativen gab es nicht. Lindsey wurde ebenfalls ruhiger, seine fahrigen Bewegungen kontrollierter, der Schweißfilm auf der Stirn verschwand. Keine Ahnung, was der arme Kerl da durchmachte, ich wollte es auch nicht wirklich wissen, das war sein Ding, solange es halbwegs lief. Wir schlürften das vierte oder fünfte Bier (war es gut oder schlecht, daß der Alkohol diese Wirkung auf Cunningham hatte?), und plötzlich ertönte ein wohlbekanntes Gitarrenriff.

»Bad To The Bone«, hauchte Lindsey.

Wir starrten uns an. Ich bekam eine Gänsehaut. *George Thorogood & The Delaware Destroyers*. Deutschlandhalle. Tausende One-O-One-One-Minis, ein blechernes, plärrendes Geräusch, gigantisch verstärkt durch die pure Vielzahl der Geräte. Wow. Ich sah es noch immer vor mir, hörte es, spürte es.

»Fuck, das war *schön*«, sagte Lindsey traurig. Ich nickte, wurde melancholisch und ein bißchen wütend. Unsere Ideen, unsere Kraft, unsere Kreativität, unser Herz ... vor die Säue. Nicht die Hörer. Die *Wie-ficken*-Säue. Was hätte es werden können, wenn diese Mistsau nicht ...

»Wollt ihr andere Musik?« fragte Hansi, als er unsere Gesichter sah. »Ist mir aus Versehen reingerutscht.«

Wir verneinten, wieder gleichzeitig.

Irgendwann kam ein Livestück, ein pumpender, sich langsam aufbauender Rhythmus. Die kongeniale Coverversion von John Lee Hookers *One Bourbon, One Scotch, One Beer*.

»Let's get fucking drunk«, schlug Lindsey vor.

Wir schafften es drei Mal, beim Refrain parallel mitzutrinken. Drei Bourbon, drei Scotch, drei Bier. Fast sogar ein viertes Mal, leider kam Hansi mit dem Zapfen nicht hinterher. Den letzten Scotch hätte ich fast auf den Tresen gespien; Scotch konnte ich ohnehin nicht leiden, widerlicher Seifenwhisky. Schon mal *Laphroig* getrunken? Kann man genausogut den Badewannenabfluß auslecken.

Es war lustig, verflüssigte all meine Gedanken an Vögler, Liddy, Veronika, Alicia. Zwei Songs später sangen wir *Get*

A Haircut And Get A New Job so lauthals mit, daß Hansi wild gestikulierend um Mäßigung bitten mußte, obwohl wir inzwischen fast die letzten Gäste waren.

Rock And Roll. *Das* ist es.

Wir sangen auf dem Rückweg, Lindsey spielte Luftgitarre, schwankend, schneeblaß im Gesicht, sogar noch im Fahrstuhl, dann teilten wir uns das Klo: Ich kotzte in die Schüssel, während Lindsey das Waschbecken beglückte. Gott sei Dank waren wir in einem Hotel.

Im Bett dachte ich daran, wie gerne ich die Zeit zurückdrehen und als sechzehn-, siebzehnjähriger Teenie das Haus meiner Eltern vollkotzen würde, das hatte ich nie gemacht, es hätte mich *tatsächlich* die Eier gekostet. Bei dem Gedanken daran und dem Versuch, die Hotelzimmerrotation durch Eigenbewegungen im Bett auszugleichen, schlief ich ein.

Die Anteile der *PowerRadio Berlin Rundfunkproduktions AG* waren durchaus kein Ladenhüter. Die Großverlage hatten ihre Ambitionen nicht völlig aufgegeben; ein reputierter, jedoch leicht angeschlagener Sender wäre möglicherweise eine gute Ausgangsbasis für einen erneuten Versuch, vor allem, wenn man sich das quälende Vergabeverfahren für Frequenzen ersparen konnte. Und auch die Konkurrenz dachte sich ihren Teil. *Boulevard II oder HipPop Adult* waren sicherlich Programmkonzepte und Ideen, die durch den einen oder anderen Programmchefschädel geisterten; glücklicherweise ging es *allen* Berliner Sendern nicht so gut, daß sie sich große Sprünge mit ungewisser Landefläche erlauben konnten. Der Markt hatte sich weiter verdichtet, wie man so schön sagt, und die Goldgräberzeiten waren passé. Die ersten Spartenprogramme belegten terrestrische Frequenzen und versuchten sich mit reinem Nachrichtenradio, Programmen für die »ausländischen Mitbürger« (ja, *was* denn nun?), Jazz-, Klassik-, Softpop- und Volksmusikradio – ja, sogar das. Bei manch einem Programm hatte die Frage Sinn, wer das hörte oder finanzierte, was konnte man in einem Volksmusikprogramm schon für Werbung schalten, außer für *Tai Ginseng* und Inkontinenzbinden, die Taxifahrer jedoch, wie immer sichere Indikatoren, gehörten zweifelsfrei zur Gruppe derjenigen, die berufsbedingt den ganzen Tag Radio hören mußten (weil die CD-Wechsler intelligenterweise im Kofferraum eingebaut waren, noch so eine bescheuerte Idee, wahrscheinlich von dem gleichen Typen, der sich gläserne Studios ausgedacht hatte), schalteten auf das Jazzprogramm, hörten, an den Taxiständen wartend, Klassik, seichten Kuschelrock ohne gehaltlose Moderationen, Hauptsache, nicht den ganzen Tag über andauernd die gleichen Titel, wochenlang, und diese *Nullköpfe*, diese Ansageroboter, zwischen Jingles, die inzwischen bundesweit identisch klangen: Die besten Hits von dannundwann, und natürlich das Allergenialste von heute, Achtziger und Siebziger sowieso, tralala, auch egal, haben wir den Sommerhit heute erst fünfzehn- oder schon fünfzigmal gespielt? Eigentlich hätte man mehrere hundert Sender total gleichschalten können: Das Medium hatte sich selbst ausgeknockt, die Angst, von der vermeintlich sicheren schnurgeraden Schiene auf etwas zu wechseln, von dem man kaum mehr wußte, wie es *überhaupt* geht, hatte allen Sendern die gleiche Konfektionsgröße verpaßt: H&M-Radio, Ikea-Funk. Ein paar öffentlich-rechtliche versuchten sich an neuen Konzepten, die hatten auch nur zu gewinnen, gewannen interessanterweise *tatsächlich*, allerdings nur gelegentlich: Radio zum Zuhören, zum Mitdenken, mit einer Musikauswahl, wie wir sie in netterer Form auch bei *MBR* hatten, und das war schon echt absurd, oder? Während fast alle privaten *Nutella-*, *Nusspli-* oder meinetwegen auch *Schokiaufbroti-Radio* machten, versuchten sich die öffentlich-rechtlichen, die man vor Jahren eigentlich völlig aus dem Markt wähnte, weil die Hörer vom kulturell nivellierenden Familienganztagsradio zum Privatfunk wechselten, an Konzepten, die deutlich hörerorientierter waren als die Bravo-Hits-Schiene, die alle privaten brav voneinander abkupferten. *MarBrunn Radio* und ein paar andere, kleine feine Stationen ausgenommen.

Das war die Situation, als ich im Sommer wieder nach Berlin kam. Ich war nur Gast, dieses Mal, und ich fühlte mich auch so. Meine Wohnung hatte ich vor langer, langer Zeit gekündigt, Gott sei's getrommelt, meine gesammelten Radiomemorabilien waren auf dem Müll, dort, wo sie auch hingehörten, zuvorderst die beiden *Wolfman-Jack*-Aufkleber von Fick-Scheiß-Vögler. Als ich den Taxifahrer einen Schlenker über den Marheinekeplatz machen ließ, konnte ich sehen, daß in den Räumen des *Irish Heaven* jetzt ein koreanisches Restaurant logierte. *Wuff.*

Wir wohnten im Kempi, aus sentimentalen Gründen, teilweise zumindest, vor allem aber, weil das ein wirklich nettes Hotel ist. Wir zogen durch Kneipen, die es noch gab, und standen vor Gebäuden, in denen es mal Kneipen gegeben hatte, die wir früher frequentiert hatten: Frank und ich. Lindsey und die anderen waren in Marbrunn geblieben, Lindsey war clean, Marbrunn unser: Die letzten Zahlen hatten es bewiesen, überdeutlich, andere Sender waren im Landkreis vollständig ohne Bedeutung, sogar einige Fernsehsender. Wir verhandelten mit den Ketten um die Übernahme ihrer Stationen, nicht umgekehrt, arbeiteten vorsichtig an Konzepten für etwas Größeres, das die Vorteile des Kleinen nicht ausbremste. Charlie fuhr in Vertretung meine Nachtsendung, was für ihn zwar Streß bedeutete, ihn gleichzeitig formte und keinen allzu großen Schaden anrichtete – eine Nachtsendung in Marbrunn würde nie im Leben eine Reichweite haben, wie sie eine Nachtsendung in Berlin hatte. Ich telefonierte täglich eine Botschaft an die Hörer durch und meldete mich ab und zu per Handy (der Schöpfer dieses Wortes gehört gefoltert) live aus irgendeiner Berliner Kneipe. Frank und ich redeten viel, vor allem über Liddy, die noch immer spurlos verschwunden war. Je mehr ich von ihr sprach, mit Lindsey, mit dem durchgedrehten, auf komische Art einfühlsamen Hagelmacher, mit Frank, um so stärker vermißte ich sie, und das war gut so, beschloß ich. Aber es gab nicht die geringste Spur von ihr. Das war weniger gut.

Frank hatte auch ein paar Anteile gekauft, nachdem er von dem kleinen Anschlag auf mich gehört hatte. Wir schätzten, knapp sieben- oder achtundzwanzig Prozent zu besitzen, und gehörten damit wahrscheinlich zu den größten Einzelaktionären, hatten auf jeden Fall eine Minorität, die groß genug war, um *echte* Entscheidungen zu verhindern. Wir freuten uns auf die Aktionärsversammlung. Bis dahin blieben uns ein paar Tage; wir feierten des Nachts auf die nette, zogen tagsüber durch die sich drastisch verändernde Stadt –

kein einziger Scheißradiosender trug dieser Tatsache irgendwie Rechnung – und landeten irgendwann vor dem *Your Sound*.

Das es noch gab.

Wir standen vor dem pofigen, kleinen Laden, der sich überhaupt nicht verändert hatte, einzig das Schild hatte man erneuert, in einer Schriftart, die ein wenig an das alte Logo von *FunFun* Radio erinnerte. Natürlich gab es jetzt vor allem CDs, einige wenige Regale mit Vinyl, das konnten wir von außen sehen. Tresenaufbau und Anordnung waren ansonsten genau gleich geblieben. Bis auf den zweiten Ladenbereich. Dort konnte man jetzt wieder Klamotten kaufen, vor allem Merchandising-Material, T-Shirts von Bands, sogar von Radiosendern. Ich stutzte, als ich ein bestimmtes T-Shirt im Schaufenster sah, ausgebreitet, als wäre es besonders wichtig.

»Ich dachte, wir verkaufen unseren Krempel nur selbst«, sagte ich, eher zu mir. Frank zuckte die Schultern.

»Manchmal passieren seltsame Dinge«, erklärte er weise. »Vielleicht hat das jemand gebraucht verkauft. Oder der Ladenbesitzer war mal in Marbrunn.«

Ich lachte. »Klar, da *muß* man einfach mal gewesen sein.«

Im Laden herrschte reger Betrieb, gut ein halbes Dutzend Leute. Hinter dem Tresen stand eine Studi-Maus, die einen ziemlich überarbeiteten Eindruck machte.

»Gehen wir rein?« fragte Frank.

Ich schüttelte den Kopf. »Wozu?« Es war sentimental genug, hier draußen zu stehen, lächelnd eine Erinnerungsrevue mitzuerleben, und ein guter Anlaß, um in einer netten Kneipe ein Bierchen auf die alten Zeiten zu trinken.

Die Versammlung fand im ICC statt, im Internationalen Congress Center, diesem häßlichen, silberfarbenen Riesenmistkäfer, den sie in den Siebzigern mitten in die Stadt geklatscht hatten, und die Stadtmitte hatte auch das quittiert, indem sie sich Jahrzehnte später einfach nach Osten verlagerte. Gut, am Potsdamer Platz entstanden inzwischen neue Sünden, Gebäude, für die wir uns in ein paar Jahren schämen werden, doch mich fragte ja niemand. Außerdem war Berlin nicht mehr *meine* Stadt, würde es vielleicht nie mehr sein – ich kam mir wie ein Tourist vor. Marbrunn war jetzt meine Heimat, und was auch immer in oder mit Berlin passierte, ich hatte genug Abstand, um darüber zu lächeln. Meistens, jedenfalls. Vielleicht machte ich mir einfach etwas vor, das konnte ich schon immer gut. Sagte Frank.

Etwa dreihundert Leute versammelten sich im Saal 3, vorher draußen im Foyer, tranken hastig den gereichten Sekt (gratis, natürlich), das Bier, sogar das Mineralwasser. Verputzten lieblos belegte Brötchen mit Aldi-Lachs und kalten Buletten, wahrscheinlich ohne den leisesten Hunger zu haben. Hauptsache, rein damit, bevor es ein anderer frißt. Solche Leute werde ich nie verstehen.

Frank und ich standen herum und beobachteten. Ich entdeckte Bosedrow, den Gründer von *Boulevard Berlin*, übrigens längst ausgebootet; Bosedrow, den alle nur *Kimono* nannten, weil er in seiner Villa im Grunewald Leute grundsätzlich im Bademantel empfing: Er sah in jeder anderen Kleidung noch schrecklicher aus, der feiste Typ, speckig bis zum *Getno*, Riesenbauch, aufgequollenes Gesicht und Finger wie Weißwürste, mittendrin eine sentimentale, arg gebeutelte, unverstandene Künstlerseele. Er sah mich kurz an, dachte offensichtlich nach, erkannte mich allerdings nicht, erinnerte sich nicht an die drei, vier Nachmittage in seiner Villa, als er versucht hatte, mich abzuwerben – irgendeine Wirkung mußte das viele Koks ja haben. Andere erkannten mich, sahen aber auch wieder weg, hauptsächlich *Power*-Leute. Für die war ich anscheinend eine *persona non grata*. Vögler sah ich nirgendwo, der saß sicherlich mit seinem Aufsichtsrat in einem Hinterzimmer und legte sich Formulierungen zurecht. Ich beneidete ihn nicht.

Er hatte sich nicht verändert, trug allerdings kein Basecap mehr, wodurch man seine Unfrisur gut erkennen konnte, dafür einen teuren Anzug, wahrscheinlich sogar Maß. Hemd, Krawatte – kein T-Shirt, keine ausgelatschten Schuhe. Nicht einmal einen von diesen unlustigen Motivschlipsen, vögelnde Schweine oder so, das hätte gepaßt. Frank und ich trugen ostentativ *PowerRock*-T-Shirts, zwei hatte ich noch gefunden.

Nein, Vögler machte ganz auf Business, das war tatsächlich seine einzige Chance, und vielleicht war das auch seine wahre Natur. Wenn er so was überhaupt besaß.

Er eröffnete die Versammlung, wir saßen in Reihe vier, ich konnte die Poren an seiner Nase sehen. Er schwitzte ganz leicht, aber sein Gesicht bleib ausdruckslos, wie immer. Hinter den sieben Aufsichtsratsmitgliedern, die auf der Bühne Platz genommen hatten, hing ein großes Transparent mit dem Logo der Station, ohne Spruch, ohne Motto, ohne Slogan: Es hätte auch keiner gepaßt, jedenfalls kein positiver, höchstens etwas wie »Wir machen's wie alle« oder »Wir sind *genau* wie die anderen«. Das war es nämlich. Den Hörer daran zu hindern, den Sender zu wechseln, weil der Angst haben muß, ihn im Einheitsrauschen *niemals* wiederzufinden.

Ansprache, Formalitäten und dann Zahlen über Zahlen, Quartalsergebnisse, Kurse, Gewinne vor oder nach Steuern, solches Zeug, endlos. Frank machte sich Notizen – alles, was die Jungs da vorne erzählten, lag in ausgedruckter Form vor uns, in dicken Hochglanzmappen, so was beeindruckt. Es gab ein Entlastungsverfahren, das ich inhaltlich nicht ganz peilte, Frank meinte, ich solle zustimmen – die Abstimmerei war ein ziemlich wirres Procedere. Dann wurde es spannend, denn es ging um die Neubesetzung des Aufsichtsrates. Niemand war überrascht, als Vögler erneut für den Vorsitz kandidierte.

Ich drückte auf den Knopf, um eine Wortmeldung zu machen.

Bevor ich an die Reihe kam, traten ein paar andere Figuren auf, hauptsächlich Leute, die die Kompetenz Vöglers, sein Durchhalten auch in *schwierigen Zeiten* (die er selbst fabriziert hatte, doch das erwähnte interessanterweise niemand), seine *Vision* und diesen Schnodder hervorhoben – inhaltsleeres Gefasel, um einen positiven Gesamteindruck herzustellen, trotz haarsträubender GfK-Zahlen, Tendenz weiter fallend, und *Verlusten* im vergangenen Geschäftsjahr, bei einem Sender, der vom Start weg tiefschwarze Zahlen geschrieben hatte. Gleichwohl schien niemand tatsächlich daran interessiert zu sein, ihm an den Karren zu fahren, und die Erklärung dafür war höchst einfach: Kaum einer im Saal wußte wirklich, worum es hier ging, hatte auch nur einen Hauch Ahnung davon, warum sich *PowerStation Berlin* so entwickelt hatte, wie es sich entwickelt hatte. Hier saßen keine Radioexperten, keine Radiomenschen. Es waren einfach schlechte Zeiten, dachten sie sich wahrscheinlich, anderen Sendern ging es ja auch nicht viel besser. Das Schlagwort *Höreroffensive* machte die Runde, Vögler selbst hatte es gestreut. Gut, dann also Krieg, dachte ich lächelnd. Dann war ich an der Reihe. Ein Lämpchen blinkte und zeigte an, daß mein Mikrofon aufgeschaltet war. Ich räusperte mich kurz, Vögler starrte mich ausdruckslos an, dann sagte ich: »Ich würde gerne vom Podium aus sprechen.«

Ohne eine Antwort abzuwarten, machte ich mich auf den Weg zur Bühne. Es ging ein Murren durch den Saal – trotz der geringen Entfernung, die ich zurücklegen mußte, dauerte es ein bißchen, mich an den ganzen Schlipsträgern vorbeizudrängeln. Einem Aktionär stieß ich fast den Teller mit den aufgeschichteten Bulettenbrötchen vom Tisch.

Dann stand ich an dem kleinen Pult, Vögler saß direkt neben mir, ich hatte *Tachchen* gehaucht. Er sah mich nicht an.

»Guten Tag, meine verehrten Damen und Herren«, sagte ich. »Mein Name ist Donald Kunze. Ein paar von Ihnen werden mich noch kennen.« Ich steckte beide Hände in die Jackettaschen und schob es dabei so auseinander, daß das *Power Rock*-Logo auf meinem T-Shirt gut zu erkennen sein mußte.

Dann geschah etwas Unerwartetes. Einige Leute begannen zu applaudieren, erst zaghaft, dann lauter, und ein paar Sekunden später erhob sich ein Teil des Saales, um mir *Standing Ovations* zu bringen, genau wie damals, vor langer, langer Zeit, als ich den Schüler-Vorlesewettbewerb gewonnen hatte. Ich zwinkerte, war gerührt, *sehr* gerührt, und lächelte wie ein Blöder. Sah *nicht* zu Vögler. Ich wartete den Beifall ab, dann fuhr ich fort.

»Ich vertrete direkt und als Bevollmächtigter«, ich mußte eine recht große Zahl vom Zettel ablesen, »Stimmen, das sind siebenundzwanzig Komma vier Prozent der Anteile.«

Ich nickte kurz zu Vögler hinüber, der sicherlich weniger Anteile besaß, vielleicht zehn Prozent – mehr konnte ich mir kaum vorstellen. Er sah mich nicht an.

»Als Anteilseigner und Mitbesitzer der *PowerRadio Berlin Rundfunkproduktions AG* habe ich Interesse daran, daß sich das Unternehmen in einer Art entwickelt, die zukunftsorientiert, wirtschaftlich und gewinnbringend ist – letzteres in mehrerlei Hinsicht. Darüber hinaus verbinde ich mit der Zukunft des Senders konzeptionelle Vorstellungen, die bisher nicht verwirklicht wurden.«

Ich pausierte kurz, bedachte Vögler mit einem Lächeln, mehr für das Publikum, als für ihn selbst; er würdigte mich weiterhin keines Blickes. »Das jedoch ist nicht der Kern des Problems. Mir ist allerdings unverständlich, warum genau dieser, der Kern, bisher nicht zur Sprache gekommen ist. Niemand hier scheint sich dafür zu interessieren, warum aus einem der erfolgreichsten *Launches* der deutschen Radiogeschichte, einem Sender, der über die Grenzen hinaus Beachtung und Nachahmung erreicht hat, ein belangloses, anonymisiertes Hintergrundprogramm geworden ist, dem die Hörer in Scharen weglaufen, von den Werbekunden ganz zu schweigen. *PowerRock* stand unangefochten auf der Nummer eins, potentielle Kunden mußten abgewiesen werden, weil es einfach keine Werbezeit mehr zu verkaufen gab. Bis der jetzige Aufsichtsratsvorsitzende auf die Idee kam, strukturelle und programmatische Änderungen durchzuführen, die angeblich die Bindung neuer Hörer-, insbesondere aber von Werbezielgruppen zur Folge haben würden. Von großen Geschäften war die Rede, langfristigen Bindungen an multinationale Unternehmen. Nichts davon ist passiert.

Um ehrlich zu sein: Sie haben in ein Verlustgeschäft investiert. Ich frage mich genauso ehrlich: Warum? Welche Konzepte sind Ihnen vorgelegt worden, die eine Erwartung nähren, der zufolge es eine auch nur leichte Verbesserung geben wird? Wer hat Ihnen die – nicht gestellte – Frage beantwortet, welche Aspekte sich kurzfristig ändern werden, um den Sender zum Erfolg zu führen? Niemand, denn niemand hier« – ich machte eine Handbewegung zum versammelten Aufsichtsrat – »kann das. Dabei ist es ganz einfach: Weder die Marktlage noch die Konkurrenzsituation tragen die Verantwortung dafür, daß sich *PowerStation Berlin*« – ich legte alle Verachtung in den Namen, die ich zur Verfügung hatte – »zu einer Randerscheinung des Berliner Senderrummels entwickelt hat. Auch die wirtschaftliche Misere des Senders ist hausgemacht, und zwar *absichtlich.*« Es gab ein paar Zwischenrufe, die ich ignorierte.

»Nach dem Anfangserfolg haben programmatische und konzeptionelle Strukturen Fuß gefaßt, die nur scheinbar darauf ausgelegt waren, neue Märkte und Zielgruppen zu erobern. Der ehemalige Geschäftsführer und amtierende Aufsichtsratsvorsitzende der *PowerRadio Berlin Rundfunkproduktions AG* hat ein vitales persönliches Interesse daran, daß der Sender *nicht* erfolgreich ist.«

Es wurde ein bißchen tumultig. Ich hob meine Stimme.

»Und außerdem heißt dieser Mann überhaupt nicht Helmut Vögler.«

Ich legte eine vorbereitete Folie mit der *echten* Vita von

Helmut Fick auf die Projektionsfläche vor mir, während im Saal das Chaos ausbrach.

»Jack Daniel's mit einem Würfel Eis«, bestellte Frank für mich. Wir saßen in der Bar des Kempinski, lümmelten uns wohlig in die dicken, weichen Sessel, Frank hatte sogar die Füße hochgelegt. Der Kellner quittierte die Bestellung und Franks Füße auf dem Tisch mit einer Kombination aus Nicken und Kopfschütteln.

»Wow, war das ein Tag«, sagte ich zum x-ten Mal. War es aber auch. Vor dem ICC hatten bereits Reporter auf mich, auf Fick-Vögler, auf irgendwen gewartet. Die Versammlung war abgebrochen worden, man flüsterte von Kripo und Staatsanwaltschaft, im Hotel lagen säckeweise Nachrichten für mich, die ich allesamt ignorierte.

Helmut Fick a.k.a. Helmut Vögler *wie ficken* hatte von Anfang an ein falsches Spiel gespielt, und diese Tatsache zumindest hatte mich nicht überrascht. Daß Fick ursprünglich Ressortleiter *Neue Medien* eines großen Print-Konzerns gewesen war, erklärte auch nicht viel mehr. Frequenzverstopfung war sein ursprüngliches Geschäft, Beteiligungen überall, verdeckt und direkt, Sender mit hohlen Konzepten, Hauptsache, keine Konkurrenz für die Großverlage – anfangs waren deren Ängste vor dem Privatradio so groß, daß ein paar seltsame Pläne umgesetzt wurden. Mit jedem neuen Hörer sah man Auflagen schwinden. Das war eine ganze Zeit lang das Hauptargument für das Engagement großer Verlage auf dem Radiomarkt; daß man auf diese Art *neue* Leser gewinnen könnte, auf diese Idee kamen sie erst viel, viel später. Bis dahin hatten die meisten Verlage ihre Privatradio-Versuche mangels Masse aufgeben müssen.

Fick-Vögler hatte den Laden verlassen, unehrenhaft: Untreue, Unterschlagung, böse kleine Fick-Geschäfte im Hintergrund, keine Abfindung, Rauswurf. Mit einem Teil des geklauten Geldes hatte er tatsächlich sein Studio gegründet, der Konzern hatte selbst zu viel Dreck am Stecken, um ihn in aller Schärfe verfolgen zu lassen. Je größer die Bude, desto größer die Scheiße – fast schon eine Tautologie. Außerdem war Fick inzwischen spurlos verschwunden.

Ein paar kleine kosmetische Operationen erklärten die Ausdruckslosigkeit seines Gesichtes und die Tatsache, daß ihn trotz verstärkter Medienpräsenz niemand erkannt hatte; sein ursprüngliches Gesicht war mit dem aktuellen kaum in Deckung zu bringen, selbst wenn man es wußte. Und *Fick* hatte nur mit Radio angefangen, um sich langfristig zu rächen: Der Konzern war anvisierter Hauptanteilseigner für den Sender, von vorneherein, aber das Konzept war nicht aufgegangen. Nachdem der Sender für Ankäufer interessant geworden und er in der zweiten Phase die Bedingungen erfüllt hatte, den Übergang zum gesichtslosen Mainstream, versandeten die Verhandlungen, zu viele ähnliche Projekte hingen inzwischen am Tropf, lagen im Koma, japsten scheintot in den Gräbern. Es schlug Wellen bis in den Printbereich hinein, der Konzern zog die Notbremse, trotz der verlockenden Rosine *PowerRock* a.k.a. *PowerStation*. Radio wurde auf Eis gelegt, es galt, das Kerngeschäft zu retten.

Vöglers Idee, nach der Übernahme richtig viel Kohle abzuzocken und dann auf nach Haiti, vorher noch ein paar nette Scheingeschäfte mit eigenen Firmen – alles ging den Bach runter. Er hatte sich selbst gefickt, bevor seine Pläne aufgingen. Jetzt stand die Station ohne was da, Status quo bis auf weiteres, bereits im Taxi war das Notprogramm zu hören. Die Mitarbeiter hatten aus Protest die Arbeit niedergelegt. Ich forschte in meinen Gefühlen, empfand aber außer Verachtung und einem kleinen bißchen Schadenfreude nichts, dafür hatte Vögler gesorgt, vor Jahren schon.

»Was machen wir jetzt?« fragte Frank. »Willst du den Sender übernehmen? Nachtratten neu auflegen? *PowerRock*?«

»Was meinst *du*?« Ich selbst hatte nicht die leiseste Idee;

Vögler hochdramatisch auffliegen zu lassen war mein vorrangiges Ziel gewesen, und natürlich hatte ich darüber nachgedacht, wieder einzusteigen, allerdings eher halbherzig, den Gedanken nie wirklich zu Ende gebracht. Anfangs, als wir die ersten Anteile gekauft hatten, war ich sicher, daß die Station überleben mußte, daß es eine Neuauflage von *Power Rock* geben müßte. Aber inzwischen ...

Er starrte auf sein Glas Gin-Tonic. Sah mich an, zwinkerte.

»Wozu? Ich meine, wozu die Station erneut aufleben lassen? Der Sender ist so tot, wie er nur sein kann, jetzt erst recht. Wir sollten umgehend die Anwälte bemühen und auf Schadenersatz wegen der Anteile klagen, *falsche Tatsachen*, solange noch ein bißchen Kohle da ist, am besten gleich morgen. Und uns wieder aus dem Staub machen.«

Ich nickte langsam.

»Andererseits ...«

Frank zog eine Augenbraue hoch. Er konnte das also auch. Doch bevor er weiterredete, sagte ich: »Nix andererseits. Das Thema ist erledigt. Wirklich. Die Station ist tot, und ich habe hier nichts mehr zu suchen.« Ich legte das Kinn auf die Brust und betrachtete mein T-Shirt. Alle Erinnerungen kamen hoch, mit einem Schlag: Angefangen bei meinem Ministudio in der Neuköllner Wohnung, über die erste Sendung beim *Offenen Kanal*, die Jahre beim öffentlich-rechtlichen Sender, das Abwerben durch Vögler, der Trip nach Omaha, der Stationsaufbau und Sendestart, die gute Zeit danach und die beschissene etwas später. Lehrjahre. Vorbei.

»Und dieses Scheiß-Shirt will ich auch nicht mehr tragen. Sondern ein anderes. Wartest du kurz?«

Frank nickte, ich peste auf mein Zimmer.

Aber ich hatte kein *MBR*-T-Shirt dabei. Teufel noch eins. Dann fiel mir ein, wie ich an eines herankommen konnte. Aus dem Taxi rief ich Frank an, bat ihn, eine Dreiviertelstunde auf mich zu warten. Er antwortete nicht, nickte wahrscheinlich, lächelte, was weiß ich.

Die Frau hinter dem Tresen des ehemaligen *Your Sound* stand mit dem Rücken zu mir, offensichtlich nicht die Studi-Tante, die Frank und ich beobachtet hatten. Sie sortierte Päckchen mit leeren CD-Hüllen in ein Regal, hatte schwarze Haare, kurze schwarze Haare, war schlank, mittelgroß, ihre Hände und all das kamen mir irgendwie bekannt vor.

Ich hielt das T-Shirt in den Händen, das ich mir aus dem Schaufenster genommen hatte.

»Steht mir das?« fragte ich, hob das Shirt vor meine Brust.

Liddy drehte sich um. In ihrem Gesicht war wenig Überraschung, eher Erleichterung, ein Gefühl des Heimkommens, Wärme. Sie zwinkerte mit dem rechten Auge, konnte aber nicht darüber hinwegtäuschen, daß sich zeitgleich eine Träne auf den Weg gemacht hatte.

»Klar«, erklärte sie, wischte sich mit dem Zeigefinger über die Wange.

»Mmh«, machte ich. »Meinst du nicht, daß ich mit einem gelben besser aussehen würde?«

Sie lachte. »Wir haben dieses Shirt nur in dieser Farbe, tut mir leid.«

»Oh, na ja, dann nehme ich dieses.« Ich pausierte kurz, blickte mich im Laden um, hatte aber große Schwierigkeiten, die Nummer weiter mitzuspielen. Ich wollte Liddy nur umarmen, festhalten, nicht mehr loslassen. »Was ist so richtig heiß zur Zeit?«

»Heiß?«

»Na, worauf fahren alle ab? Was muß man kennen, um so richtig mitreden zu können?«

Sie zog die Stirn kurz kraus, lächelte dann.

»Keine Platte«, sagte sie.

»Sondern?«

»Das weißt du selbst am allerbesten.«

»Wir reden später«, sagte ich zu Frank, der immer noch in der Hotelbar wartete. Liddy zog an meiner Hand, aber nur, weil sie näher zum Fahrstuhl stand, sonst hätte ich gezogen.

»*Viel* später«, ergänzte Frank, grinste breit und goß sich seinen Drink in den Hals.

Im Fahrstuhl standen wir nebeneinander, sahen uns an, Liddy hielt meine Hand, wie im Taxi, die ganze Zeit über, hielt sie fest, drückte sie rhythmisch, aufgeregt, als könnte sie mir auf diese Art per Handdruckmorsezeichen etwas übermitteln, das ihr zu sagen schwerfiel. Ich drückte zurück, dann drückten wir uns aneinander und küßten uns.

»Ich habe euch weggehen sehen«, sagte sie. Wir lagen auf dem Bett, Stunden später, vielleicht sogar *Tage*, ich hatte mein Zeitgefühl verloren, war ganz in sie versunken, und in diese seltsame Mischung aus sich rasch verändernder Erinnerung und sich ebenso schnell verändernder Gegenwart. Was so alles passierte. *Herr im Himmel, bitte verändere jetzt nichts mehr*, dachte ich, lächelnd, ich alter Situationsagnostiker.

»Ich war gerade im Lager, als ihr vor dem *Your Sound* gestanden habt. Hatte die Hände voll. Ich sah euch gehen, ließ die ganzen Sachen fallen, doch es war zu spät. Heute nachmittag habe ich im Radio von dir gehört.«

Im Radio. Ich lächelte, noch immer, schon wieder. Meine Wangenmuskeln schmerzten.

»Dieser nostalgische kleine Laden hat's mir nicht gerade leichter gemacht, nur am Anfang, da war es schön, pausenlos an die alten Zeiten zu denken und die Kids zu sehen, genauso alt wie wir damals. Die Freude über eine neue Platte, hach.« Sie lachte. »Ich war auf der Suche nach einem Job, bei einem Vorstellungsgespräch in einer Agentur ganz in der Nähe, da bin ich auf das *Sound-Fashion* gestoßen – es war zu vermieten. Da für Journalisten sowieso wenig im Angebot war, dachte ich, warum nicht für ein paar Monate so was? Allerdings hatte ich es mir einfacher vorgestellt, einen Laden zu führen.«

Ich lachte auch, dachte aber an eine andere Art Laden.

7. Straight From The Heart

Frühjahr/Sommer 1997

Der Niedergang von *PowerStation Berlin* kostete uns einiges, Frank und mich, eine Schadenersatzklage war anhängig, vorsorglich hatten wir die Anteile verkauft, fast für lau, immerhin gab es tatsächlich noch Käufer, ein paar Unbelehrbare verstanden nie, vielleicht war die Frequenz das wert; es interessierte mich nicht mehr. Zwei Wochen später schaltete der Sender ab, vorläufig, wie es zunächst hieß. Ich bekam das nur am Rande mit, wenn Frank mich anrief, ansonsten merkte ich nicht viel, brodelte über vor Liebe zu Lydia und schaffte es gerade einmal, meine Nachtsendungen zu fahren, ohne pausenlos liebestollen Unsinn zu faseln, während es mir außerordentlich schwerfiel, mich auf geschäftliche Entscheidungen zu konzentrieren, oder gar programmatische. Aber das war okay; das Gefühl war einfach zu schön, außerdem lief alles bestens. Vier neue Frequenzen waren hinzugekommen, *MBR* erreichte über eine halbe Million Menschen – und hieß noch immer *MarBrunn Radio* –, zwei kleine lokale Studios waren im Aufbau, die Morgensendung hatte sogar noch mehr Hörer, weil einige regionale Sender auf Hagelmacher umschalteten und nur kleine *Fenster* mit eigenen Beiträgen bestückten. Dadurch war zwar unser Produktionsaufwand höher, aber gleichzeitig der klapprige, agile Hagelmacher zu einer Art Star avanciert, seine radebrechenden Versuche, englische Bands und amerikanische Sänger anzusagen, deren Namen er *nicht* auswendig gelernt hatte, galten als morgendlicher Amüsiergeheimtip – davon abgesehen war der Rest seines Programmes perfekt. Zu einem Bonbon hatte sich unser Samstagnachmittag entwickelt: Der rehabilitierte, prostatalose Alois Sedler moderierte ein zweistündiges Programm zum Thema Wirtschaft, mit seinem schweren, aber gutklingenden bayerischen Dialekt, extrem amüsant, bauernschlau, während auf allen anderen Sendern todlangweilige Bundesligaberichterstattung lief. Manchmal setzten sich Harmann und Grieberg als Co-Moderatoren dazu, und dann blieb kein Auge trocken. Das *Fiskus*-Special, das die drei mit gehörigem Aufwand vorbereitet hatten, wurde für den bayerischen Hörfunkpreis vorgeschlagen. Und gewann ihn auch.

Marbrunn Radio stellte nur einen Schritt auf dem richtigen Weg dar; es war eine gute, gar nicht mehr so kleine Station, ehrlich, sauber programmiert, weit weg vom Mainstream und Verdummungsfunk. *Die größten Hits aller Zeiten*. Wer sich solche Slogans ausdenkt, gehört mit dem Grenzflächenmikrofon zu Tode geprügelt. Oder sollte dazu verdammt werden, für *alle Zeiten* den eigenen Scheiß-Sender zu hören. Vor- und rückwärts. Wie es der selige Rio Reiser empfohlen hat, in einem anderen Zusammenhang. All diese kleinen Könige von Deutschland!

Erstaunlicherweise beschäftigte mich all das nicht mehr rund um die Uhr.

»Weißt du«, murmelte ich, auf einem herrlichen Semmelknödel herumkauend, in irgendeinem malerisch gelegenen Gasthof am Hang, vierzig Kilometer weg, mitten am Tag, mitten in der Woche, keine aktive Gehirnzelle mit dem Geschehen in Marbrunn befaßt, das, wie ich festgestellt hatte, tatsächlich auch ohne mich stattfand.

»Ja?« Liddy hob etwas Hellrotes aus ihrer Gemüsesuppe und betrachtete es amüsiert-skeptisch. Die Grenzen zwischen fleischhaltiger und fleischloser Kost waren in solchen Restaurationen recht fließend. Warum sie inzwischen vegetarische Kost bevorzugte, hatte sie mir nicht erzählt, aber ich war gespannt darauf, es zu erfahren.

»Manchmal muß ich daran denken, wie es war, als ich in der *Scheune* aufgelegt habe.«

Liddy zog die Augenbrauen hoch. Ihre grünen Augen

strahlten mich kurz an, widmeten sich dann wieder dem Löffelinhalt. Aber sie schmunzelte.

»Ich hatte damals keine Idee davon, wie sich mein Leben entwickeln könnte. Was auch immer ich mir gedacht habe – und ich habe wenig gedacht in dieser Zeit –, mit dem hier hatte es nichts zu tun.« Wie zur Dokumentation hob ich die Gabel in die Luft, auf der ein Stück Knödel steckte.

»Semmelknödel?« fragte Liddy lächelnd.

»Nö.«

»Sondern?«

»Daß mir andere Dinge einmal mehr bedeuten könnten als Radio«, erklärte ich, leise, als wollte ich verhindern, daß es als Aussage vor Gericht plötzlich gegen mich verwendet werden könnte. Ich schob die Schultern zurück, richtete meinen Oberkörper auf und wiederholte, lauter: »Daß mir andere Dinge einmal mehr bedeuten könnten als Radio.«

»Dinge?«

»Nicht wirklich *Dinge*.« Ich grinste schief. »Menschen. Freunde.«

Liddy sagte nichts, kaute weiter, sah mir dabei in die Augen.

»Du«, erklärte ich schließlich. »Du, vor allem. Eigentlich schon immer.« Ich atmete tief, drei, vier Male.

Weil Liddy nichts sagte, war ich gezwungen weiterzureden, und deshalb räusperte ich mich, nahm wieder Haltung an.

»Vielleicht wäre es keine so schlechte Idee, wenn wir …«

»Ja«, unterbrach sie mich.

Ein Löffel und eine Gabel gingen zu Boden.

Wir heirateten im Sommer 1997, im Standesamt Marbrunn, vor dessen Türen eine unüberschaubare Menschenmenge auf uns wartete. Frank und Lindsey gaben die Trauzeugen, deutlich aufgeregter als ich selbst – ich war einfach nur glücklich, zufrieden, behaglich, was weiß ich: Ein Topf voll mit guten Gefühlen, umgeben von Freunden, neben einer Frau, die ich liebte.

Das Wir-Gefühl in seiner vollendeten Form. Wir feierten im *Cellar*, und ich setzte mich gegen Kranitz und Charlie durch, die die Party unbedingt live übertragen wollten. Liddy war schwanger, und was immer auch passierte: *Mein Kind* würde nicht im Keller schlafen müssen.

Outro

Lindsey nippt an seinem *Marbrunner Dunkel*. Er sieht frisch aus, erholt, jung, collegeboymäßig, wenigstens wie ein Collegeboy, der ein paar Monate überzieht. Vor drei Tagen ist er aus Amerika zurückgekehrt, hat alte Freunde besucht, ein paar Radiostationen, von denen einige noch immer erfolgreich sind, andere in der fünften Reihe bei den *Networks* herumdümpeln, drei, vier Stunden eigenes Programm, der Rest *Syndication*. Er trägt ein *MBR*-T-Shirt, das hat er die ganze Zeit über gemacht, in den Staaten. Und er ist froh, wieder zu Hause zu sein.

Vor uns steht der Preis. Ein stilisiertes Plexiglasmikro auf einem vergoldeten Fuß. Der *BIRSE*. Ich hebe mein Bier und proste Lindsey zu.

»Fucking *Best Independent Private Radio Station, Europe*«, sagt Lindsey. Ich nicke.

Weil Lindsey in den USA weilte und ich mich um andere Sachen zu kümmern hatte, durfte Hagelmacher nach Brüssel fliegen, zur Preisverleihung. Vorher war er tagelang mit vor Aufregung rotgesprenkeltem Gesicht in der Stadt herumgelaufen, hatte alle verrückt gemacht, Leute mit »Hau ah juh?« angequatscht und andauernd »Hei, eim *Mennfrett Häigelmäkker*« erklärt. Er war nach München gefahren, um irgendwo einen Smoking aufzutreiben, in dem er nicht wie eine Scheiß-Vogelscheuche aussah. Vergeblich. Hagelmacher hätte in einem *Raumanzug* wie eine Vogelscheuche ausgesehen. Liddy war völlig fassungslos, als er das Ding vorführte. Sie mußte so heftig und lange lachen, daß ich schon eine Frühgeburt befürchtete.

Letztlich hatte er seine Sache prima gemacht. Nach der Begrüßung war er vor lauter Aufregung einfach zu Deutsch übergegangen, was ein paar unvorbereitete Dolmetscher in ziemliche Verwirrung stürzte. Der heikelste Moment entstand am Ende, als er die nachfolgende Band ansagen mußte – *Hootie And The Blowfish*, man hatte vergessen, ihn zu informieren, ihm im letzten Moment einen Zettel zugesteckt. Der arme Hootie dachte wahrscheinlich: Scheiße, ich stehe zwar auf der Bühne, aber eigentlich soll jetzt jemand ganz anderes spielen.

Hagelmacher trug seine roten Sprenkel noch ein paar Tage, und er rückte den Preis einfach nicht raus, weil er der Meinung war, für den Streß dürfte er das Ding eine Weile für sich behalten.

»Ist es das?« fragt Lindsey. »Der Gipfel?«

Ich schüttle den Kopf: »Den gleichen Preis hat *Boulevard Berlin* vor fünf Jahren bekommen. Und danach *BPB, Best Pop Barcelona*, eine verfluchte Top-40-Station mit einer Mitarbeiterfluktuation wie eine Bushaltestelle. *PowerRock* war nie nominiert, aber als wir angefangen haben, gab es den Preis noch nicht.«

»*MBR* ist eine fucking kleine Station, im Vergleich zu denen. Das ist schon eine Anerkennung.«

Er hebt den Preis hoch und hält ihn ins spärliche Kneipenlicht. Das Ding wird dadurch nicht schöner. Daß Lindsey trotz der großen persönlichen Erfolge so viel darauf gibt, was Leute von seiner Arbeit halten, die überhaupt nichts mit ihr zu tun haben, sondern ausschließlich digital remasterte Klassik hören, im dicken Ohrensessel, vor schweineteuren Elektrostaten, in einer Bibliothek mit lauter ungelesenen Büchern. Erstaunlich. Die Bosse der amerikanischen *Networks*, die Chefredakteure der deutschen Wichtig-Wichtig-Magazine. Alles die gleiche Suppe. Von denen hört doch niemand *wirklich* Radio.

Ich seufze, ein bißchen theatralisch. »In der Jury sitzen die gleichen Idioten wie in den Programmbeiräten der öffentlich-rechtlichen, in den Chefetagen der sinnlosen Fachzeitschriften. Ob die uns für gut halten oder ob in Papua-Neuguinea ein paar Akkus in einem Transistorradio alle sind – das nimmt sich nicht viel.«

Lindsey nickt leicht unwillig, nimmt einen Schluck. Ich spüre, daß Liddy sich nähert, und drehe mich um. Sie ist noch ein paar Meter entfernt, trägt ihren Bauch, wie andere einen hübschen Hut, vorausgesetzt, irgendwer entwirft irgendwann mal einen *hübschen* Hut. Sie strahlt. »Na, ihr. Feiern?«

Ich zucke die Schultern, wir küssen uns.

»Die Besten in Europa, alle Achtung«, sagt sie, während sie sich setzt. Sie sieht den *Award* zum ersten Mal.

»Donny hält nichts davon«, mufft Lindsey, gekünstelt verärgert.

»Ich glaube, selbst wenn das ganze Land *Marbrunn Radio* hören würde, wäre Donny nicht zufrieden. Nicht wahr?«

Lindsey hält sich den Preis vor den Mund. »Don FM Kunsse für *Marbrunn World Radio*?«

Ich atme durch, sehe Lindsey an: »Die Zahl der theoretisch erreichbaren Hörer ist doch letztlich egal, das ist nur eine Frage der Sendeleistung, der Infrastruktur, der Kohle, genaugenommen. Es kommt darauf an, was man den Hörern bedeutet. Am Anfang, vor fast hundert Jahren, da war Radio noch wirklich Kommunikation. Nicht irgendwas im Hintergrund, das man mal lauter dreht, wenn ein paar Mücken zu gewinnen sind.« Ich werfe Liddy abermals einen Blick zu. »Oder weil man den Hit mitsummen will.«

Sie kann offensichtlich mit der Bemerkung nichts anfangen, außerdem bringt der Kellner ihren Wein. Ein Gläschen, maximal, und nur zur Feier des Tages. Schließlich wollen wir kein blaublütiges Baby.

»Inzwischen gibt es fucking TV«, sagt Lindsey. »Information, Nachrichten, *Trivia*, das holt sich keiner mehr aus dem Radio. Höchstens, wenn man im Auto sitzt. Im Fernsehen bekommt man sogar die Bilder zu den Nachrichten, manchmal sogar live. Fucking *Desert Storm*.«

»Ist schon richtig. Und warum sehen die Leute in unserer

Region viel weniger fern als anderswo – und hören dafür viel mehr Radio?«

»Weil sie uns lieben?«

»Natürlich lieben uns die Leute, mich, dich, den unglaublichen Hagelmacher. Weil wir sie nicht verarschen, sondern einfach unsere Arbeit machen. Bei den meisten Sendern werden die Hörer vorgeführt, sie bekommen das Gefühl vermittelt, im Vergleich zu *Mister Radiostar* das letzte, unwichtige Licht zu sein, und sie müssen das auch noch mögen. Dabei ist es im schlimmsten Fall genau umgekehrt.«

»Und? Was kommt als nächstes? Wie willst du das steigern, was wir machen?«

Ich lehne mich zurück.

»Ich würde *Fuck Radio* machen. Schmutziges, ehrliches Anarcho-Radio, von Profis produziert. Unerwartet, spontan, chaotisch, aber perfekt. Pausenlos. Keine Eckpunkte, keine wirklich festen Programmplätze, keine stündlichen Nachrichten. Wie beim Autoschrauber, der mal einen Lackkratzer am Ferrari ausbessern soll und in der nächsten Viertelstunde eine verdammte *Ente* tunen. Oder einem Bully ein Wasserbett einbauen, was weiß ich. Lebendiges Radio, das sich andauernd entwickelt, wo die Sendungen eine lange, unterhaltsame Fortsetzungsgeschichte sind und nicht lauter Bruchstücke, bei denen ein Supermax den vorigen übertrumpfen will. Oder den nächsten. Minimale Vorgaben, höchstens bei der Musik. Drauf und los.«

»Meinst du, das würde jemand hören wollen?« fragt Liddy skeptisch.

»Darauf kannst du deinen Arsch verwetten, das Schmuckstück.« Ich grinse sie anzüglich an, aber sie zieht nur eine Augenbraue hoch, die grünen Augen blitzen. »Stell dir das vor: Ein Radioprogramm, bei dem *alles* passieren kann, wie im richtigen Leben, aber eben nicht, weil sich ein paar kettenrauchende Dummköpfe in der Redaktion zu einer seltsamen Idee von *Spaß* einen abwichsen, sondern weil hinter dem Mikro echte, lebendige Menschen sitzen. Und nicht nur *Stimmen*.«

»So eine Art Daily Soap, vierundzwanzig Stunden am Tag, per Kopfhörer?« fragt Lindsey. Er zwinkert mir zu, und etwas in seinem Gesicht sagt mir, daß er durchaus versteht, der Collegeboy. Seit drei Wochen hat er eine feste Freundin, unglaublich. Trägt manchmal Halbschuhe statt der eigentlich unvermeidlichen Sneakers.

»Nein. Nur eine Durchdringung. *People Are People*. Warum sollen die Radioleute aufhören, Menschen zu sein, nur, weil sie ein Mikro vor dem Gesicht haben? Die Hörer sind doch auch nicht ausschließlich Hörer, sondern sie haben einen ganzen Kopf zwischen den Ohren und einen ganzen Körper unmittelbar darunter. Radio für die Ohren, den Kopf, den Bauch, meinetwegen sogar für den Arsch. Ganzkörperfunk sozusagen.«

»Ich kann mir das nicht so richtig vorstellen«, sagt Liddy.

Ich sehe sie an.

»Ich auch nicht«, gebe ich zu. »Wirklich, ich habe nicht den leisesten Schimmer. Aber ich habe eine Ahnung davon, wie es sich *anfühlen* sollte.«

Lindsey stützt sich auf den Armlehnen aus dem Stuhl und geht zum Klo. Dabei nickt er vor sich hin.

»Weißt du«, sage ich zu Liddy. »Als ich klein war, keine Ahnung mehr, wie alt genau, da gab es eine Nacht, in der ich ganz alleine in meinem Etagenbett lag, das Haus war leer, und *irgendwas* krabbelte und knisterte in der Wand, direkt neben meinem Bett.«

Liddy nickt, ich habe ihr die Geschichte sicher schon ein halbes dutzendmal erzählt. Trotzdem fahre ich fort.

»Ich habe mich zu Tode gefürchtet, wirklich. Aber ich hatte mein Radio, mein kleines, gelbes Radio. Es hat mir das Leben gerettet, irgendwie.«

Liddy nickt wieder, lächelnd.

»Ich weiß, das ist ein bißchen viel verlangt. Aber *genau* das Gefühl, das ich damals hatte, *das* würde ich den Hörern gerne geben.«

»Wie alt ist der Mann jetzt?« frage ich und sehe zum Head-Up-Display, um meinen Vater anzuschauen, der hinten im Wagen sitzt.

»Neunundsechzig», antwortet er lächelnd.

»Alle Achtung.»

»Es ist immerhin seine Abschlußtour», sagt Donald und macht dabei eine Kopfbewegung, die ein wenig traurig aussieht. »Und er ist ja kein Rocker, wie die Stones, die noch aufgetreten sind, als Mick Jagger schon zweiundsiebzig war.»

Ich nicke. Die legendäre *Never-Satisfied*-Tour vor zwei Jahren. Keith Richards stand im Stützkorsett auf der Bühne und sah dabei aus, als könne er sekündlich tot umfallen. Den Part von Charlie Watts spielte man per Videokonserve zu, denn der Mann war tauber als ein Kieselstein, lebte seit fünf Jahren als Pflegefall in einer noblen Altersresidenz. Trotzdem waren Millionen Tickets verkauft worden.

Meine Mutter beugt sich zur Seite, legt ihren Kopf auf Donalds Schulter und zwinkert mir mit ihren grünen Augen zu. Natürlich bin ich voreingenommen, aber sie sieht objektiv immer noch großartig aus, obwohl sie Anfang fünfzig ist. Sie würde auch für Anfang vierzig durchgehen. »Wir müssen da einfach hin«, sagt sie und küsst den Hals meines Vaters. »Es hat wirklich Bedeutung.«

Ich nicke wieder. Natürlich. Ich heiße nicht ohne Grund *Jackson Kunze*. Sie haben sich kennengelernt, weil mein Vater vor tausend Jahren meiner Mutter diese Platte empfohlen hat. Platte. Album. So etwas gibt es schon seit einer Weile nicht mehr zu kaufen, physikalische Tonträger. Aber natürlich kenne ich *Running On Empty*. Wie oft habe ich die Scheibe gehört? Hören müssen! Zuletzt vor ein paar Tagen, als sie ihren zwanzigsten Hochzeitstag feierten. Ganz

Marbrunn war auf den Beinen, obwohl es den Sender seit vier Jahren nicht mehr gibt. Aber mein Vater, Hagelmacher, Lindsey und die anderen hatten dafür gesorgt, daß die ganze Republik den Namen unserer kleinen Heimatstadt kannte. Und im Ort sind sie immer noch Helden. Prominente. Menschen, die etwas bewirkt haben. Es fällt mir nach wie vor schwer, das einzuschätzen, wenn ein Passant, den ich noch nie gesehen habe, meinen Vater respektvoll grüßt – oder sogar einfach umarmt. Als *MBR* dichtmachte, war ich sechzehn. Mir hat das nie viel bedeutet. Vor allem nicht so, wie den beiden Herrschaften auf der Rückbank. Insbesondere dem einen.

»Ich freue mich sehr«, sagt Donald und strahlt mich an. »Browne ist seit Jahren nicht mehr aufgetreten. Ich habe ihn noch nie live gesehen.« Er legt seinen linken Arm um meine Mutter und zieht sie noch näher an sich heran. »Ich kann es kaum erwarten, The *Load-Out* zu hören, am Klavier gespielt und ohne technischen Firlefanz wie Full-Sound-Generatoren.«

»Hoffentlich überlebt er den Auftritt«, frotzele ich.

»Er sieht sehr viel jünger aus, als er ist«, sagt Liddy, als hätte sie meine Gedanken von vorhin erraten. »Wenn ich mit neunundsechzig noch so gut dabei bin, kann ich froh sein.»

»Das bist du mit Sicherheit«, sagt Donald. »Du wirst von Tag zu Tag schöner, aber nicht älter.« Sie küssen sich. Ich schaue nach vorn.

»Fahrziel erreicht«, verkündet der Bordcomputer. »Wartezeit bis zur Verfügbarkeit eines Platzes in der Aussteigezone vierzig Sekunden. Automatisches Check-In abgeschlossen. Der Flug geht von Gate C3. Gute Reise, Lydia und Donald!«

»Danke«, sagt mein Vater. Mutter kichert. Kurz darauf hält der Wagen an, die Türen öffnen sich, wir steigen aus, das Zischen der Brennstoffzelle verstummt. Es ist ein wirklich herrlicher Julitag. Das Auto hat während der letzten Minuten die Temperatur angeglichen, sonst würden uns die weit mehr als dreißig Grad draußen jetzt erschlagen.

»Soll ich noch mit reinkommen?«

Donald schüttelt lächelnd den Kopf und hebt den Koffer aus dem Wagen. Meine Eltern umarmen mich nacheinander, dann hakt sich Lydia bei meinem Vater unter, und sie gehen durch die Drehtür ins Abfertigungsgebäude. Der Koffer rollt ihnen hinterher. Ich schaue den beiden nach, solange ich sie sehen kann. Sie sind immer noch ein schönes Paar. Ich werde sie vermissen, obwohl die Reise nur eine Woche dauert. Los Angeles. Jackson Browne wird in einem riesigen Stadion spielen, es war trotzdem nicht leicht, Karten für diesen Auftritt zu bekommen.

Auf dem Rückweg bietet mir das Entertainment-System Hunderte deutschsprachiger Sender an, darunter über zwanzig Stationen für Kids, aber auch zig Programme für ältere Menschen, Frauen, verheiratete Frauen, Single-Frauen über fünfzig, Einwanderer aus Serbien, der Türkei oder Italien, Funk für römisch-katholische Christen, Protestanten, Muslime, Buddhisten, Kreationisten, Konvertiten, Sportradio für Angler, Golfer, Fußballer, Tennisspieler, und so weiter und so fort. Der Zielgruppenfunk hat das herkömmliche Radio während der vergangenen Jahre fast vollständig abgelöst. Der technische Fortschritt erlaubt es inzwischen, Sender nahezu vollautomatisch zu betreiben, und fast alle Musikstationen beziehen den geringen Wortanteil aus derselben Handvoll Quellen. Zwischendrin läuft dann gestreamte Musik, gesendet wird per WLAN; analogen terrestrischen Funk gibt es längst nicht mehr. Gleichzeitig ist das ganze internationalisiert; Übersetzungssysteme erlauben es, fremdsprachiges Radio ohne zusätzlichen personellen Aufwand zu produzieren. Ich könnte aus weltweit zehntausend Sendern auswählen, einen Unterschied würde das nicht machen.

Zwei nationale Programme haben bis zum Schluß versucht, gegen die Entwicklung zu halten, aber es ist ihnen nicht gelungen. Die Hörer haben einfach kein Interesse mehr daran, die immer gleiche Musik vorgesetzt zu bekommen, die immer gleichen Pappnasen die immer gleichen Gewinnspiele moderieren zu hören. Die wenigen Sender, die versuchten, origineller zu sein und direkter auf die Wünsche ihrer Hörer einzugehen, hat es verblüffenderweise noch früher erwischt, weil das billig zu produzierende IP-Radio sich ohnehin genau dieser Zielgruppe annahm. Als die technische Entwicklung so weit war, daß man fast keine wirtschaftlichen Voraussetzungen mehr brauchte, um einen »Sender« zu betreiben, fegte die neue Art von Radio die alte wie ein Wirbelsturm davon. Bis man begriff, was man hätte ändern müssen, war der Zug längst abgefahren. Selbst die öffentlich-rechtlichen Sender betreiben Radio nur noch wegen des staatlichen Auftrags - allerdings auf äußerster Sparflamme.

Donald hat dann tatsächlich noch versucht, sein »Fuck Radio« zu machen, von dem er immer geträumt und mir so oft erzählt hat, als ich ein Jugendlicher war. Eine Weile haben ihm und seinen paar Mitstreitern auch ziemlich viele Leute zugehört, obwohl es recht ähnliche Angebote längst im Netz gab. Es war auch wirklich lustig, spannend und unkonventionell, was er da produzierte, aber natürlich gelang es ihm nicht, das Radio dadurch wieder zum Primärmedium zu machen. Nach einer Phase des Achtungserfolgs verpuffte das Interesse der Hörer schnell. Er hat den kleinen Sender geschlossen, ohne großes Brimborium, quasi mit einem lachenden und einem weinenden Auge. »Hätte ich es nicht probiert, würde ich mich noch bis zu meinem Lebensende ärgern, aber eigentlich war es klar, daß die Zeit diese Idee längst überholt hat», lautete sein abschließender Kommentar dazu. War auch kein Problem; finanziell hatten er, Lindsey, Hagelmacher, Frank und die anderen seit Jahren ausgesorgt.

Als Marbrunn vor mir auftaucht, ist es fast dunkel, aber die beleuchtete Domkuppel ist von weitem zu sehen. Ich parke den Wagen am Ortsrand, wie es alle tun müssen, und nehme das Elektroshuttle zum *Brückenkopf*. Die Kneipe ist Legende, wie auch das *Cellar*, das allerdings nicht mehr existiert. Ich betrete den proppenvollen Laden und arbeite mich zur Bar vor, hinter der Max steht, Kranitz' Sohn. Der Wuschelkopf zwinkert mir zu, ich setze mich neben zwei Leute, die eindeutig Touristen sind, ein Mittvierziger-Pärchen, das sich interessiert umschaut.

»Vielleicht treffen wir *ihn* hier«, sagt der Mann. Die Frau lächelt, wie Frauen lächeln, wenn der Gatte von etwas fasziniert ist, dessen Faszination sich ihnen rein gar nicht erschließt. Sie nickt freundlich, aber auch etwas amüsiert. »Das wär schon was«, fährt der Mann fort. Er nimmt einen Schluck von seinem *Marbrunner Domhof Bräu*, stellt das Glas wieder ab und dreht sich auf dem Barhocker um die eigene Achse. Dann grinst er mich an: »Kennen Sie ihn vielleicht?«

»Wen?«, frage ich höflich zurück, obwohl ich natürlich ahne, wen er meint. So was geschieht häufiger im *Brückenkopf*.

»Donald Kunze. Don FM.«

Ich nicke langsam. »Den kennt hier jeder. Aber er ist leider unterwegs, in den USA.«

»Schade«, sagt der Mann und prostet mir zu.

»Ja«, antworte ich nickend und stoße mit ihm auf die alten Zeiten an.

Bonus

Wahr und unwahr

Folgende Musiker, Bands, Produktionsfirmen, Moderatoren und Radiosender existier(t)en wirklich, alle anderen sind erfunden. Die Reihenfolge stellt keine Wertung dar.

Stefanie Hertel, Wildecker Herzbuben, Hans Rosenthal, BFBS, BBC, AFN, Cindy & Bert, The Sweet, Slade, Manfred Mann's Earth Band, Dieter Thomas Heck, Lord Knud, Jürgen Jürgens, The Osmonds, Fleetwood Mac, Carlos Santana, Pink Floyd, Genesis, Mike Oldfield, CCR, Jackson Browne, SFB, RTL Luxemburg, Frank Elstner, Blondie, Kool & The Gang, REO Speedwagon, Daryl Hall, John Oates, Kim Carnes, George Thorogood & The Delaware Destroyers (sie haben allerdings – leider – niemals in der Deutschlandhalle gespielt), Barclay James Harvest, Tangerine Dream, Die Ärzte, Bob Geldof, Band Aid, City, Andreas Vollenweider, Culture Club, Camouflage, Kasey Kasem, Fischer-Z, John Watts, John »Cougar« Mellencamp, Wolfman Jack, XERF-AM, JAM Productions, Sex Pistols, Guns'N Roses, Huey Lewis & The News, Starship, Stevie Wonder, Bing Crosby, Aztec Camera, Bayern 3, Denis Leary, Garbage, Smashing Pumpkins, Rio Reiser, Hootie And The Blowfish – sowie sämtliche Musiker, deren Songs als Kapitelüberschriften dienen.

Das »Tannhäuser« in Kopenhagen mit seinem Wirt Jørgen Sommer gibt – oder gab – es übrigens tatsächlich.

Sollten Namen von anderen Bands, Radiostationen usw. denjenigen tatsächlich existierender Bands, Radiostationen usw. ähneln oder sogar gleichen, so ist dies nicht beabsichtigt.

Credits

Die Danksagungen aus der ersten Auflage von 2003 gelten nach wie vor, bedürfen aber einer Aktualisierung. Ohne meine Autorenkollegin und Freundin Iris Kammerer, die im Herbst 2008 ihren inzwischen fünften Roman vorlegt, hätte es »Radio Nights« nie auf die Zielgerade geschafft; Iris hat mich insbesondere in der Frühphase unermüdlich bei strukturellen, sprachlichen und dramaturgischen Fragen unterstützt. Ähnliches gilt für Mareen Göbel, deren unter dem Pseudonym *Alex Wichert* erschienene DSA- und Shadowrun-Romane auch Nicht-Rollenspielern empfohlen seien. Außerdem müssen die ehemaligen Mitglieder der Textarbeitsgruppe *ProjektPhoenix* genannt werden, vor allem Frank Timrott, Oliver Brünnler und Hans Peter Röntgen, dessen originellen Schreibratgeber »Vier Seiten für ein Halleluja« jeder Nachwuchsautor im Regal haben sollte. Sie und »meine« *42erAutoren*, insbesondere Ulrike Linnenbrink, Jörg Chales de Beaulieu und der viel zu früh verstorbene Jonas Ley, hatten erheblichen Anteil an der Entstehung dieses Buches. Mein sehr herzlicher Dank sei ihnen auf ewig gewiß.

Obwohl er nicht gerne genannt wird, muß und möchte ich mich bei »meinem« Lektor Andreas Paschedag auf besondere Weise bedanken. Wenn man den ersten Roman veröffentlicht, hat man naturgemäß keinerlei Erfahrungen im Umgang mit Verlagen, mit Lektorat und Korrektorat. Man ist als Autor geneigt, einfach allem zuzustimmen, gäbe es da nicht den Agenten – und Lektoren wie Andreas. Aus der gemeinsamen Arbeit an diesem und inzwischen zwei weiteren Romanen sind nicht nur Bücher hervorgegangen, über die ich mich redlich freue, sondern auch ein besonderes Verhältnis, das ich nicht mehr missen möchte.

Mein Agent, Michael Meller, hat trotz der *Big Names* in seinem Portfolio viel Geduld und Zeit investiert und immer daran geglaubt, daß es etwas werden würde. An dieser Stelle auch Glückwunsch zum inzwischen zwanzigjährigen Bestehen der *Michael Meller Lit. Agency*!

Erstveröffentlichungen im Taschenbuchformat erhalten normalerweise nicht besonders viel Aufmerksamkeit von Seiten der Presse. Bei »Radio Nights« war das anders, wofür ich mich ebenfalls bedanken möchte.

Außerdem seien die vielen netten Menschen erwähnt, die mir zuweilen sehr persönliche, manchmal hinreißende Leserbriefe geschrieben haben. Und natürlich die Radiomacher, die sich so lobend über das Buch geäußert haben. Ich wünsche ihnen und uns, daß die Prognose aus dem Kapitel »Remix« *nicht* zutrifft.

Die ursprüngliche Danksagung endete mit: »Annett Marschall für – sie weiß schon. In Liebe.« Diesen Dank kann ich nicht mehr aussprechen, weil sie inzwischen – zu meinem großen Glück – Annett Liehr heißt. Der Rest aber stimmt immer noch, vorsichtig ausgedrückt.

Playlist

Intro

Re-Current (Erster Teil)

1. Rats In The Cellar
(Aerosmith, 1976, »Rocks«)

2. Red Skies Over Paradise
(Fischer-Z, 1981, »Red Skies Over Paradise«)

3. Last Night A DJ Saved My Life
(Indeep, 1978, Single, »Collection«)

4. Morning Has Broken
(Cat Stevens, 1971, »Teaser And The Firecat«)

5. Tea In The Sahara
(The Police, 1983, »Synchronicity«)

6. Tuff Enuff
(Fabulous Thunderbirds, 1993, »Wrap It Up«)

7. I Don't Like Mondays
(The Boomtown Rats, 1979, »The Fine Art Of Surfacing«)

8. Sistes Are Doing It For Themselves
(Eurythmics, 1985, »Be Yourself Tonight«)

9. Learning To Fly
(Tom Petty & The Heartbreakers, 1991, »Into The Great Wide Open«)

10. Enjoy The Silence
(Depeche Mode, 1990, »Violator«)

11. R.O.C.K. In The USA
(John »Cougar« Mellencamp, 1985, »Scarecrow«)

12. Hungry Heart
(Bruce Springsteen & The E-Street-Band, 1980, »The River«)

13. We Built This City
(Starship, 1987, »Knee Deep In The Hoopla«)

14. (I Just) Died In Your Arms
(Cutting Crew, 1986, »Broadcast«)

15. Hello (Turn Your Radio On)
(Shakespear's Sister, 1992, »Hormonally Yours«)

16. Radio Ga Ga
(Queen, 1984, »The Works«)

17. What's The Frequency, Kenneth?
(R.E.M., 1994, »Monster«)

18. Running On Empty
(Jackson Browne, 1977, »Running On Empty«)

Current (Zweiter Teil)

1. Time To Wonder
(Fury In The Slaughterhouse, 1988, »Fury In The Slaughterhouse«)

2. All Cried Out
(Alison Moyet, 1984, »Alf«)

3. Sympathy For The Devil
(Rolling Stones, 1968, »Beggars Banquet«)

4. Coming Around Again
(Carly Simon, 1987, »Coming Around Again«)

5. One Bourbon, One Scotch, One Beer
(George Thorogood, 1977, »George Thorogood & The Destroyers« – der Song stammt ursprünglich von John Lee Hooker, aber es ist diese Version gemeint)

6. Money For Nothing
(Dire Straits, 1988, »Brothers In Arms«)

7. Straight From The Heart
(Bryan Adams, 1983, »Cuts Like A Knife«)

Outro

Remix

Bonus
Wahr und unwahr
Credits
Playlist
Radiochinesisch

Radiochinesisch

Adult Contemporary ist die Musikfarbe, die »junge Erwachsene« (ab Mitte Zwanzig) und die Zielgruppe darüber erreicht, ohne jemanden großartig zu verstören, also weitgehend Mainstream.

Bemusterungen sind die Neuerscheinungen der Plattenfirmen, die vor der offiziellen Veröffentlichung – früher flächendeckend umsonst, später nicht mehr – an alle Radiostationen geschickt werden und dort in einigen Fällen zusätzlich an ausgewählte Moderatoren. Insbesondere die kleineren Radiostationen mußten die Bemusterungssendungen dann abonnieren und bezahlen.

Cartmaschinen waren Bandgeräte, die spezielle Cassetten, sogenannte *Carts*, wiedergeben konnten. Die Carts enthielten kurze Endlosbänder mit geringer Wiedergabezeit in Studioqualität, dreißig, sechzig Sekunden, ein paar Minuten, selten mehr. Man benutzte Cartmaschinen in erster Linie für *Jingles* und kurze Spots. Heutzutage sind Cartmaschinen kaum mehr im Betrieb, abgelöst von computergesteuerten digitalen Aufzeichnungs- und Wiedergabegeräten. Wenn man eine Cart abspielte, spulte die Maschine automatisch auf den Anfang zurück. Der große Vorteil der sehr teuren Cartmaschinen bestand darin, praktisch sofort mit der Wiedergabe zu starten, ohne die geringste Verzögerung.

Clocksheets: Es gibt/gab (zunehmend) Stationen, die ihren Moderatoren jeden Songtitel, jeden Werbespot, jeden Beitrag und die Länge aller Zwischen- bzw. Anmoderationen sekundengenau auf sogenannten Clocksheets vorschreiben. Diese Tätigkeit ist inzwischen weitgehend computergesteuert, nicht nur bei großen Stationen.

Cuen ist der Prozeß, eine Schallplatte auf ihren ersten Ton zu stellen und dann (meistens von Hand) die Viertel- oder halbe Drehung zurückzudrehen, die der Plattenspieler braucht, um auf seine Abspielgeschwindigkeit zu kommen. Die Nadeln von hochprofessionellen Studioplattenspielern sind, wie diejenigen von Disco-Plattenspielern, dafür geeignet, vor- und rückwärts auf der Platte bewegt zu werden. Obwohl bei CDs üblicherweise kein Vorlauf mehr erforderlich ist und CD-Player automatisch auf den ersten Ton »fahren«, hat sich der Begriff hier gehalten. CDs haben sich flächendeckend erst Anfang der Neunziger durchgesetzt.

Currents: Aktuelle oder halbwegs aktuelle Titel, Hits. Re-Currents sind Hits, die vor ein paar Monaten in den Charts waren.

Fader sind Regler auf einem Mischpult, etwa vergleichbar mit dem Lautstärkeregler an handelsüblichen Wiedergabegeräten, nur in senkrechter Schiebeanordnung. Über die verschiedenen Fader eines Mischpults lassen sich die Quellen, die einem Radio-DJ zur Verfügung stehen, gegeneinander regeln und auch ein- und ausschalten. Überlicherweise verfügen CD- und Plattenspieler in Studios über Faderstarts; der Mikrofonfader schaltet gleichzeitig das Rotlicht und die Monitore ein und aus.

Fenster sind festgesetzte Zeiten, zu denen abnehmenden Sendern die Möglichkeit gegeben wird, in ein zugekauftes oder übernommenes Programm eigene Produktionen einzustreuen, Werbespots und dergleichen. Auf diese Art kann ein überregionales Programm mit lokalen Bezügen versehen werden, ohne den Charakter der Sendung aufzuweichen – gleichzeitig erhöht sich, insbesondere für sehr kleine Sender, die Professionalität des Programmes.

FM steht für Frequenzmodulation, demgegenüber steht AM für Amplitudenmodulation, die beiden gebräuchlichen Verfahren zur Ausstrahlung von Informationen über Radiowellen (seit Ende der Achtziger zusätzlich digitales Radio, zunächst über Satelliten). Beide Verfahren werden auf unterschiedlichen Bändern (Frequenzbereichen) eingesetzt, AM im Kurz-, Lang- und Mittelwellenbereich, FM im UKW-Bereich (Ultrakurzwelle). Stereosignale sind technisch nur bei FM (UKW) möglich, dafür ist die Senderreichweite begrenzter, und im Gegensatz zu Mittelwellen-Signalen, die von der Atmosphäre reflektiert werden und (theoretisch) weltweit empfangbar sind (je nach Sendeleistung), muß ein UKW-Hörer »Blick« auf den Sender haben (bzw. umgekehrt). Wirtschaftlich interessant (Deutschland) ist aufgrund der weitaus höheren Qualität nur die Ausstrahlung per UKW (FM), obwohl es in den Staaten noch immer sehr erfolgreiche Mittelwellensender gibt, da es technisch enorm aufwendig wäre, die großen Flächen per UKW abzudecken.

GfK – Gesellschaft für Konsumforschung. Das privatwirtschaftliche Institut erhebt in Deutschland die Einschalt- und Zuhörerquoten sämtlicher Fernseh- und Radiosender. Je nach Reichweite werden die Quoten, die sogenannten GfK-Zahlen, täglich (große Fernsehsender) oder monatlich, manchmal sogar quartalsweise erhoben. Sie stellen die Basis für die Marktpositionierung der Sender und die Gestaltung der Werbeminutenpreise dar.

Jingles sind die kurzen gesungenen oder instrumentalen Stations- und Sendungskennungen.

Kabelrat Keine Verwirrung: Trotz der Tatsache, daß es um terrestrische, also Äther-Frequenzen ging, hieß diese Institution zur Frequenzvergabe in Berlin so. Sie ging später in der Landesmedienanstalt Berlin-Brandenburg auf.

Lizenzlisten: Radiostationen müssen jeden einzelnen gespielten Titel auf einer Liste nachweisen, mit Sendezeit und -dauer. Die **GEMA** (Gesellschaft für musikalische Aufführungs- und mechanische Vervielfältigungsrechte) benutzt diese Listen, um nach verschiedenen Verteilerschlüsseln die Beträge zu berechnen und auszuzahlen, die die Rechteinhaber (Komponisten, Interpreten, Plattenfirmen) aus den von den Radiostationen und von allen anderen, die öffentlich rechtebesetzte Musikstücke einsetzen, zu zahlenden Gebühren (**GEMA-Gebühren**) erhalten.

Mantelprogramme sind Radioprogramme, die von größeren Sendern oder Produktionsbetrieben hergestellt werden und kleinen Sendern zur Ausstrahlung angeboten werden, vornehmlich nachts. Das Prinzip nennt man *Syndication*. Der Hersteller erhöht die Reichweite des Programmes – und damit die Werbeeinahmen –, und der Abnehmer verringert seine Kosten. Allerdings auf Kosten des regionalen Bezugs. Viele Mantelprogramme sind mit festen Fenstern versehen, in denen die abnehmenden Sender lokale Beiträge u. ä. einstreuen.

Monitore bzw. **Monitorboxen** sind keine Fernseher, sondern Lautsprecher, die man zum *Mithören* benutzt. Musiker haben Monitore auf der Bühne, um einen Eindruck davon zu haben, wie sich der Sound für das Publikum anhört, und um die Instrumente und Stimmen der anderen Musiker elektronisch verstärkt zu hören.

Mucker sind eigentlich *Musiker* (verballhornt), aber es hat sich durchgesetzt, auch bei Discjockeys von **Mucken** zu reden, wenn sie Live-Auftritte vor Publikum haben, also bei Parties und Veranstaltungen auflegen und moderieren.

Outro: Das Gegenteil von Intro, dem Anfang einer Platte. Die wenigsten Platten enden mit einem dramatischen Ende, sondern werden ausgeblendet, gefadet, und diesen Teil nennt man Outro.

Playlist: Die Titel, die in jedem Fall, meistens in verstärkter **Rotation**, gespielt werden müssen, sei es, weil sie ein Hit sind oder einer werden sollen (meistens letzteres). Einige Stationen geben/gaben nur diesen

Anteil Titel vor und ließen die Moderatoren den Rest aus einem großen Fundus auswählen, aber davon ist man – Spezialprogramme ausgenommen – weitgehend abgekommen. Manchmal wird Playlist auch im Sinn von **Clocksheet** verstanden.

Programmer sind die Leute, die das Programm, insbesondere das Musikprogramm, konzeptionell gestalten, also die Musikfarbe festlegen, die Anteile der Titel aus verschiedenen Gruppierungen usw.

Rotation: Die Anzahl der Musikstücke, die, über das komplette Programm gesehen, bei einem Sender gespielt werden, aus denen sich also die Musik des Senders zusammensetzt. Das heißt nicht, daß diese Stücke nacheinander oder in der gleichen Gewichtung gespielt werden. Es ist der *Fundus*; einige Stücke werden sehr häufig gespielt, andere vielleicht überhaupt nicht oder nur sehr, sehr selten. Nicht zu verwechseln allerdings mit dem *Archiv*. Üblicherweise werden Hits in verstärkter Rotation eingesetzt, laufen also häufiger, bezogen auf den einzelnen Titel, während sich ältere Sachen seltener wiederholen, einfach deshalb, weil es mehr davon gibt.

In der **Heavy Rotation** befinden sich einige wenige Titel, die weitaus häufiger wiederholt werden als andere, üblicherweise solche, die gerade Superhits sind oder es – nach Auffassung der Musikredaktion – werden oder werden sollen.

Selbstfahrerstudio: In dieser Art Studio ist es dem Moderator möglich, eine Sendung völlig alleine zu fahren, also alle Quellen zu starten, sämtliche relevanten Regler zu bedienen und dergleichen – und möglicherweise noch Studiogäste technisch zu betreuen. Insbesondere die größeren und die öffentlich-rechtlichen Stationen haben bzw. hatten gesonderte Technikerstudios, in denen es teilweise auch noch üblich war, daß der Techniker auf Handzeichen des Moderators die Platten abfuhr.

Terrestrische Frequenzen: Eigentlich bedeutet terrestrisch »erdbewohnend, zum Festland gehörend«. Beim Rundfunk (das schließt Fernsehen ein) bezeichnet die terrestrische Ausstrahlung das Senden über Ätherfrequenzen, für den Empfang per Antenne. Dem stehen Sendungen per Kabel oder Satellit gegenüber, seit dem Ende der Neunziger auch per Internet. Im Gegensatz zum Fernsehen ist für das Radio alles jenseits der terrestrischen Ausstrahlung nahezu irrelevant; Kabel- oder Satellitensender haben eine ungleich geringere Reichweite.

Werbeblöcke: Die deutschen Rundfunkgesetze schreiben vor, daß Werbung als solche zu kennzeichnen ist und *eigentlich* in Blöcken ausgestrahlt werden muß, also ein paar Werbespots zusammengefaßt, vier, fünf

Mal über die Stunde verteilt, Gesamtzeit begrenzt. Die Regelung kann über Sponsoring ein wenig ausgehebelt werden – Sie kennen das: »Die Sendung XY wird präsentiert von YZ.« Alles andere, etwa einzelne Werbespots nach oder vor jedem Song, konnte sogar mit Lizenzentzug geahndet werden. Obwohl das sowohl für die Hörer als auch für die Reichweite der Werbung zuträglicher wäre.

Susanne Fengler
Heidiland
Roman
347 Seiten. Gebunden
ISBN 978-3-378-00684-3

Berlin – Zürich: eine Liebe zwischen zwei Welten

Keine Rund-um-die-Uhr-Schichten, kein despotischer Chefarzt, doppeltes Gehalt: Ilka Fuchs fühlt sich wie im siebten Himmel, als sie eine Stelle als Ärztin in einem Züricher Krankenhaus angeboten bekommt. Doch das Paradies hat ein paar kleine Fehler: Ilka scheitert in Schweizerdeutsch und kämpft mit unmöglichen deutschen Landsleuten, überfüllten Billigfliegern und funkensprühenden Leitungen in ihrer Züricher Absteige. In Berlin stürzt sich ihr sonst so phlegmatischer Freund Stefan derweil in amouröse – und andere – Abenteuer. Eine Liebesgeschichte zwischen zwei Großstadt-Nomaden – voller turbulenter Verwicklungen und unerhörter Einblicke in die Abgründe grenzenloser Mobilität.

»Fengler erzählt mit intelligenter Leichtigkeit.« KULTURSPIEGEL

Mehr von Susanne Fengler:
Fräulein Schröder. Roman. AtV 2218
Die Ballerina. Roman. AtV 2171

Mehr Informationen erhalten Sie unter
www.aufbauverlagsgruppe.de oder in Ihrer Buchhandlung

kiepenheuer
AUFBAU VERLAGSGRUPPE